Voyageurs de passages

Pierrette Beauchamp

Voyageurs de passages

tome 1

Tôt ou tard

Roman historique

Hurtubise

Catalogage avant publication de Bibliothèque et Archives nationales du Québec et Bibliothèque et Archives Canada

Beauchamp, Pierrette, 1953-

Voyageurs de passages

L'ouvrage complet comprendra 3 v.
Sommaire : t. 1. Tôt ou tard.

ISBN 978-2-89723-111-8 (v. 1)

I. Titre. II. Titre : Tôt ou tard.

PS8603.E275V69 2013 C843'6 C2013-940460-0
PS9603.E275V69 2013

Les Éditions Hurtubise bénéficient du soutien financier des institutions suivantes pour leurs activités d'édition :

- Conseil des Arts du Canada ;
- Gouvernement du Canada par l'entremise du Fonds du livre du Canada (FLC) ;
- Société de développement des entreprises culturelles du Québec (SODEC) ;
- Gouvernement du Québec par l'entremise du programme de crédit d'impôt pour l'édition de livres.

Conception graphique : René Saint-Amand
Illustration de la couverture : Marc Lalumière
Maquette intérieure et mise en pages : Andréa Joseph [pagexpress@videotron.ca]

ISBN 978-2-89723-111-8 (version imprimée)
ISBN 978-2-89723-112-5 (version numérique PDF)
ISBN 978-2-89723-113-2 (version numérique ePub)

Dépôt légal : 2e trimestre 2013

Bibliothèque et Archives nationales du Québec
Bibliothèque et Archives Canada

Diffusion-distribution au Canada :
Distribution HMH
1815, avenue De Lorimier
Montréal (Qc) H2K 3W6
www.distributionhmh.com

Diffusion-distribution en Europe :
Librairie du Québec/DNM
30, rue Gay-Lussac
75005 Paris FRANCE
www.librairieduquebec.fr

Imprimé au Canada
www.editionshurtubise.com

Personnages principaux

Bilodeau, Patrice : fils de Janine Provencher et de Pierre Bilodeau, ami d'enfance de Stéphane Gadbois. Épidémiologiste reconnu.

Bilodeau, Pierre : ami d'enfance de Janine, père de Patrice. Peintre et professeur de dessin.

Duminisle, Marie-Claire : propriétaire du château de la rue Dandurand.

Gadbois, Jean : père de Stéphane. Travailleur de la construction.

Gadbois, Stéphane : ami d'enfance de Patrice Bilodeau. Professeur d'histoire.

Jessen, Phil (alias **Jess**) : ami de Stéphane. Musicien renommé.

Lafontaine, Juliette : seconde épouse d'Ernest Provencher, mère de Laurent, Gaston et Janine.

Lamarche, Nathalie : épouse de Stéphane Gadbois.

Larivière, Joseph : surnommé Jo, ancien voisin d'Ernest Provencher et ami de Laurent.

Lavoie, Solange : mère de Stéphane. Serveuse.

Lavoie, Gaétan : frère de Solange Lavoie, parrain de Stéphane. Concessionnaire automobile.

Létourneau, Élise : première épouse d'Ernest Provencher.

Marie-des-Saints-Anges, sœur : de son vrai nom Thérèse Lafontaine. Religieuse de la congrégation des Petites franciscaines de Marie, tante de Janine et sœur de Juliette.

Provencher, Ernest : père de Laurent, Gaston et Janine. Menuisier aux usines Angus.

Provencher, Gaston : fils cadet d'Ernest et de Juliette.

Provencher, Janine : fille d'Ernest et de Juliette, mère de Patrice.

Provencher, Laurent : fils aîné d'Ernest et de Juliette. Électricien.

À mon impitoyable première lectrice
Anne-Marie Bouthillier, ma fille, mon amie.

« Sachez que je puis croire toutes choses,
pourvu qu'elles soient franchement incroyables. »

Oscar Wilde, *Le portrait de Dorian Gray*

Chapitre 1

Jeudi 14 septembre 2000

Salut, Pat. J'espère que tu vas bien et que ça marche à ton goût là-bas. De mon côté, ça ne va pas du tout. Il est trois heures du matin et je n'arrive pas à fermer l'œil. Alors, tant qu'à y être, aussi bien te raconter ce qui vient de se passer chez toi…

Le premier paragraphe resta en suspens. Attablé dans la cuisine devant son portable, Stéphane Gadbois relut ce qu'il venait d'écrire en se passant la main sur la nuque.

Soudain, le sifflement strident de la bouilloire le fit sursauter. Il se précipita vers le comptoir pour la faire taire au plus vite avant de se retourner vers la porte de la chambre: «J'espère que je ne l'ai pas réveillée!»

Il entrouvrit doucement la porte. Une irrésistible curiosité le fit pénétrer dans la pièce. Il s'approcha du lit à pas de loup et se pencha vers la jeune femme qui dormait à poings fermés. Elle semblait si sereine dans son sommeil… Pourtant, une heure plus tôt, il avait cru avoir affaire à une vraie furie. Dans la pénombre, il put la contempler à loisir : quel âge pouvait-elle bien avoir ? 19 ans… 20 ans ? Ses cheveux foncés s'éparpillaient sur l'oreiller et des larmes avaient barbouillé de suie ses joues rondes. Si, tout à l'heure, il avait eu vaguement l'impression de reconnaître un visage familier, maintenant, il en avait la certitude. Mais qui ? Sa mémoire refusait de faire le lien avec qui que ce soit.

Il revint dans la cuisine et laissa tomber un sachet de camomille dans une tasse. Il préférait, et de loin, le goût du café, mais s'il voulait se calmer après une telle intrusion, une tisane était préférable.

Après avoir déposé la tasse sur la table, il jeta les yeux au sol où s'ouvrait la trappe de la cave, jonchée d'une douzaine de tuiles tordues : « Quel gâchis ! Je veux bien croire que Patrice voulait refaire son plancher, mais quand même… »

Il referma doucement la porte de la cave et retourna à son portable qui trônait sur la grande table en bois depuis qu'il avait élu domicile dans la maison de son ami d'enfance, quelque temps auparavant.

Après une gorgée de son infusion, qui le fit grimacer, il se remit à écrire :

Tout à l'heure, des coups m'ont réveillé en sursaut. Qui pouvait bien frapper comme ça, en pleine nuit ? J'ai été voir à la porte, mais comme il n'y avait personne sur le perron, j'ai cru que j'avais rêvé. J'allais me recoucher quand les coups ont recommencé, comme si on frappait dans le mur. Mais ça n'avait aucun bon sens; tu le sais, la maison n'a pas de mur mitoyen avec ses voisines. Ça venait d'en arrière. Lorsque je suis entré dans la cuisine, le vacarme a repris de plus belle. Quand j'ai entendu hurler, j'ai eu une de ces chiennes!

J'ai couru allumer toutes les lumières de la maison et j'ai tenté de reprendre sur moi. (Allons, allons, mon Stef… Respire, respire profondément.)

De retour dans la cuisine, j'ai crié:

— Allô? Il y a quelqu'un?

Je me sentais pas mal niaiseux.

Encore les coups, mais cette fois, j'ai perçu clairement d'où ils provenaient… Tu ne me croiras pas. Ça venait de la cave! Ta maudite cave!

Les jambes en guenille, je me suis agenouillé sur le plancher à l'endroit où les tuiles recouvraient la trappe.

— Allô? Allô? Vous êtes là?

J'ai couché mon oreille sur le sol dans l'attente d'une réponse qui vint immédiatement:

— Papa! Papa! C'est moi. Pour l'amour du ciel, ouvrez-moi!

J'ai dû crier un «Attendez!» avant de me relever. Il fallait arracher la tuile et dégager la trappe. J'ai couru partout comme une poule pas de tête en me demandant où tu rangeais tes outils. Après un moment, j'ai aperçu le trousseau de clés accroché à côté de la porte. Le hangar! Les outils sont dans le hangar! Tu me l'avais dit, pourtant… Je suis sorti à toute vitesse pour revenir avec ton coffre.

La première tuile a été assez difficile à arracher. Je me suis arrêté tout de suite après: « Voyons donc, Stef! Qu'est-ce que tu es en train de faire là ? » Puis j'ai crié tout près du sol:

— Allô ? Vous êtes toujours là ?

— Faites-moi sortir d'ici, sanglotait la fille en panique.

Il ne m'en fallut pas plus pour me remettre le cœur à l'ouvrage. Comment les tuiles encroûtées de colle ont été enlevées l'une après l'autre, je m'en rappelle pas. Ça pressait! C'est tout. T'aurais fait pareil. C'est là que j'ai vu que l'anneau de fer qui servait à soulever la trappe avait été enlevé. J'ai crié:

— Ça y est, vous pouvez sortir, maintenant. Poussez fort!

Pas de réponse.

— Vous êtes toujours là ?

Rien.

Je n'allais tout de même pas retourner dormir comme si de rien n'était! J'avais vu un pied-de-biche dans le hangar. Je suis retourné le chercher et je m'en suis servi pour soulever la trappe. Pouah! L'odeur de moisi qui est sortie de là, mon chum! J'ai passé ma tête par le trou: il faisait noir comme chez le diable là-dedans. Penses-tu une minute que j'allais descendre ? Pas question! La dernière fois avait été de trop, si tu te souviens bien.

— C'est ouvert, vous pouvez sortir, ai-je répété, la voix plus assurée que je l'étais vraiment.

Toujours pas de réponse.

J'ai trouvé une lampe de poche dans le comptoir. En éclairant l'escalier, j'ai vu des traces de pas imprégnés dans la poussière, mais la personne qui avait tellement voulu sortir se terrait maintenant, probablement aussi apeurée que je l'étais moi-même.

— Allons, vous n'avez rien à craindre, il n'y a pas de danger.

Ah, oui ? Pas sûr de ça, moi ! À qui avais-je affaire ? Ma peur enfantine des fantômes commençait à me travailler sérieusement. J'ai reculé et je me suis assis à la table : j'avais fait mon bout de chemin, à elle de faire le sien !

L'idée de faire jouer la radio m'est venue. Ça la rassurerait peut-être. C'était un air de blues. J'ai haussé un peu le volume, puis je suis retourné m'asseoir, les yeux rivés sur le trou béant.

La musique allait-elle l'amadouer ?

Après un moment, une tignasse de cheveux châtains emmêlés de toiles d'araignée est apparue hors du trou, puis la fille a commencé à sortir. Après quelques marches, elle s'est arrêtée un instant, les deux mains dans la face. C'était une jeune fille un peu rondouillette vêtue d'une jaquette en flanelle.

J'étais figé. Je n'osais pas dire un mot, de peur de la voir rebrousser chemin.

Ses bras sont tombés, elle s'est retournée et m'a dévisagé. Sa figure était barbouillée de larmes, de terre et de suie. J'ai ouvert la bouche pour parler, mais je ne trouvais rien d'intelligent à dire. Je devais avoir l'air aussi hébété qu'elle. Elle a monté encore une marche. Son regard a fait le tour de la pièce, puis est revenu vers moi.

— Je suis où ? Qui êtes-vous ?

Que répondre : « Bonjour mam'zelle. Bienvenue chez Patrice. Allons, tirez-vous une bûche et faites comme chez vous. Un p'tit café avec ça ? »

Je me suis levé lentement :

— Ben… euh… ici, c'est la maison de Patrice…

Elle a monté le reste de l'escalier. J'ai alors remarqué qu'une de ses manches était tachée de sang et que le bas de sa jaquette avait été brûlé.

— Patrice qui ? Je ne suis pas sur la rue d'Orléans ?

— Oui, oui, vous y êtes, au 5467.

Elle a secoué la tête :

— Mais ça s'peut pas…

Ah, là, j'étais tout à fait d'accord avec elle !

— Patrice qui ?

— Bilodeau. Patrice Bilodeau.

En entendant ton nom, elle a ouvert de grands yeux avant d'être frappée par une violente quinte de toux. Je lui ai fait couler un verre d'eau qu'elle m'a arraché des mains pour boire si rapidement que l'eau a dégouliné sur elle.

Elle a posé son verre puis elle a commencé à faire le tour de la cuisine comme si je n'étais pas là. À chaque pas, ses pantoufles laissaient des traces de terre sur le plancher. Pas gênée, elle s'est mise à ouvrir des portes d'armoire à la recherche de je ne sais quoi. Lorsqu'elle s'est postée devant la porte de ta chambre, sans trop savoir pourquoi, je lui ai ouvert et j'ai poussé l'interrupteur. Elle est entrée sans me remercier, laissant derrière elle un âcre sillage d'odeur de fumée.

Ta mosaïque de photos l'a laissée bouche bée. Elle a eu l'air intrigué, puis hypnotisé. Ensuite, elle s'est intéressée à l'énorme tête de lit en laiton ; elle a même passé une main, quasiment comme une caresse, sur la table de chevet. Elle avait l'air tellement confus qu'elle en faisait pitié. Moi, je l'observais, fasciné, incapable de rationaliser cette situation incroyable.

Tout d'un coup, comme si une mouche l'avait piquée, elle a quitté la pièce en courant et s'est ruée sur la porte d'en avant pour l'ouvrir. Elle n'allait tout de même pas sortir habillée de même, sans rien me dire en plus !

— Wô-là ! Où pensez-vous aller ?

Elle a essayé de me tasser, mais je l'ai prise par les épaules en m'efforçant de prendre ma voix la plus amicale :

— Écoutez, mam'zelle, vous sortez des entrailles de cette maison en jaquette, vous me devez quand même une explication.

Tu ne devineras jamais ce qu'elle m'a répondu.

— Il faut que j'aille dehors ! Je veux voir le feu !

— Qu... quoi ? Quel feu ? Où ça ?

— À l'hospice. L'hospice Saint-François-Solano est en feu ! Vous n'avez pas entendu la sirène des pompiers ?

Son expression était pathétique.

Je n'avais rien entendu, mais puisqu'elle y tenait, j'ai ouvert la porte toute grande. On ne sait jamais. Nous sommes sortis sur le perron. La nuit était douce pour un mois de septembre. J'entendais le bruit lointain de la circulation automobile provenant de la rue Masson et du boulevard Saint-Joseph. Aucune sirène.

— Et puis ? lui ai-je demandé.

Elle a descendu les marches du perron et elle a tendu l'oreille en humant l'air, comme incrédule, puis, sans un mot, complètement abattue, elle a remonté les marches en titubant. Je l'ai soutenue et guidée jusqu'à ta chambre où elle s'est effondrée sur le lit.

— Allez-vous enfin me dire ce qui vous est arrivé ?

Elle a tourné vers moi des yeux hagards.

— Il y avait de la fumée partout. J'ai voulu monter pour sortir au plus vite, mais la cuisine était en feu. Alors je… je me suis sauvée par le souterrain.

Comme si elle se rendait compte qu'elle n'était plus en danger, elle a cligné des yeux comme si elle me voyait enfin. C'était pas trop tôt. Elle a enfin eu un sourire.

— Merci de m'avoir aidée… Patrice ?

— Non, Patrice, c'est mon ami. Nous sommes chez lui…

— Il est où ?

Elle s'est levée et a regardé la porte, prête à s'enfuir. Pauvre elle. Je pense qu'en réalisant qu'elle aurait pu se retrouver seule avec deux inconnus, elle a eu peur. Lorsque je lui ai expliqué que c'était ta maison, mais que tu étais absent pour un an, elle s'est détendue et

s'est rassise sur le lit. Je me suis présenté avant de lui demander son nom.

— Janine, a-t-elle soufflé.

Elle a glissé sa main sur sa manche tachée de sang en grimaçant de douleur.

— Montrez-moi !

Elle a retiré sa main. La manche était déchirée. Délicatement j'ai écarté le tissu et j'ai vu une longue entaille souillée d'un mélange de terre et de sang.

— Il faut laver ça tout de suite !

J'ai été chercher ta trousse de premiers soins et une bassine d'eau, et je me suis mis à l'œuvre. J'ai coupé la manche puis j'ai plongé une débarbouillette dans l'eau savonneuse. Elle a un peu grimacé lorsque j'ai lavé sa plaie, mais elle s'est laissé faire, complètement subjuguée par sa propre image que le miroir ovale de ta commode lui renvoyait.

J'ai finalement pu voir. Elle avait une profonde égratignure d'au moins six centimètres, tracée en ligne droite de haut en bas à partir de l'épaule. La menace du tétanos m'a un peu stressé. Fallait-il nous rendre à l'urgence ? Pour être franc, je n'avais pas très envie de passer le reste de la nuit à poireauter dans une salle d'attente bondée.

— Où est-ce que vous vous êtes fait ça ? lui ai-je demandé en ouvrant la bouteille de peroxyde.

Pour toute réponse, elle a haussé les épaules.

— Attention, ça va chauffer, ai-je dit en humectant une compresse stérile.

À son contact, elle a poussé un petit cri.

— Désolé, mais je n'ai pas le choix. Après, je vais vous mettre un bandage et demain matin, je vous emmènerai à la clinique.

Mais elle ne m'écoutait pas. Les yeux tournés vers la cuisine, son visage exprimait une vive confusion.

— Mais qu'est-ce que c'est que cette musique ?

Une vieille toune des années 1980 jouait à la radio : A Fifth of Beethoven.

— Vous n'avez jamais entendu ça ? C'est une version moderne de la Cinquième Symphonie *de Beethoven.*

— Oui, oui, je reconnais l'air, mais…

Elle a fait une drôle de grimace.

— Vous n'aimez pas le disco ?

— Le disco ?

D'où diable sortait-elle ? Elle semblait se le demander aussi, car elle secouait la tête, plus perdue que jamais.

Après avoir terminé son bandage, je lui ai demandé si elle avait faim. Tirée de sa torpeur, elle m'a répondu que non et elle a fait un mouvement comme pour indiquer qu'elle voulait s'étendre sur le lit. J'ai défait les couvertures :

— Bonne idée, après une bonne nuit de sommeil, demain vous y verrez plus clair, lui ai-je dit en la bordant.

Je suis sorti de la chambre en refermant la porte derrière moi.

Stéphane s'arrêta d'écrire, replongé dans la situation abracadabrante qu'il vivait. Qu'allait penser Patrice de tout cela ? Fallait-il attendre avant de lui envoyer son courriel ? Devrait-il plutôt lui téléphoner ?

Empêtré dans son indécision, il s'adossa contre sa chaise en soupirant et laissa ses pensées remonter trois mois en arrière, là où tout avait commencé…

Stéphane Gadbois et Patrice Bilodeau s'étaient connus en janvier 1971. Tous deux âgés de 11 ans, ils étaient dans la même classe à l'école Saint-Jean-de-Brébeuf. De plus, la semaine, Patrice dînait chez Stéphane puisqu'il habitait trop loin pour retourner chez lui à midi.

Devenus inséparables, ils s'étaient perdus de vue en 1978, à la fin de leur secondaire, jusqu'à cette rencontre surprise en juin, rue Masson.

Pour célébrer leurs retrouvailles, les deux hommes entrèrent dans une brasserie. Qu'elles étaient loin, leurs jeunes années ! Pas de doute, avec leurs 40 ans bien sonnés, ils passeraient pour deux croulants aux yeux des gamins qu'ils avaient été.

Au premier coup d'œil, Patrice trouva Stéphane vieilli, usé. Pourtant, ce n'était ni son visage un peu plus plein, ni ses traits creusés qui lui laissaient cette brusque impression, mais son regard : qui avait soufflé cette petite flamme guillerette qui avait toujours animé Stéphane ?

« Il n'a pas changé. » Malgré les rides et l'ajout d'une barbe où fleurissaient quelques poils blancs, Stéphane retrouvait le même Patrice au regard intelligent derrière de petites lunettes carrées. Après avoir bu sa première gorgée de bière, il s'empressa de lui demander ce qu'il devenait.

— J'ai terminé mes études en médecine, amorça Patrice. Ensuite, je me suis spécialisé en épidémiologie, maintenant je travaille au sein d'une unité de recherche sur la grippe aviaire et je suis toujours célibataire.

Enthousiaste, il parla de ses recherches qui le menaient partout dans le monde et de son départ imminent pour le Vietnam. Patrice Bilodeau adorait son métier.

Même si le chercheur s'exprimait simplement, sans la moindre condescendance, Stéphane sentit une pointe d'envie le tenailler et il anticipait les questions qui surgirent inévitablement :

— Et toi ? As-tu poursuivi tes études en histoire ? T'ont-elles mené à l'enseignement ?

Stéphane haussa les épaules, désabusé. Contrairement à son ami d'enfance, il avait encore l'impression de chercher sa voie : professeur d'histoire au secondaire, il exerçait son métier en se traînant les pieds. Allait-il répondre qu'il avait perdu le feu sacré des premières années ? Qu'il détestait passer plus de temps à discipliner les étudiants qu'à enseigner ?

— Ben oui, j'enseigne l'histoire du Québec depuis 17 ans, marmonna-t-il, mais pour le moment, je me paie une petite sabbatique.

Soudain conscient de la transparence de ses sentiments, il tenta de poursuivre avec un peu plus de vivacité :

— En fait, j'ai entrepris une maîtrise. J'en suis à rédiger mon mémoire.

— Ah, oui ? fit Patrice, intéressé. Quel est ton sujet ?

— L'impact du développement des transports en commun sur la vie quotidienne des Montréalais du début du XXe siècle, dit Stéphane d'un seul souffle.

— Hé ! Je serais curieux de lire ça. Vas-y, parle-m'en un peu.

Depuis son enfance, Stéphane vouait une véritable passion aux tramways. Après sa douloureuse séparation avec sa femme, il avait décidé de plonger à fond dans son mémoire afin de redonner un sens à sa vie. Toutefois, ce jour-là, il réalisait que les efforts déployés, ne serait-ce que pour en parler, lui laissaient une impression de langueur insipide. Aussi, après un bref résumé, il passa à un autre sujet :

— Et ta mère, comment va-t-elle ?

Patrice lui dit qu'il avait toujours une belle complicité avec elle. Quant à son père, il s'arrangeait pour le voir aussi souvent que possible.

— Tu dois te souvenir de lui, je te l'avais présenté au salon funéraire.

Stéphane se rappelait vaguement avoir serré la main de Pierre Bilodeau, un grand sec à lunettes. C'était en octobre 1988. Douze ans déjà. Douze ans depuis sa première sortie avec Nathalie, une fille magnifique qu'il avait exhibée fièrement à son bras. Ce détour, avant le cinéma, avait contrarié sa nouvelle flamme, mais Stéphane tenait vraiment à rendre un dernier hommage à Ernest Provencher, le grand-père de Patrice, qu'il avait toujours considéré un peu comme le sien.

— Pépère Ernest ! Il me semble encore le voir dans la cuisine, assis dans sa chaise berçante en train de téter sa vieille pipe puante !

Patrice sourit à cette évocation.

— Te souviens-tu de la fois où il nous a surpris dans la cave ? demanda-t-il.

— Ah, misère ! Rien que d'y penser, j'en ai encore des frissons dans le dos, avoua l'autre en s'inclinant vers lui. Tu y es retourné depuis ?

— Non. La trappe est toujours condamnée. La tuile n'a pas bougé, mais à mon retour du Vietnam, je vais mettre de la céramique. Les vieilles tuiles jurent pas mal avec les rénovations que j'ai entreprises il y deux ans.

— Je te donnerai un coup de main, je suis bon là-dedans, offrit Stéphane.

Le visage de Patrice s'éclaira :

— Ah, oui ? J'accepte ! On en profitera pour faire un petit tour en bas, histoire de se rappeler notre été à se conter des peurs.

— Peut-être, on verra, répondit l'autre en détournant son regard.

Patrice le considéra un moment d'un air amusé :

— Ouais, j'avoue que moi aussi, il m'est resté un p'tit fond de frousse... Bah, peut-être qu'avec une petite bière...

— Deux ou trois, mettons...

Leurs verres bus, les deux hommes décidèrent de marcher un peu. La rue Masson avait bien changé depuis les deux dernières décennies : de nouveaux commerces avaient supplanté la plupart de leurs endroits cultes, mais c'était sans importance puisque leur mémoire subsistait. Au gré de leur pèlerinage, Stéphane et Patrice revécurent leurs matinées de cinéma, leurs razzias chez Oscar, l'alléchante confiserie du coin, leurs élégantes sorties chez Habib, le chic restaurant du quartier où ils amenaient leurs copines pour les épater.

Au coin de la 9e Avenue, une boutique d'équipement électronique occupait l'ancien emplacement du restaurant Spiro. Malgré lui, Stéphane leva les yeux vers le logement du troisième étage, au-dessus du magasin, où il avait vécu toute son enfance.

— Tes parents restent encore là ? s'enquit Patrice.

— Non, ils sont morts, l'un après l'autre, il y a cinq ans.

Comme il n'ajoutait rien, Patrice crut bon d'insister :

— Et tes deux sœurs ? Que sont-elles devenues ?

— Je ne sais pas trop, grommela Stéphane au bout d'un soupir. Liette est mariée, elle doit avoir deux ou trois enfants, et Nancy est déménagée en Ontario il y a très longtemps. Je ne les ai pas vues depuis l'enterrement de ma mère.

Leur balade les mena jusqu'à leur vieux Masson Hot Dog où ils ne purent résister à l'envie d'une bonne poutine dégoulinante. Aussitôt attablé, Stéphane voulut en savoir plus au sujet des parents de Patrice.

Patrice parla d'abord de son père. Celui-ci vivait toujours à San Francisco depuis son départ de Montréal en 1970. Il était propriétaire de plusieurs galeries d'art.

Le départ précipité de Pierre Bilodeau avait toujours été un mystère pour Stéphane. Une rumeur persistante voulait que, proche de certains membres du FLQ, le père de Patrice ait quitté le pays quelques heures avant le déclenchement de la Loi sur les mesures de guerre lors de la Crise d'octobre. Patrice ne lui avait jamais parlé de cet événement et pour rien au monde Stéphane n'aurait osé questionner son ami à ce sujet. En fait, le peu qu'il savait de Pierre Bilodeau se résumait à son talent de peintre, illustré par une magnifique aquarelle que Patrice avait dans sa chambre, représentant sa mère enceinte de lui.

— Maman a pris sa retraite en 1992. Quand elle ne voyage pas, elle passe le plus clair de son temps à San Francisco. Elle vient à Montréal une fois par saison. Que veux-tu, elle ne peut s'empêcher de prendre soin de moi…

— Tes parents ont repris ensemble ? s'étonna Stéphane.

— Non, non, fit son compagnon avec un geste de la main, mais ils sont restés très proches tous les deux, surtout depuis le cancer de maman.

Ébranlé, Stéphane fronça les sourcils.

— Rassure-toi, elle va bien maintenant, ajouta Patrice devant la mine déconfite de son ami. Ça s'est passé il y a huit ans, imagine, l'année de sa retraite. Elle s'est battue comme une lionne. J'ai toujours regretté d'avoir été si loin, avoua-t-il dans un souffle. J'étais en Norvège à mettre sur pied un projet de recherche. Heureusement, mon père est venu s'installer chez nous quelques mois pour la soutenir.

De nouveau dehors, les deux amis traversèrent la rue, revinrent sur leurs pas et poussèrent la porte d'un bistro-bar tout près de la 9e Avenue : une autre bière serait la bienvenue.

En s'attablant, Patrice réalisa qu'il avait beaucoup parlé de lui sans que son ami lui rende vraiment la pareille. Mais où était donc passé le Stéphane si volubile et si rigolo de son passé ?

— Alors, et toi ? À part ta maîtrise, que t'arrive-t-il ?

Un serveur se présenta à leur table. Stéphane passa la commande, heureux de cette petite diversion.

— Et la belle fille qui t'avait accompagné au salon funéraire ? insista Patrice. Il me semble avoir reçu un faire-part, non ?

« Ça y est ! Il va falloir que je parle de Nathalie. » Décidément, Patrice avait le don de le ramener dans sa zone d'échec.

— Nous ne sommes plus ensemble depuis les Fêtes, souffla-t-il après un moment. Je l'ai laissée à Québec.

— Ah, bon. Désolé, mon vieux. Vous avez des enfants ?

— Non, pas d'enfants !

Le ton avait changé brusquement et Patrice choisit de s'en tenir là. Deux bocks de bière blonde furent déposés devant eux et Stéphane s'empara du sien comme s'il mourait de soif.

— Je suis revenu à Montréal, dit Stéphane, après avoir bu une longue gorgée. Pour le moment, j'habite chez un ami, rue Laurier. Jess est musicien, il passe une bonne partie de la journée à dormir et moi à bûcher sur mon mémoire. Jusqu'à maintenant, c'était parfait, mais il faut que je me trouve autre chose : sa fille vient s'installer.

Un long silence suivit pendant lequel Patrice chercha en vain un nouveau sujet de conversation.

— Tu demeures toujours sur la rue d'Orléans ? demanda Stéphane.

— Oui, ma mère m'a vendu la maison.

— Ah, oui ? Je suis passé devant il y a quelques mois. Si j'avais su que tu y habitais encore, je t'aurais rendu une petite visite.

— Ben, n'hésite plus, tu es toujours le bienvenu.

Ils sirotèrent une deuxième bière en se rappelant les bons souvenirs d'école. Ils parlèrent aussi des femmes : de leurs blondes de l'époque, puis de celles avec lesquelles ils avaient fait un bout de chemin. Quand vint le moment de parler de leurs amours récentes, Patrice afficha un air résigné :

— Avec mon métier, elles finissent toujours par se tanner, avoua-t-il en haussant les épaules. Elles ont raison, je suis plutôt "drabe" dans mon genre.

Stéphane prit une gorgée de bière en rigolant :

— Alors, il faudrait que tu t'en trouves une autre dans la même branche que toi.

— J'ai bien essayé, mais elles sont encore plus plates que moi, répondit-il avec un sourire en coin. Bah, ce n'est pas si grave, mon travail m'apporte tellement de compensations. Pour ce qui est de la bagatelle, il y a toujours moyen, ajouta-t-il avec un clin d'œil.

Un peu grisé par le houblon, Stéphane se résolut enfin à parler de son mariage avec Nathalie Lamarche :

— Elle était si belle et tellement intense, mais elle cachait un méchant problème. Pourtant, son frère m'avait prévenu de son caractère instable, mais j'ai préféré ne rien voir. Maudit épais ! Quand j'ai ouvert les yeux, il était trop tard : j'étais engagé. Résultat ? J'ai passé plus de 11 ans à réparer les bêtises de madame. Un vrai con !

— Donc, c'est elle qui t'a mis dans cet état, conclut Patrice avec compassion.

L'autre le dévisagea quelques secondes avant de piquer du nez dans son verre.

— J'suis si magané que ça ?

— Plutôt, oui. Tu as exactement la même tête que dans le temps quand ta mère te criait après.

— Ouais, ben je dois être beau, murmura Stéphane en vidant son verre d'un trait.

Remarquant une table de billard inoccupée, Patrice proposa à son ami de faire une partie. Stéphane accepta avec enthousiasme, trop heureux de passer à autre chose. Ils jouèrent un deux de trois que Stéphane remporta.

Ils se quittèrent, tous deux un peu ivres. Stéphane laissa ses coordonnées. Lorsque Patrice voulut lui donner son numéro de téléphone, il n'eut qu'à prononcer les premiers chiffres : 376… et instantanément, Stéphane récita le reste. « Pas si rouillé que ça pour un vieux de 40 ans ! », se dit-il, euphorique.

Quelques jours plus tard, Patrice invita Stéphane à souper. Il avait une proposition à lui faire.

Patrice habitait une toute petite maison blanche, carrée, au toit plat qui s'alignait avec une demi-douzaine de ses semblables dans la même rue. Construite par le grand-père Ernest en 1914, sa façade était composée d'une porte flanquée de deux fenêtres à volets peints en rouge. Le porche couvert était surmonté de deux élégantes colonnes blanches.

En gravissant les deux marches menant au perron, Stéphane sentit son cœur tressaillir au souvenir de la dernière fois où il y avait mis les pieds.

Malgré ses dimensions modestes, la maison se divisait en six pièces. Un long corridor succédait au vestibule et débouchait sur une grande cuisine à l'arrière.

— Comme maman vient de temps en temps, je lui ai cédé ma salle de jeu, en fait, son ancienne chambre de jeune fille, annonça Patrice en ouvrant la porte à droite du vestibule.

Ému, Stéphane reconnut immédiatement les affiches de grands peintres dont s'entourait toujours la mère de son ami. La nouvelle décoration avait effacé toute trace de l'ancien royaume de Patrice. La pièce lui parut plus petite qu'autrefois.

— Ah, tu as fermé la pièce double, constata-t-il en entrant.

— Oui, j'ai installé des portes coulissantes. De l'autre côté, c'est une chambre d'ami. On n'a qu'à pousser les portes pour profiter du soleil.

Une peinture accrochée au mur du fond attira le regard de Stéphane.

— Wow ! Quel beau voilier ! C'est ton père qui l'a peint ?

— Non, c'est maman. Avec des parents si talentueux, je me demande encore pourquoi je suis aussi nul en dessin et si mauvais danseur, ajouta-t-il en contemplant le grand trophée du championnat de rock and roll ornant un pupitre en bois adossé aux portes coulissantes.

En sortant de la chambre, Stéphane jeta un coup œil vers la pièce d'en face : l'ancienne chambre du grand-père. L'absence de porte laissait voir une énorme bibliothèque, un classeur et un meuble d'ordinateur.

— Entre ! C'est mon bureau. Et de l'autre côté, le salon est toujours là.

En effet, un téléviseur à écran géant séparait les deux pièces. Un sourire moqueur apparut sur les lèvres de Stéphane : Patrice avait toujours adoré s'affaler devant la télévision, au grand désespoir de sa mère.

Au bout du couloir, juste avant la cuisine, deux portes se faisaient face : celle des toilettes et celle de la salle de bain dont l'aménagement datait de la construction de la maison.

La cuisine avait beaucoup changé : la couleur des murs, la disposition des électroménagers, les portes d'armoires maintenant vitrées, l'ajout d'un buffet à l'endroit où se berçait le grand-père. Seules la grande table en bois et la tuile décolorée rappelaient le décor d'antan.

Les couverts y avaient été dressés et deux coupes n'attendaient que d'être remplies. Du coin de l'œil, Patrice observait son invité dont l'émotion était palpable. Il lui tardait maintenant de lui faire part de son offre, mais pas avant la fin de la visite. Il ouvrit la porte de la pièce contiguë à la cuisine et poussa l'interrupteur :

— Et enfin, voici ma chambre.

Stéphane écarquilla les yeux: une immense mosaïque composée de centaines de photos juxtaposées surplombait la tête de lit en laiton. Fasciné, il entra dans la pièce jadis occupée par la mère de Patrice.

— Impressionnant, n'est-ce pas? lança Patrice derrière lui. Tous mes souvenirs y sont. Il doit bien y avoir cinq ou six photos de toi.

— Ah, oui? bredouilla Stéphane, flatté d'apprendre la place de choix qu'il tenait dans la vie de son ami d'enfance.

— Ben oui! On a passé tant d'années ensemble… Tu étais présent à tous mes anniversaires.

— Ça c'est vrai! Dans les années 1970, je n'en ai pas manqué un. Ta mère a vu ça?

— Pas encore, je lui réserve la surprise.

Patrice avait conservé tous les meubles de sa mère, héritage du grand-père. La pièce avait gardé l'allure rustique d'autrefois.

Stéphane s'était rapproché de la mosaïque, à la recherche d'une photo de lui, mais son hôte s'impatientait:

— Allez, viens trinquer avec moi. Si tu acceptes ma proposition, tu auras tout le temps de retrouver ta trace.

Le vin fut versé. Après une première gorgée, Patrice se lança:

— Que dirais-tu de venir t'installer ici pendant mon absence ? Je pars la semaine prochaine et je ne pense pas revenir avant un an.

Devant la mine stupéfaite de son invité, il ajouta :

— C'est ton deuxième "chez toi" ici, tu me l'as toujours dit. Prends-le comme un service à me rendre : je serais plus tranquille de savoir la maison habitée.

Pris de court, Stéphane hésitait : même si, dans son enfance, la maison de Patrice était devenue son refuge, il y avait vécu, quelques années plus tard, l'un des pires moments de sa vie…

— Mais… et ta mère ?

— Comme je te l'ai dit l'autre jour, maman vit à San Francisco et cette année, vu mon absence, je ne pense pas qu'elle vienne à Montréal pour les Fêtes. De toute façon, elle est au courant, je lui en ai parlé hier soir.

— Et… qu'est-ce qu'elle t'a dit ?

Stéphane était curieux de savoir ce que Janine Bilodeau aurait pu dire à son sujet.

— Ben, elle est d'accord, qu'est-ce que tu penses ? Alors, ça te dit ?

Stéphane prit une gorgée de vin, le temps de rationaliser ses sentiments : « Je dois me trouver un logement, ça, c'est sûr et… c'est vrai que je serais tranquille ici pour travailler. »

— D'accord. J'emménage quand ?

Quelques jours plus tard, après avoir conduit Patrice à l'aéroport, Stéphane déménagea rue d'Orléans. Il avait peu de bagages : une vieille guitare, deux boîtes de livres, une valise bourrée de jeans et de t-shirts, un manteau, quelques paires de souliers, des bottes d'hiver, une boîte à cigares renfermant quelques souvenirs, et son portable, son bien le plus précieux puisqu'il contenait tous les fichiers de son mémoire de maîtrise. Le reste de ses affaires avait été abandonné à Québec avec sa désastreuse vie de couple.

Il s'installa dans la pièce séparée par les portes coulissantes où il avait si souvent dormi dans son enfance.

Les deux premiers mois furent euphoriques. Contre toute attente, cet environnement agissait sur lui comme un baume sur ses plaies. Çà et là, il retrouvait des souvenirs de son propre passé, comme si la maison se souvenait de lui. Il était heureux de pouvoir travailler à l'heure qui lui convenait. La rédaction de son mémoire avançait bien. Toutefois, au début du mois de septembre, il commença à tout remettre en question. Pourquoi avoir refusé le poste d'enseignant qu'on lui avait offert à la Commission scolaire de Montréal ? Et s'il avait fait fausse route en retournant aux études ? Certes, avec une maîtrise, il pourrait postuler dans un cégep où les étudiants, plus matures, s'intéresseraient davantage à sa matière, mais avait-il encore le goût d'enseigner ?

En fait, plus le temps passait et plus il réalisait que depuis sa séparation, il avait pataugé lamentablement : ce mémoire n'était qu'une déplorable fuite en avant.

La gorgée de tisane refroidie lui parut infecte. Stéphane soupira. « Si au moins Pat était là… » Au Vietnam, on était en plein jour et l'envie de lui téléphoner le tenaillait de plus en plus. Pourtant, il ne pouvait se résigner à composer le numéro de son ami. Sans trop s'en rendre compte, il sauvegarda le courriel au lieu de l'envoyer. Puis, sous l'impulsion d'une intuition étrange, il le supprima.

Chapitre 2

Jeudi 8 juillet 1971

— Stéphane ! Stéphaaane !

Assis sur leur perron, rue Masson à l'angle de la 9e Avenue, les Gauthier levèrent les yeux. En face, au troisième étage, une femme en bigoudis, le corps penché dans le vide, à peine retenu par la balustrade de son balcon, vociférait :

— Stéphane ! Mon p'tit sacrament, je sais que t'es là ! Envoye, montre-toé la face.

Trois étages plus bas, Stéphane Gadbois, 11 ans, restait collé au mur sur le côté de la maison, précieux angle mort le soustrayant au regard de sa mère. Quelques minutes plus tôt, il avait quitté sa chambre en catimini, patins à roulettes à la main, qu'il avait chaussés sur le pas de la porte. Maintenant, il attendait fébrilement la disparition de sa mère pour s'élancer dans la rue.

— Hé, madame Gauthier !

Dans leurs chaises de jardin, Marie-Louise Gauthier et son mari observaient le gamin.

— Madame Gauthier, voyez-vous mon gars ?

La femme fit mine d'inspecter les alentours, fit un clin d'œil furtif au gamin, puis :

— Oui, je le vois, il descend la 9e… Ah, maintenant, il tourne sur Laurier.

— Ah, le p'tit maudit ! grommela la mère entre ses dents avant de rentrer chez elle en claquant la porte.

Soulagé, Stéphane enfila son sac à dos, envoya un baiser à sa bienfaitrice et se lança dans la rue Masson sans demander son reste.

— Tu devrais te mêler de tes affaires, Marie-Louise, lui reprocha son mari.

— Et toi, tu l'aurais dénoncé ?

Monsieur Gauthier marmonna une phrase incompréhensible en haussant les épaules.

— Pauvre p'tit gars, soupira sa femme, c'est toujours ben pas de sa faute s'il est pris avec des parents pas d'allure. T'as vu son père, hier soir ?

— Ben oui, il était encore saoul. C'est ben de valeur…

Tout le monde dans les alentours connaissait la famille Gadbois : la mère travaillait comme serveuse tout juste en dessous, au restaurant Spiro, et le père, un journalier perpétuellement au chômage, avait élu domicile à la taverne d'en face. Leurs enfants, deux adolescentes et Stéphane, le plus jeune, saisissaient la moindre occasion de s'évader de la maison tant l'atmosphère y était irrespirable.

À quelques rues à peine de chez lui, les gens ignoraient le nom de ce garçon qu'on apercevait tous les jours de l'été filer à vive allure sur ses patins vers le boulevard Pie-IX. Les autres, ceux qui le voyaient tourner le coin de leur rue, ignoraient d'où il venait, mais connaissaient déjà sa destination : la petite maison blanche à colonnes où habitait le petit Bilodeau, le fils du felquiste soupçonné de complicité avec les ravisseurs de James Cross.

Oui, tous les habitants de cette portion de la rue d'Orléans se souvenaient de la descente de l'armée en octobre 1970, lors de la fameuse crise du même nom. Coupable ? Non coupable ? Très vite, les mauvaises langues avaient tiré leurs conclusions : si Pierre Bilodeau était innocent, pourquoi avait-il disparu du quartier depuis les événements ?

Sa famille payait durement le prix de cette triste notoriété, surtout Patrice, son jeune fils, victime de la méchanceté d'un petit groupe de durs à cuire de son école. Même si le voisinage plaignait sincèrement le garçon, beaucoup prétendaient se méfier de sa mère et d'Ernest Provencher, son grand-père : Janine Bilodeau ne connaissait-elle pas les fréquentations douteuses de son mari ? Quant au vieil Ernest, sa réputation de communiste le précédait déjà au temps de Duplessis.

Solide dans la tempête, Janine Bilodeau passait son chemin tête haute lorsqu'on la regardait de travers, mais elle ne pouvait plus supporter de voir son fils rentrer de l'école, jour après jour, en pleurant.

Pour Patrice, 11 ans, l'apprentissage scolaire était très stimulant. Petit garçon aux traits délicats, élève studieux et brillant, préféré de ses maîtres, il était déjà vaguement impopulaire auprès de ceux qui traînaient aux derniers rangs. Avec la Crise d'octobre et la triste renommée de son père, la situation devint intenable. Aussi accepta-t-il sans aucune protestation son transfert à l'école Saint-Jean-de-Brébeuf, située à une quinzaine de rues de chez lui dans le quartier Rosemont.

Il n'y avait qu'un seul inconvénient : la distance, car Patrice devait faire le trajet à pied pour s'y rendre, non seulement le matin mais aussi le midi, puisque rien n'était prévu à l'école pour la pause du repas.

En janvier 1971, Janine fit paraître une petite annonce dans le *Journal de Rosemont* pour lui trouver une famille qui le recevrait à dîner. Lorsqu'au bout du fil, une certaine madame Gadbois lui offrit ses services, Janine sentit ses jambes ramollir. Sans jamais avoir vu Solange Gadbois, elle connaissait sa réputation et la perspective de lui confier son fils lui répugnait, mais c'était le prix à payer pour que le destin s'accomplisse enfin…

Patrice s'était plié plus difficilement à cet autre changement. Timide et solitaire de nature, il n'était guère habitué à vivre au sein d'une famille aussi… chaotique. Mais pour Janine, tout était déjà écrit : avec le temps, Patrice s'adapterait et Stéphane Gadbois deviendrait son meilleur ami.

Entre-temps, elle avait réintégré aux Shops Angus son poste de secrétaire, auquel elle avait dû renoncer 14 ans auparavant pour prendre soin de sa mère malade. Elle n'avait pas le choix : en dépit des envois réguliers de son époux, qui ne l'avait jamais laissé tomber, et de l'aide de son vieux père, l'argent se raréfiait à la maison.

Sept mois avaient passé.

En ce samedi étouffant de juillet, Janine, en train d'arroser les fleurs de son parterre, aperçut Stéphane tourner le coin de la rue sur ses patins. Son cœur se gonfla de joie et un radieux sourire apparut sur ses lèvres.

En moins de quelques secondes, le garçon stoppa au pied des marches, les cheveux en bataille, le visage rouge et le souffle aussi court qu'un sprinter au fil d'arrivée.

— Seigneur, tu es tout en nage ! Tu as encore patiné dans la rue ? C'est dangereux, ça, le réprimanda-t-elle doucement.

L'enfant, la main sur la rampe, gravit les deux marches menant au perron, posa son sac à dos et s'assit lourdement sur l'une des deux chaises pliantes. Puis, reprenant son souffle, il se pencha pour délacer ses patins.

— Je vais aller te chercher un verre d'eau, dit Janine en entrant à l'intérieur.

La maison était plongée dans la pénombre, on avait tiré tous les rideaux pour garder la fraîcheur. En pénétrant dans la cuisine, Janine soupira en apercevant son fils la tête dans le réfrigérateur :

— Qu'est-ce que tu cherches, Patrice ? chuchota-t-elle. Je passe mon temps à te dire de ne pas laisser la porte ouverte par de telles chaleurs.

— Mais j'ai chaud, moi ! râla le garçon en refermant la porte. Et on a même plus de popsicles !

— Chut ! Ton grand-père est couché. Le pauvre, avec la chaleur et sa mauvaise grippe, il n'a pas dormi de la nuit.

Janine rouvrit la porte du frigo et prit un pichet d'eau où flottaient quelques tranches de citron.

— Stéphane t'attend sur la galerie. C'est toi qui l'as appelé ?

— Ben oui, je m'ennuyais, c'est tellement plate l'été.

Janine considéra son fils en souriant.

— Tu t'ennuies de l'école, hein !

Le garçon haussa les épaules et précéda sa mère dans le couloir menant à la porte d'entrée.

Avec reconnaissance, Stéphane saisit le verre d'eau glacé.

— Ne bois pas trop vite, sinon tu vas attraper ton coup de mort.

Patrice se laissa tomber sur l'autre chaise sous les yeux amusés de sa mère.

— Toi, Stéphane, tu t'ennuies aussi de l'école ?

— Pas pantoute, répondit-il avant de reprendre une gorgée. Mais je m'ennuie du Nord.

— Du Nord ? Tes parents ont un chalet d'été ?

— Oui pis non. On a passé deux étés au Lac-Carré, au chalet de mon oncle Gaétan, mais il l'a vendu l'automne passé. Astheure, on est pris pour rester à Balconville.

— M'mmman ? lanca Patrice comme une litanie.

Janine connaissait bien ce ton, elle lui fit un clin d'œil.

— Toi, tu veux aller au Coin bleu t'acheter des popsicles. C'est ça ?

Son fils se leva d'un bond, prêt à s'élancer vers la rue Dandurand.

— Attends un peu, je vais aller voir s'il me reste une couple de cennes dans ma sacoche.

Elle entra dans la maison, laissant la porte d'entrée grande ouverte. Aussitôt sa mère disparue, Patrice se pencha vers son ami :

— L'as-tu ?

Pour toute réponse, Stéphane ouvrit son sac à dos et dévoila son trésor : une énorme torche électrique enroulée dans une serviette rayée.

— Wow, c'est au boutte, ça !

Exactement ce qu'il leur fallait pour tenter la grande aventure.

— Pis j'te dis que ça éclaire ! Presque comme en plein jour. Puis regarde ! J'ai ça aussi, dit-il en sortant du sac une petite gourde en fer-blanc et, de sa poche, un canif tout neuf.

— Hé ! Bonne idée, ça !

Lui aussi avait quelque chose de très spécial à montrer, mais avant, il se leva pour jeter un rapide coup d'œil dans le vestibule avant de s'approcher de son ami :

— Et moi, regarde ce que j'ai ! renchérit-il, tout fier, en ouvrant une main où s'étaient estampés les contours d'une petite clé.

Stéphane ouvrit de grands yeux :

— Comment t'as fait ?

Patrice n'eut pas le temps de répondre, les pas de sa mère se rapprochaient dans le corridor. Promptement, il plongea la main dans sa poche.

Janine avait changé de souliers et pris son sac à main :

— Bon, les gars, pas de popsicles pour le moment, je n'ai plus de p'tit change, il va falloir que vous attendiez que je revienne de chez Steinberg.

Patrice ne sembla pas déçu et sa mère le trouva bien raisonnable.

— Quand je reviendrai, je vous donnerai chacun 25 cents pour que vous alliez vous payer la traite.

— Merci, madame Bilodeau.

— Merci, m'man.

« Ça y est, ça y est, elle s'en va, songea Patrice en la voyant s'éloigner. J'espère que nous aurons assez de temps. »

Avant de monter dans son auto, Janine se retourna pour une dernière recommandation :

— Essayez de rester dehors, ou si vous entrez dans la maison, ne faites pas de bruit.

Pas de bruit, pas un son, ça, Janine Bilodeau pouvait être certaine que son fils lui obéirait. Pour une rare fois, la chaise berçante à l'entrée de la cuisine ne couinait pas sous le poids du grand-père : ils pourraient enfin explorer la cave. Patrice attendait ce moment depuis des mois.

Chapitre 3

Vendredi 1er janvier 1971

La tempête avait débuté tout doucement au milieu de l'après-midi. À l'heure du souper, la poudrerie rendait la visibilité presque nulle.

Une grosse Cadillac roulait lentement dans la rue d'Orléans. Au volant, un homme dans la trentaine, épuisé à force de plisser les yeux, cherchait une place de stationnement. Tout à coup, son regard s'éclaira à la vue d'un espace devant la porte du 5467.

« Hé ! Hé ! Toujours aussi chanceux, mon Gaston ! »

Après quelques manœuvres ardues, l'auto s'inséra entre deux véhicules métamorphosés en bancs de neige. Gaston Provencher coupa le moteur et jeta des yeux avides sur le petit sac de papier brun posé sur le siège du passager. Il avait tenu tout le voyage depuis le New Jersey sans boire une seule goutte ; maintenant à destination, il avait droit à sa récompense. Le geste suivant la pensée, il s'empara du sac et fit jaillir le dix onces de cognac. Plus que jamais, il avait besoin d'un petit fond pour affronter le regard de son père.

L'alcool glissa comme un torrent voluptueux dans sa gorge desséchée. Les yeux clos, l'homme au visage poupin s'adossa à la banquette et savoura sa médecine. Encore quelques petites minutes et il ressentirait les bienfaits de l'engourdissement providentiel.

Une rafale souleva la neige accumulée sur son pare-brise. Gaston fixa la porte de la maison familiale en soupirant. On devait l'attendre impatiemment. Il fallait y aller. Il porta de nouveau le goulot à ses lèvres. « Qu'est-ce que je vais leur dire ? »

Comment expliquer l'absence de sa femme et de ses filles au traditionnel souper du jour de l'An ? Du coup, Gaston regrettait d'être venu. Puis, la troisième gorgée avalée, il se ressaisit : « Allons, à la guerre comme à la guerre ! », lança-t-il en ouvrant sa portière.

— Maman, mon oncle Gaston est arrivé !

En entendant Patrice, Janine se leva de table et ralluma le gaz sous son chaudron de sauce.

— Bon, enfin ! grogna Ernest Provencher en mordillant le tuyau de sa pipe.

— S'il vous plaît, papa, essayez de faire comme si de rien n'était, lui murmura sa fille avant d'emprunter le couloir.

Le souper familial serait modeste : Pierre, l'époux de Janine, n'était pas réapparu depuis octobre et sa belle-mère, déménagée au Lac-Saint-Jean, avait décliné l'invitation. Quelques heures plus tôt, la femme de Gaston avait téléphoné pour s'excuser. Janine n'avait pas posé de question, soupçonnant une nouvelle querelle de couple. À voir la tête de son jeune frère lorsqu'elle lui ouvrit, elle en comprit immédiatement la cause : Gaston avait recommencé à boire.

Il se tenait sur le pas de la porte, les yeux brillants sous une tuque à pompon, un sac brun dans une main, un sac à poignées débordant de paquets multicolores dans l'autre.

— Sandy et les filles n'ont pas pu venir. Tu me prends pareil ? lança-t-il d'un ton désinvolte avant d'embrasser sa sœur.

— Ben oui, répondit-elle, déjà exaspérée de sentir des effluves d'alcool.

Patrice rejoignit sa mère dans le vestibule, coupant court à un préambule embarrassant. Sa déception devant l'absence de ses deux cousines de neuf et dix ans s'était vite envolée lorsqu'il avait aperçu son oncle gravir les marches du perron, son gros sac de cadeaux à la main.

À part Gaston, Patrice avait un autre oncle, mais il ne l'avait jamais vu autrement qu'en photo. Laurent, le grand frère de sa mère, vivait au Cameroun depuis fort longtemps. En revanche, Patrice voyait son oncle Gaston deux ou trois fois par année.

— Tiens, mon gars, dit Gaston en lui tendant son énorme sac. Va mettre tout ça en d'sous de l'arbre.

— Vraiment, t'exagères, lui chuchota sa sœur en regardant son fils s'éloigner joyeusement en traînant le sac.

— Bah ! Je l'aime bien, ton p'tit. Pis n'oublie pas que je suis son parrain.

Patrice adorait son oncle, un homme ventru que tout le monde surnommait GP. Il était généreux, drôle, mais surtout, il avait toujours une bonne histoire à raconter. Justement, ce soir-là, après le souper, il se surpassa :

— Savais-tu ça, mon p'tit gars, qu'il y avait un souterrain en d'sous de cette maison ?

Patrice ouvrit des yeux tout ronds.

— Tu me crois pas, hein ? s'esclaffa Gaston en ajoutant une rasade de cognac à son café. Eh bien, demande à ton grand-père, c'est lui qui a construit la maison. Il est bien placé pour le savoir. Hein, l'père ?

Ernest Provencher, à moitié assoupi dans sa chaise berçante, sursauta et Janine rétorqua vivement :

— Dis donc pas des affaires de même, Gaston !

L'ivrogne ricana, le nez dans sa tasse.

— Comment, Janine, dis-moi pas que mon filleul n'a jamais entendu parler du puits, des oubliettes et de ton aventure souterraine ?

Il parlait d'une voix pâteuse en désignant, du bout de son cigare, la petite carpette recouvrant la trappe de la cave.

Patrice fixa le petit tapis tressé en fronçant les sourcils. Jamais il n'avait fait de cas de cette trappe. Dissimulée, on oubliait sa présence. Découverte, on la confondait avec le plancher de cuisine. Soudain, un détail le frappa : l'anneau de fer servant à soulever la trappe avait toujours été cadenassé. Il s'étonna de n'y avoir jamais prêté attention. Le fameux cadenas reposait au fond d'une petite cavité pratiquée à même le plancher qu'on avait munie d'un clapet empêchant les gens de s'y buter.

Cette trappe, son grand-père la soulevait de temps en temps pour se rendre à la cave où il remisait son tabac. « C'est pour ça que pépère ne veut jamais que je descende avec lui ! », songea Patrice. Excité par sa propre conclusion, il se retourna vivement vers son oncle :

— C'est quoi, des oubliettes ?

Mais Gaston n'eut pas la chance de répondre, Ernest se leva promptement :

— Bon, torrieu, là ça va faire ! aboya-t-il. Gaston Provencher, change de sujet ou ben sacre le camp !

Son fils leva la main.

— Bon, bon, OK, l'père. Je disais ça juste de même.

— Ouais, pour faire le smatte, comme d'habitude, grommela le vieux entre ses dents.

Le silence embarrassant qui suivit laissa le jeune Patrice perplexe : on lui cachait quelque chose d'important. Il fallait qu'il en sache plus.

— Une p'tite partie de cartes, les hommes ? proposa Janine pour dissiper le malaise.

Le regard de Gaston s'éclaira, il se frotta les mains :

— Oh *yes !* Une p'tite *game* de cinq cents, le père ?

Ernest renifla bruyamment en haussant les épaules d'un air méprisant :

— Bah, on est juste trois.

— Moi aussi, j'veux jouer ! s'écria Patrice, sorti de sa torpeur.

Son grand-père laissa un peu de tendresse filtrer dans son regard.

— C'est vrai qu'y est vite pour apprendre, le p'tit. OK, sors les cartes, Janine, on va jouer une partie ouverte pour lui montrer.

C'est ainsi qu'en ce 1er janvier 1971, Patrice Bilodeau avait joué sa première partie de Cinq-Cents, quelques heures avant d'entreprendre sa petite enquête sur le mystère de la fameuse cave.

Cette nuit-là, il tourna longuement dans son lit en cherchant un moyen de se retrouver seul avec son oncle pour le questionner. Le lendemain après le dîner, l'occasion se présenta d'elle-même : la tempête avait laissé une bonne bordée de neige et Gaston, après avoir cuvé son vin jusqu'à midi, avait offert de pelleter – comptant sur l'air frais pour se remettre de sa cuite avant son départ.

Étonnée, Janine vit son fils enfiler vaillamment son manteau, sans avaler de dessert, pour rejoindre son oncle.

Sur le perron, Patrice aperçut son oncle appuyé sur sa pelle, en train de papoter avec un voisin. À la vue de son filleul, Gaston suspendit brusquement sa conversation. Lui trouvant un drôle d'air, le jeune garçon déduisit immédiatement de quoi il était question : la Crise d'octobre, le FLQ et son père, encore et toujours, comme d'habitude... Du coup, la sympathie qu'il éprouvait pour son parrain s'évanouit. Le Pierre Bilodeau dont tout le monde parlait n'avait rien à voir avec son père. Son père à lui n'était pas un bandit, encore moins un lâche ! Excédé, Patrice eut envie de retourner dans la maison, mais la curiosité le retint. Il s'empara d'une pelle sur le perron et se mit à la besogne. La rancœur galvanisait ses mouvements.

L'oncle conclut rapidement sa conversation avec le voisin et se retourna vers l'enfant :

— Ta mère t'a-tu déjà dit que Jean-Louis Veilleux et moi, on a été à la p'tite école ensemble ? demanda-t-il sans se douter de ce qu'il avait déclenché. J'te dis qu'on en a fait des mauvais coups, surtout à ton père...

N'obtenant aucune réponse, il posa les mains sur ses hanches pour observer son neveu, d'un air moqueur :

— Simonac, mon Pat ! T'es un vrai champion de la pelle, toi ! Laisse-moi z'en un peu !

À eux deux, ils dégagèrent l'entrée et la Cadillac en un temps record. Restait la cour. Ils empruntèrent le petit passage de côté vers l'arrière et ce fut à ce moment-là que Patrice, un peu calmé, reposa sa question de la veille :

— Mon oncle, c'est quoi des oubliettes ?

Gaston s'arrêta, appuya sa pelle sur le mur de brique et renfonça sa tuque jusqu'aux oreilles :

— Maudit qu'y fait frette !

Il reprit sa pelle et fit mine de se remettre au travail.

— Mon oncle…

GP considéra son neveu en silence : il était si attendrissant avec ses grands yeux en points d'interrogation. Délaissant sa pelle, il s'adossa contre le mur de la maison :

— Des oubliettes, c'est une sorte de prison. T'as jamais entendu parler de ça dans tes contes de fées ?

Le jeune garçon serra les poings :

— J'lis pas de contes de fées !

Gaston étouffa un rire dans sa mitaine.

— Oups ! s'cusez. Monsieur est un grand garçon maintenant. Alors, dis-moi, qu'est-ce que t'aimes lire ?

Patrice soupira. Saurait-il enfin ?

— Des comics pis des *Bob Morane*, répondit-il dans un même souffle. Comme ça, vous pensez qu'il y aurait une prison en dessous de la maison ?

— Ben non, ben non, y a plus rien maintenant. Mais avant, ben avant…

Il s'interrompit le temps de rassembler, en un tout plus ou moins cohérent, quelques souvenirs agrémentés de vagues rumeurs pour concocter une jolie légende de son cru :

— Tu sais, le château sur la rue Dandurand ?

Patrice opina de la tête, le regard perçant. Depuis toujours, cette énorme construction à tourelle, située en face de la résidence pour vieillards, suscitait chez lui le plus vif intérêt.

— Ben, ce château était là bien avant que les rues soient tracées dans le quartier.

— Ah, oui ? Depuis combien de temps ?

L'oncle haussa les épaules :

— Euh... depuis plus de cent ans, je crois. Mais écoute ça : j'ai entendu dire qu'il était bâti sur les ruines d'une construction plus ancienne encore et c'est de cette époque-là que datent les oubliettes et les passages secrets.

Des passages secrets ? Patrice, fasciné, vissa son regard à celui de son oncle.

— Et dans ce château, il y avait un vrai roi ?

— Ah, ça, j'sais pas, mon gars. Je suppose que ça devait être quelqu'un d'important, un seigneur par exemple.

Un seigneur ! Patrice trouva cette explication pleine de bons sens. N'avait-il pas appris dans ses livres d'histoire qu'au temps de la Nouvelle-France, on avait attribué de grands domaines, des seigneuries, à des nobles et d'autres gens importants ?

— Alors, vous croyez que ce seigneur gardait des prisonniers sous la terre ? Mais pensez-vous que les passages secrets existent encore ? Pourquoi avez-vous parlé d'un puits ? Où est-il ?

« Il est bien curieux, ce petit bonhomme », songea le beau parleur en se délectant de l'intérêt qu'il avait suscité.

En réalité, Gaston ne savait pas grand-chose, mais jusque-là, il avait l'impression que ses propos tenaient la route. Toutefois, il valait mieux que Patrice ne pousse pas trop son enquête, sinon l'histoire risquait de se terminer en queue de poisson. Quant au puits… Gaston ne voyait pas d'inconvénient à en parler. Là, au moins, il n'avait pas besoin de fabuler.

— Il est en bas, dans la cave. Je l'ai vu une fois, quand j'étais p'tit. Je ne sais pas si c'est un vrai puits, c'est mon frère Laurent qui l'appelait comme ça. C'est une sorte de trou très très profond que ton grand-père a recouvert d'une grosse planche.

En guise de conclusion, Gaston leva les bras :

— Et, malheureusement, c'est tout ce que j'sais, mon gars, dit-il en saisissant sa pelle. Allez, on a de l'ouvrage à faire.

C'était déjà beaucoup pour Patrice qui se remit à la tâche pour dégager un passage vers l'arrière de la maison.

Ils pelletèrent avec la même ardeur. En silence, Patrice révisa tout ce qu'il savait afin de s'assurer que son oncle ne parte pas en emportant d'autres précieux secrets. Tout à coup, il s'immobilisa :

— Pourquoi pépère s'est-il fâché, hier soir ?

L'oncle s'arrêta un moment, puis planta sa pelle dans la neige.

— J'aurais pas dû parler de ça devant lui, soupira-t-il. Mon père est un vieux grognon plein de secrets. Tiens, par exemple, je parie que tu ne sais pas qu'avant nous, il avait eu une autre famille.

En voyant Patrice ouvrir de grands yeux, Gaston mit une main sur sa bouche :

— Oups ! Comme ça, tu le savais pas… Héééé que j'ai une grand yeule ! J'te dis que je retiens pas de mon père, moi ! Coudon, ta mère te parle jamais de rien ?

Patrice fronça les sourcils, arrachant à son oncle un soupir d'exaspération.

— Ça, je comprends pas, par exemple, c'est quand même pas la fin du monde.

Non, sa mère ne lui en avait jamais touché mot, mais pour Patrice cette nouvelle était bien secondaire…

— Mon oncle, vous… êtes-vous déjà descendu dans le puits ?

— Bon yeu ! Pas de saint grand danger ! J'étais ben trop pissou.

L'enfant eut un petit rire, son oncle était revenu dans son estime.

— Vous aviez peur de quoi ?

Gaston passa un bras autour des épaules du garçon :

— Sais-tu, mon Pat, quand j'étais p'tit, j'avais peur de mon ombrage, j'étais pas comme ton oncle Laurent qui n'avait peur de rien. Lui il est descendu, il y a bien des années.

Patrice sentit des picotements d'excitation :

— Wow ! Et qu'est-ce qu'il a vu ?

L'homme leva de nouveau les bras sans un mot.

— Il ne vous a rien dit ?

— Ben non, il ne me contait jamais rien. Laurent parlait juste à ta mère !

Le ton de Gaston s'était durci. Cette dernière réplique avait fait surgir le douloureux souvenir de la fois où il avait aperçu Laurent et Janine descendre dans la cave à l'insu de leur père. Discrètement, il les avait suivis et avait vu son frère faire basculer la large planche dévoilant le puits. Avide de savoir, il s'était approché. «Gaston, qu'est-ce que tu fais là, maudit senteux?», avait fulminé Janine. Laurent aussi affichait un air contrarié. Après lui avoir fait jurer le silence, son grand frère lui avait donné quelques vagues explications avant de le renvoyer d'où il venait. Jamais Laurent n'avait voulu en reparler avec lui.

La voix de Patrice ramena Gaston à la réalité:

— Pauvre mon oncle, c'est plate, ça.

L'empathie de son neveu fit apparaître un sourire malicieux sur ses lèvres:

— Sauf que moi aussi j'étais curieux, presque autant que toi, mon Pat, ajouta-t-il avec un clin d'œil complice. Un soir, je les ai espionnés. C'est comme ça que j'ai su pour le souterrain en dessous de la rue d'Orléans.

Un souterrain! L'aventure souterraine de sa mère! Patrice sentit la foudre le traverser: comment avait-il pu oublier un détail aussi crucial?

— Mon oncle, hier, vous avez dit à ma mère… euh, vous savez, au sujet d'une aventure souterraine…

Gaston soupira. «Maudite boisson!» Il considéra longuement son neveu. Bah! C'était si plaisant de voir cette petite fouine boire ses paroles.

— Écoute, Patrice, dit-il en prenant son ton le plus grave, je veux bien t'en parler, mais il ne faut pas que ton grand-père le sache, sinon il va m'arracher la tête.

— Juré craché, mon oncle !

Le garçon cracha dans la neige avec enthousiasme pour sceller sa promesse.

— Bon, bon, d'accord, fit Gaston en jetant un bref coup d'œil à la porte arrière. Alors écoute bien ça : en 1959, un peu avant ta naissance, il y a eu un gros feu à l'hospice.

— La grosse maison en face du château ?

— En plein ça ! Le feu a pris pendant la nuit et je ne me souviens plus trop pourquoi, mais ta maman dormait là-bas. Lorsque l'incendie a été éteint, on a cherché ta mère partout, mais elle avait disparu. Pendant trois jours, les pompiers ont fouillé les ruines sans succès. Puis, une nuit, mon père l'a retrouvée dans la cave, elle était sans connaissance et pas mal amochée. Tu sais, la cicatrice sur son bras ? Eh bien, c'est un souvenir de cette nuit-là.

Les yeux exorbités, le jeune garçon dévisagea son oncle.

— J'te jure que c'est vrai, Patrice, assura-t-il en levant la main droite. Ta mère s'est sauvée du feu en passant par le souterrain entre l'hospice et la maison.

Le seigneur du château, le puits, le passage souterrain, l'incendie, l'aventure de sa mère : Patrice n'en revenait pas. Il décida d'abord de tout garder pour lui de crainte de se faire dire que ces histoires n'étaient qu'un tissu de mensonges. Mais les jours suivants, il y pensa sans arrêt, s'en fit tout un roman alimenté par une imagination on ne peut plus fertile : il y avait déjà eu un prisonnier dans la cave, un pauvre gars, le pied enchaîné à une grosse boule noire, comme les Dalton. Ou, mieux encore, l'effroyable fantôme du seigneur hantait encore les oubliettes. Et si le fond du trou communiquait avec une immense caverne d'Ali Baba, recelant un fabuleux trésor ?

Après avoir élimé toutes ces chimères à force de les tourner et de les retourner dans sa tête, il passa à l'essentiel : aux histoires peut-être véridiques pour lesquelles il devait se résoudre à questionner sa mère afin d'en avoir le fin mot. Malgré sa soif de vérité, il tint bon jusqu'à la veille de son retour en classe avant d'aborder le sujet avec elle.

Ils étaient en train de laver la vaisselle. Le grand-père, encore en forme pour ses 77 ans, était parti faire sa petite marche quotidienne.

— Maman, pourquoi l'autre jour mon oncle Gaston… euh… tu sais, maman, l'aventure souterraine…

Les mains de Janine se crispèrent au fond de l'évier. Comment avait-elle pu croire que son fils ne la questionnerait pas à ce sujet ? Elle retira ses mains de l'eau et s'empara d'un linge à vaisselle. « Maudit Gaston ! Il avait pourtant juré de ne rien dire ! », ragea-t-elle intérieurement.

Elle considéra longuement son fils en s'efforçant de ne rien laisser transparaître du profond tumulte qui l'avait envahie.

— Écoute, mon Patrice, l'autre soir ton oncle avait un peu trop bu et… je suis désolée d'être obligée de te dire ça, mais quand il est saoul, Gaston dit pas mal n'importe quoi. Même à jeun, il a l'habitude d'exagérer pour attirer l'attention sur lui.

Patrice soupira, déçu. Janine se pencha vers son fils et lui mit ses mains sur les épaules.

— Allons, dis-moi, qu'est-ce qu'il t'a raconté ?

Le jeune garçon hésita un moment : « J'ai juré craché de ne rien dire à pépère, mais… seulement à pépère… », songea-t-il.

Il relata ce qu'il avait appris au sujet de l'incendie à l'hospice Saint-François-Solano et de quelle façon elle aurait eu la vie sauve.

— Il m'a fait promettre de ne rien dire à pépère, ajouta-t-il aussitôt par acquit de conscience.

Sa mère leva les yeux au ciel avec un soupir exaspéré.

— Tu vois bien ce que je te disais ?

Patrice baissa la tête, piteux :

— Alors, tout ça, c'est rien que des menteries ? Même le feu ?

Comment s'en sortir ? L'événement survenu 12 ans auparavant avait fait la manchette des journaux, tout le voisinage était au courant.

— Il y a bien eu un incendie à l'hospice, cette nuit-là. Ça ne paraît plus maintenant parce que les religieuses ont tout fait reconstruire.

— Et tu dormais là ? s'exclama Patrice, sentant qu'il tenait enfin quelque chose.

— Ben non, mais c'est vrai que tout le monde me croyait là-bas. J'y étais quelques heures avant le feu. J'ai couché là pendant quelques jours et…

Apercevant le regard interrogateur de son fils, Janine se résolut à lui en dire un peu plus :

— C'est que… j'avais besoin de m'éloigner de la maison : ma mère, ta grand-maman Juliette, venait juste de mourir et j'étais pas mal à l'envers. En plus, j'étais très fâchée contre ton grand-père. C'est pour ça que j'avais demandé à ma tante de m'héberger quelques jours.

Sœur Marie-des-Saints-Anges ! La vieille tante religieuse qui s'occupait du potager de la maison de vieux. Patrice se souvenait très bien d'elle, même si elle était morte depuis quelques années.

— Quand je suis partie dans la soirée, j'ai laissé un petit mot à ma tante pour l'avertir que j'allais prendre l'autobus pour passer quelques jours à Joliette, chez une de mes amies. Sauf que mon message n'a jamais été retrouvé.

Janine se tut, espérant de tout cœur que son fils la croie. Mais le voyant fixer son bras gauche, où un long sillon dépassait de sa manche, l'angoisse lui étreignit la gorge : « Mon Dieu, ma cicatrice ! Je ne peux pas croire que Gaston lui en a parlé... » Vite, il fallait dissiper tout doute :

— C'est ma cicatrice que tu regardes, Patrice ? Rappelle-toi, je t'en ai déjà parlé : je me suis accrochée à un clou, il y a bien longtemps.

Le garçon serra les lèvres : comment avait-il pu douter une seule seconde de la version de sa mère ?

— Mais pourquoi mon oncle...

— Je te l'ai dit, Patrice : Gaston a toujours eu le don d'inventer des histoires.

Patrice, les sourcils froncés, renchérit :

— Mais il a dit que ton frère Laurent avait trouvé un souterrain entre la maison et...

— Tu veux que je te dise ? l'interrompit Janine avec un sourire en coin. Ton oncle Gaston, il est pareil comme le capitaine Bonhomme.

Cette comparaison avec le personnage de la télévision connu pour ses récits sans queue ni tête fit quand même rigoler Patrice, mais il n'en avait pas encore fini. Il voulait en savoir plus au sujet de la trappe et la cave. Patiemment, sa mère lui expliqua que beaucoup de vieilles maisons possédaient une trappe semblable pour accéder à leur cave :

— En bas, ce n'est pas un sous-sol comme les autres avec un haut plafond, c'est une “cave de plombier”. On l'appelle comme ça parce que c'est par là que passent les tuyaux de la maison : un gros tuyau pour l'égout et d'autres pour l'eau courante.

— Mais pourquoi elle est barrée, la trappe ? Est-ce que c'est vrai qu'il y a un gros trou en bas ? Pourquoi pépère ne veut pas que je descende ?

— Il ne veut pas que tu descendes parce que c'est vrai qu'il y a un trou en bas, admit Janine à contrecœur. Avant la construction de la maison, c'était un puits, maintenant il est à sec. Si la cave est barrée, c'est à cause de ça, Patrice. Ton grand-père a toujours eu peur que quelqu'un tombe dedans. C'est tout.

Mais cette explication n'était pas suffisante. Patrice était certain que sa mère en savait plus qu'elle ne voulait en dire.

— Pourquoi pépère s'est fâché, l'autre soir ? C'est-tu vrai qu'il y a une prison en dessous de la maison ?

Exaspérée, Janine haussa le ton :

— Encore des histoires à dormir debout ! Qu'est-ce que Gaston t'a encore fait accroire ?

C'était le bon moment pour parler de l'autre famille, mais de peur d'irriter davantage sa mère, l'enfant hésitait. Janine s'en aperçut :

— Allez, dis-moi ce qu'il t'a dit.

Sa voix s'était adoucie, elle savait qu'elle n'obtiendrait rien en exprimant de la colère.

— Maman… c'est-tu vrai que pépère a eu une femme puis d'autres enfants avant mémé Juliette ?

Janine observait son fils qui astiquait la même assiette depuis cinq minutes. Elle la lui enleva des mains.

— Arrête, tu vas effacer les fleurs, s'esclaffa-t-elle, au grand soulagement de son fils.

Elle jeta un coup d'œil à l'horloge murale : il lui restait encore un peu de temps avant le retour de son père.

— C'est vrai, mon garçon, mais ton grand-père n'en parle jamais parce qu'il a eu trop de peine. Quand, l'autre soir, Gaston a dit que ton grand-père avait bâti cette maison, ça aussi c'était vrai. C'était pour rendre service à un docteur qu'il avait connu aux Shops Angus, où il travaillait.

Et elle lui raconta l'histoire du premier amour de son père : Élise Létourneau, la fille du médecin. Ils avaient eu deux enfants, presque trois puisque Élise était décédée enceinte du troisième.

Patrice avait beaucoup de mal à imaginer que son pépère, qui sentait la vieille pipe et le tabac à chiquer, avait déjà été amoureux.

— De quoi est-elle morte ?

— Elle a attrapé la grippe espagnole : elle, ses deux enfants et le docteur aussi. Ton grand-père s'est retrouvé tout seul. Imagine-toi comment ç'a été dur pour lui de perdre toute sa famille. Après les funérailles, pour oublier, il est parti travailler en Alberta. Il n'en est revenu que huit ans plus tard.

Janine entoura les épaules de son fils et le pressa contre elle.

— Mais, tu vois, il a pris son courage à deux mains et il a continué à vivre. À son retour à Montréal, il a été nommé contremaître : le patron de tous les menuisiers de l'usine.

— Ensuite, il a rencontré grand-maman Juliette et il a eu mon oncle Laurent, puis toi et mon oncle Gaston, ajouta vivement Patrice, souhaitant une fin heureuse.

— C'est ça, mais… lorsque ton oncle Laurent était tout petit, il y a eu un autre grand malheur : ton grand-père a perdu deux autres enfants, un garçon et une petite fille.

Étonné, Patrice fronça les sourcils :

— Comme ça, tu aurais eu un autre frère et une autre sœur ?

En voyant sa mère acquiescer en silence, le jeune garçon se désola : « Pauvre pépère, c'est pour ça qu'il est souvent triste et ne dit jamais rien. »

— Les autres enfants, ils sont aussi morts de la grippe espagnole ?

— Non, c'est autre chose, je te raconterai.

Un déclic de la porte d'en avant annonça le retour d'Ernest Provencher. Patrice risqua une dernière question :

— Maman, c'est quoi la grippe espagnole ?

Janine posa un index sur sa bouche avant de chuchoter :

— Ton oncle Laurent avait un livre là-dessus, je vais te le prêter, mais il faudra que tu me promettes de ne le lire que dans ta chambre. D'accord ?

Le père de Janine entra dans la cuisine de fort bonne humeur :

— Ah ! J'te dis qu'il fait beau dehors !

Puis, avec une œillade à son petit-fils, il déclara :

— Patrice, c'est aujourd'hui que je te montre à jouer aux dames. Qu'est-ce que t'en penses, depuis le temps que tu me le demandes ?

— Oui, grand-papa ! répondit l'enfant, toujours emballé par la perspective d'apprendre.

— Va chercher mon jeu dans le tiroir de ma table de nuit.

Patrice s'élança vers la chambre de son grand-père et ouvrit le tiroir de la table de chevet. Le jeu cartonné était bien là, aux côtés d'une vieille boîte de fer-blanc remplie de jetons rouges et noirs. Lorsqu'il retira le tout, il aperçut une petite clé ternie au milieu d'un amas de vieilleries : une clé de cadenas…

Janine se hâta de terminer la vaisselle. Il lui tardait de se retirer dans sa chambre pour se remettre de ses émotions.

Patrice revint avec le damier et la boîte de jetons. Ernest installa le jeu tout en expliquant les règles à son petit-fils. Janine observait le vieil homme, s'étonnant encore une fois de l'écart entre l'homme fermé et irascible qu'il avait été jadis et le grand-papa gâteau qu'il était devenu, et cela, même si dans le quartier il entretenait précieusement sa réputation de vieux malcommode.

« Cré papa, il aime ça faire le toffe, ça le rajeunit », songea-t-elle en contournant la longue table pour ouvrir la porte de la pièce attenante à la cuisine :

l'ancienne chambre de sa mère qu'elle occupait depuis son mariage, douze ans plus tôt.

Janine s'assit sur son lit. « Patrice m'a crue, j'en suis certaine… Lui parler de l'autre famille a détourné son attention. »

Puis, se rappelant sa promesse au sujet du livre sur la grippe espagnole, elle s'agenouilla et tira de sous le lit une vieille valise remplie des souvenirs de Laurent.

Elle l'ouvrit et explora son contenu : deux grosses enveloppes brunes, quelques cahiers, un herbier, un seul livre : *La machine à explorer le temps* de H. G. Wells, aux pages défraîchies à force d'avoir été lues et relues. Une enveloppe jaunie y avait été glissée.

En 1957, son frère aîné avait quitté la maison sans prévenir. Trois mois plus tard, un petit pommier avait été planté dans la cour durant la nuit précédant la fête des Mères. Janine avait reçu cette lettre dans les jours suivants :

Tu dois me trouver bien lâche d'être parti comme ça en vous laissant dans le trouble. J'aurais dû t'écouter et m'arrêter quand il était encore temps, mais que veux-tu, je ne suis qu'un pauvre fou qui s'est laissé prendre au jeu.

Parle aux parents. Raconte-leur ce que tu sais, explique-leur mes raisons. Le père ne voudra rien savoir comme d'habitude, mais maman comprendra.

Ne t'en fais pas pour moi, je vais bien. J'ai trouvé du travail loin d'ici où personne n'a entendu parler de moi. Je reviendrai lorsque les choses se seront tassées.

Des circonstances fortuites lui avaient permis de revoir Laurent avant tout le monde. Mais désormais, tout cela appartenait au passé… ou plutôt au futur. Un futur qu'elle s'efforçait d'occulter depuis douze ans. Elle s'en était bien sortie jusqu'à maintenant. Si seulement Gaston avait tenu sa langue…

Qu'est-ce qui lui avait pris ? La boisson y était sûrement pour quelque chose, mais Janine pressentait une autre raison. « C'est vrai qu'on faisait bande à part, Laurent et moi. Gaston en a toujours souffert, je le savais, mais je n'ai rien fait pour arranger les choses, j'ai toujours voulu avoir Laurent pour moi toute seule. »

Pensive, Janine soupçonnait que, bourré d'amertume, l'alcool aidant, son jeune frère avait profité de l'occasion pour se venger…

« Pauvre Gaston, s'il savait… Ç'a été si facile de le mener en bateau, lui et tous les autres… »

Elle replia la lettre et la rangea dans son enveloppe. Laurent n'avait pas laissé d'adresse de retour. Si elle avait pu lui répondre, elle lui aurait appris la détérioration de l'état de santé de leur mère et le départ de Gaston pour les États-Unis. Qu'aurait fait Laurent s'il avait su qu'elle avait renoncé à ses rêves pour s'occuper de leur mère ? Et qu'aurait-il pensé de ses hésitations à épouser Pierre ?

Dans la valise, elle retrouva ses anciens cahiers d'écriture. Elle en ouvrit un au hasard. Sur les deux premières lignes d'une page jaunie, une demi-douzaine de lettres « P » étaient gracieusement rédigées : une ligne en minuscule et l'autre en majuscule. Le reste de la page était couvert d'autres « P » tracés maladroitement d'une main enfantine.

Laurent lui avait enseigné à lire et à écrire bien avant qu'elle ne s'assoie sur les bancs d'école. Son frère s'intéressait à tout, de la botanique aux mathématiques, en passant par l'histoire et l'archéologie. Grâce à lui, elle en connaissait autant sur l'histoire du quartier que sur la politique mondiale. Elle était sa préférée, sa princesse à qui il avait confié tous ses secrets, même son plus grand…

C'était en avril 1955, quelques semaines après lui avoir appris l'existence du puits dans la cave. Laurent se faisait de plus en plus rare à la maison. Lorsqu'il ne travaillait pas (il était électricien aux Shops Angus), il offrait généreusement ses services à l'hospice. C'était d'ailleurs à cet endroit qu'il avait croisé Marie-Claire Duminisle et Joseph Larivière. Ces deux rencontres allaient complètement bouleverser sa vie.

Une légendaire aura de respectabilité entourait Marie-Claire Duminisle, seule survivante de la famille propriétaire du « château », la grosse maison de pierre rue Dandurand. Tout comme ses parents, elle avait consacré sa vie aux plus démunis, dont les pensionnaires esseulés de l'hospice Saint-François-Solano.

Malgré une différence de 27 ans, une étroite complicité basée sur leurs valeurs communes naquit et se développa entre la châtelaine et Laurent.

Ancien voisin des Provencher, Joseph Larivière résidait à l'hospice depuis des années. C'était un personnage coloré, assez vieux pour être le grand-père de Laurent. Rare témoin de la naissance du quartier, il se plaisait à fournir à Laurent des détails intéressants sur la petite histoire de Rosemont. C'était de lui que Laurent tenait l'histoire du premier mariage de son père et du terrible passage de la grippe espagnole qui avait fauché un grand nombre de résidants du quartier.

À son tour, Laurent partageait avec Janine tout ce qu'il apprenait. Sa confiance en elle était telle qu'il n'hésita pas à lui faire part d'une stupéfiante découverte :

— Un souterrain dans la cave ? C'est le vieux Jo qui t'a fait accroire ça ? Voyons, Laurent ! Je ne suis plus une p'tite fille pour gober toutes ces histoires à dormir debout.

Ce n'était pas d'hier que Janine connaissait les rumeurs farfelues au sujet de l'existence d'un réseau souterrain dans le quartier Rosemont, rumeurs dont l'origine s'était perdue au fil des années.

Piqué, son aîné la considéra longuement en silence.

— Tu veux des preuves ? Eh bien, prépare-toi, vendredi, je t'emmène avec moi.

C'était la Semaine sainte et Laurent savait très bien que le vendredi, son père profiterait de son congé pour se rendre à Joliette acheter son tabac et qu'à deux heures et demie, Gaston conduirait leur mère à l'église pour la célébration de l'office.

Une fois dans la cave, Laurent referma la trappe sur eux. Très vite, Janine tira sur la chaînette de l'ampoule électrique.

— Non, éteins ! lui ordonna son frère. J'ai une lampe de poche.

Après l'avoir allumée, il saisit la main de sa sœur. Au centre de la cave, il poussa la malle de son père et souleva la large planche.

Plus angoissée que jamais, Janine se pencha sur le puits ; un trou de deux mètres de diamètre. Des échelons permettaient d'y descendre. Un câble était noué au premier. Laurent s'en empara pour le lui passer autour de la taille et s'assit au bord du trou. Après avoir invité sa sœur à l'imiter, ce qu'elle fit après une longue hésitation, il lui dit :

— Je vais descendre le premier, toi tu me suivras.

Il lui tendit sa lampe de poche :

— Tiens, attache-la après toi, j'ai laissé assez long de corde. Comme tu seras au-dessus de moi, ça me fera de la lumière. Ce n'est pas fameux comme éclairage. Bientôt j'installerai quelque chose de mieux.

— Attends, attends, Laurent ! Je… ça me tente plus, bredouilla Janine en essayant maladroitement de dénouer la corde.

Dans la pénombre, Laurent la dévisagea d'un air narquois.

— Alors quoi, peureuse ? Puisque je te dis qu'il n'y a pas de danger. Mais si tu préfères qu'on arrête tout… ajouta-t-il en amorçant un geste pour se lever.

Janine redressa vivement la tête, le regard flamboyant d'indignation. Le sourire de Laurent s'élargit : avec Janine, la provocation marchait tout le temps.

Il lui tendit de nouveau sa lampe :

— Allez, regarde, j'ai attaché une guenille blanche vis-à-vis de l'entrée du passage, il n'y a qu'une vingtaine de barreaux à descendre.

Janine saisit la torche, respira profondément, puis projeta la lumière dans le trou. Le faisceau tremblotant se perdit dans la profondeur du gouffre.

Ils amorcèrent leur descente barreau par barreau. Retenant son souffle, Janine s'efforçait de garder son sang-froid.

— C'est ici ! lança Laurent avant de s'engouffrer dans une crevasse.

Elle y était presque. Soulagée, elle hâta sa descente.

— Vas-y, continue, il ne te reste que quelques barreaux, l'encouragea Laurent d'une voix caverneuse.

Enfin, elle aperçut la guenille nouée au barreau.

— Ça y est. Tu vois la crevasse ? C'est là.

Sans lâcher sa prise, Janine glissa ses pieds dans l'étroite ouverture. Laurent la tira vers lui.

On ne voyait pas grand-chose, la lampe de poche n'était pas d'un grand secours. Laurent défit la corde et reprit sa lampe pour balayer le sol et trouva ce qu'il cherchait : un fanal et une boîte d'allumettes. Il en craqua une et alluma la lanterne qu'il brandit à bout de bras : ils se trouvaient à l'entrée d'un étroit couloir voûté aux murs de pierre. Le plafond avait plus de deux mètres de haut et le sol de terre battue semblait très uniforme.

Laurent lui remit la lampe de poche :

— Tiens, prends ça.

Mais Janine resta paralysée, complètement subjuguée : « C'était donc vrai, toutes ces histoires ! » Elle frissonna. L'endroit était frais, une odeur de terre et d'humidité lui monta au nez.

— C'est... c'est incroyable.

— Tu vois bien que ça valait la peine, s'exclama fièrement Laurent. Viens, tu n'es pas rendue au bout de tes surprises.

Tout au long du passage, des porte-flambeaux garnis de toiles d'araignée ornaient les parois de pierre. Ils avancèrent en silence. Trois minutes plus tard, ils atteignirent l'extrémité du couloir. Laurent leva son fanal : un câble à nœuds pendait d'une autre crevasse.

Le jeune homme échangea sa lanterne contre la lampe de sa sœur.

— Je passe le premier.

Il dénoua sa ceinture pour y enfiler l'anneau de sa lampe de poche.

— Éteins le fanal et range-le avec mes autres affaires.

Quelles affaires ? En éclairant le sol, Janine vit une petite caisse en bois remplie de chiffons de trois différentes couleurs et une autre boîte d'allumettes.

— Ça fait des semaines que je descends ici toutes les nuits pour explorer, lui apprit Laurent. Je marque toutes les crevasses que je trouve avec ces guenilles : les rouges pour les passages sans issues, les bleues, les crevasses à explorer, et les blanches pour celles qui mènent quelque part. Nous sommes dans le seul passage que j'ai trouvé, mais je suis pas mal certain qu'il y en a d'autres.

Janine admira l'aplomb et l'intrépidité de son frère.

Aussi agile qu'un chat, le jeune homme grimpa à la corde et s'engouffra dans l'ouverture. À son tour, elle se hissa dans la crevasse pour se retrouver dans un autre puits tout à fait semblable à celui de leur cave. Laurent avait commencé à gravir les barreaux.

— Allons, un dernier p'tit effort et on arrive, l'entendit-elle chuchoter.

Ils montèrent approximativement le même nombre de barreaux qu'ils en avaient descendus auparavant. Cette fois, Janine n'était pas attachée, mais cela n'avait plus d'importance : la curiosité avait balayé ses craintes.

Un bruit de frottement, puis le noir. Soudain, apeurée, Janine leva la tête. La lueur revint aussitôt. Son frère était sorti du puits et l'attendait, couché sur le ventre, la lampe de poche braquée sur les barreaux.

Rendue au sommet, Janine saisit la main de Laurent et se laissa hisser hors du puits. Elle se trouvait maintenant dans une pièce très sombre où flottait une bonne odeur de nourriture. Une odeur étrangement familière…

Dans la pénombre, elle vit son frère replacer un gros couvercle rond sur le trou. Puis, se redressant, il posa ses deux mains sur les hanches :

— Alors, ma chère, as-tu seulement une petite idée d'où nous sommes rendus ?

Bien sûr, ils étaient dans une autre cave. Par contre, le plafond était beaucoup plus haut, mais le peu de clarté ne permettait pas de distinguer grand-chose. Elle haussa les épaules.

D'un large geste théâtral, Laurent l'invita à le suivre.

— Alors, vraiment, tu ne reconnais rien ?

À ces mots, il éteignit sa torche, puis dressa le bras vers une chaînette reliée à une ampoule électrique. Aveuglée, Janine ferma les yeux, puis les rouvrit…

— Ah, ben… j'en reviens pas…

Des murs blancs, chargés de dizaines de tablettes où s'alignaient meules de fromage, boîtes de conserve et pots de confiture. Une énorme table en bois à moitié remplie de pots en verre vides. Au sol, des barils débordant de pommes de terre, de navets et de carottes : une véritable corne d'abondance…

Le garde-manger de l'hospice Saint-François-Solano !

À pas de loup, ils s'étaient glissés hors de la cave en empruntant l'escalier menant à la cuisine. Elle était déserte… Oui, bien sûr ! Le Vendredi saint était jour de grand jeûne pour la communauté et, comme de raison, les religieuses assistaient à l'office à l'église.

Laurent et Janine s'étaient éclipsés par la porte menant au jardin, puis étaient retournés chez eux par la ruelle en riant comme des enfants.

Dans sa chambre, Janine sourit au rappel de cette folle escapade. Puis elle se rembrunit au souvenir de la terrible colère de son père la fois où il avait surpris Laurent dans le puits. La trappe était cadenassée depuis ce jour.

Se laissant porter par la nostalgie, elle explora la large poche en tissu fixée au couvercle de la valise. Elle en sortit un vieux bas de laine gonflé de divers petits objets et une enveloppe recelant quelques articles de journaux jadis découpés dans le journal *Montréal-Matin*. Sur l'enveloppe, deux lettres – R B – tracées de sa main : Robin des Bois. Ce surnom flattait tellement Laurent.

Deux grosses enveloppes brunes contenaient tout le courrier reçu de Laurent depuis son départ pour l'Afrique, en 1959. Dans l'une d'elles, Janine retrouva la photo reçue quelques semaines plus tôt où l'on apercevait son frère en compagnie de Marie-Claire

Duminisle devant la modeste école qu'ils avaient fondée au Cameroun. Elle, 71 ans, petite et frêle, défigurée par l'énorme tache de vin sur sa joue; lui, 44 ans, grand, musclé, au visage parfait. Ils s'étaient mariés, quelques années plus tôt. Gaston ne l'avait jamais su: comment aurait-il pu comprendre le lien qui les unissait?

Trois petits coups discrets. Janine leva la tête. Patrice entrebâilla la porte:

— Je peux venir?

— Bien sûr, dit-elle en tapotant le lit pour l'inviter à s'asseoir. Ton grand-père est allé dormir?

— Oui. Je voulais jouer une autre partie, mais il était trop fatigué.

— Qui a gagné?

Curieux, le garçon fixait le contenu de la valise:

— La première fois, c'est lui, mais la deuxième fois, je suis certain qu'il a fait exprès pour per…

Il s'interrompit tout à coup.

— C'est à mon oncle Laurent, ces affaires-là?

Janine lui remit un grand cahier spiralé contenant l'herbier bien garni.

— Oui, regarde: on l'a fait ensemble quand j'étais petite.

Patrice saisit le cahier, mais au lieu de le parcourir, il demanda:

— Pourquoi il ne revient pas, mon oncle Laurent?

Janine détourna la tête:

— S'il te plaît, Patrice, je te l'ai déjà dit…

Il baissa les yeux, penaud. « Niaiseux ! » D'autant plus que sa mère avait pris la peine de tout lui expliquer parce que, disait-elle, il était assez grand pour comprendre… Laurent était recherché par la police : on l'accusait d'une série de vols et du meurtre d'un homme. Sa mère lui avait assuré qu'il était innocent du meurtre ; par contre, les autres accusations étaient véridiques : son oncle Laurent était un voleur.

Mais le frère aîné de sa mère n'était pas un bandit comme ceux qui font des hold-up dans les banques. Patrice le savait parce que sa mère lui avait montré les coupures de journaux : Robin des Bois. Dans le temps, c'était comme ça que les journalistes appelaient son oncle parce que, comme le vrai, Laurent donnait aux pauvres ce qu'il prenait aux riches.

Patrice aurait tellement aimé rencontrer cet oncle qui le fascinait et qui lui envoyait des lettres, juste à lui, où il lui parlait de sa vie en Afrique. Au dernier Noël, il lui avait même fait parvenir un magnifique papillon rouge, un *Cymothoe*, capturé spécialement pour lui.

Sentant qu'il avait fait de la peine à sa mère, Patrice ne savait plus comment réagir. Muet, il feuilleta distraitement le grand cahier spiralé. Tout à coup, son regard fut attiré vers le vieux bas de laine sur le couvre-lit. Il étira le bras vers lui.

— Ce sont ses économies ? demanda-t-il le plus sérieusement du monde.

Janine pouffa de rire :

— Non. Ce sont des souvenirs.

Patrice plongea la main dans le bas gris et en sortit une paire de boutons de manchette nacrés, une épingle à cravate en métal terni et un écrin de velours bleu.

En apercevant le coffret, Janine perdit son sourire et retint de justesse un geste pour s'en emparer. Trop tard ! Patrice tripotait la petite boîte pour l'ouvrir.

— Oh ! C'est un vrai trésor, ça ! C'est vraiment à lui ?

Sur un lit de satin jaunâtre, serpentait une magnifique chaîne en or au bout de laquelle brillait un gros médaillon orné d'une croix et d'une colombe aux ailes déployées. Sans attendre de permission, le garçon retira le précieux bijou du coffret.

— Hé, c'est lourd ! On dirait un bijou de l'ancien temps.

« Un bijou de prince ou… de seigneur », conclut-il secrètement.

— Allez, donne-le-moi, demanda Janine avec un calme feint.

Patrice examina le médaillon encore quelques secondes puis obéit à regret.

— Ça vaut cher ? Penses-tu que c'est en vrai or ?

— Je ne sais pas, répondit sa mère en rangeant le médaillon dans son écrin.

Comment avait-elle pu oublier qu'elle l'avait encore ? Pourquoi Laurent ne l'avait-il pas emporté avec lui ? Que dire maintenant pour court-circuiter l'interrogatoire qui allait suivre ?

— Maman, ça veut dire quoi la croix et l'oiseau sur le médaillon ? C'est-tu une sorte de médaille ?

Et voilà ! Janine pinça les lèvres avant de poser ses mains sur les frêles épaules de son fils :

— Bon, écoute… Oui, c'est à ton oncle Laurent, mais c'est un secret. C'est comme tout ce que je t'ai dit tout à l'heure au sujet de la première famille de mon père. Tu comprends ? Ton grand-père… il est bien vieux, puis il y a des sujets qu'on n'aborde jamais devant lui.

Un pli soucieux apparut sur le front du garçon : qu'est-ce qu'il avait donc, son pépère, pour qu'on passe son temps à parler dans son dos et lui cacher toutes sortes de choses ?

Janine s'était levée pour ranger le contenu de la valise tout en cherchant un moyen de détourner la conversation. Tout à coup, elle se rappela la boîte de livres de Laurent.

— Attends, j'ai quelque chose pour toi, dit-elle en se dirigeant vers sa penderie.

Elle posa la boîte de carton sur son lit. Euphorique comme au matin de Noël, Patrice l'ouvrit.

— Oh ! Un atlas ! s'écria-t-il en s'emparant d'un gros album couleur.

Il fouilla fébrilement dans la boîte et sortit, un à un, trois romans de Jules Verne, un livre de géographie, quatre volumes de l'encyclopédie *Pays et Nations* et plusieurs plaquettes de la collection « Que sais-je ? », dont l'une d'elles attira particulièrement son attention.

— Yé ! *La grippe espagnole* !

— T'es content ? Mais ça se peut qu'il y ait pas mal de mots compliqués.

— C'est pas grave, je prendrai mon dictionnaire, assura-t-il, les yeux déjà plongés dans la table des matières.

Janine replaça les livres dans la boîte et la tendit à son fils.

— Tiens, je te les prête, mais n'oublie pas ce que je t'ai dit tout à l'heure au sujet de ton grand-père.

Tenant promesse, Patrice alla s'enfermer dans sa chambre. On ne le revit plus de l'après-midi.

Peu après, Janine glissa la valise sous le lit. En pensée, elle revit Laurent penché sur elle, le regard flamboyant d'excitation.

— Il y en a un autre, Janine ! J'en ai trouvé un autre !

Il faisait nuit. Laurent avait allumé sa lampe de chevet. Janine se redressa sur un coude en clignant des yeux.

— T'es pas couché, toi ?

— Non, non, chuchota-t-il. J'ai trouvé un autre souterrain.

— Comment ça ? marmonna-t-elle en se frottant les yeux. Tu as réussi à ouvrir la trappe ?

— Penses-tu vraiment que le cadenas du père m'a empêché de continuer ? Tu oublies qu'il y a un autre puits à l'hospice.

Janine écarquilla les yeux et s'assit dans son lit.

— Tu veux dire qu'il y a un autre passage qui part de là ?

— Eh oui !

Janine bâilla, son esprit ensommeillé avait du mal à prendre le dessus.

— Et il mène où, ton fameux souterrain ?

— Je n'ai pas eu le temps d'aller jusqu'au bout. Tout ce que je peux te dire, c'est qu'il est plus long que l'autre et que…

Il s'interrompit pour fouiller dans l'une de ses poches :

— Regarde ce que j'ai trouvé.

Il lui avait pris la main pour y déposer un lourd médaillon empoussiéré.

Chapitre 4

Jeudi 8 juillet 1971

Après les vacances de Noël, le retour en classe, son changement d'école et ses nouvelles amitiés avaient accaparé tout le temps et les pensées de Patrice, reléguant à l'arrière-plan la trappe et les fabulations de l'oncle Gaston. Toutefois, avec la fin des cours et l'oisiveté de l'été, l'intérêt pour la cave était revenu.

À son ami Stéphane, il raconta ce qu'il savait en s'assurant tout de même de distinguer le vrai du faux. Ce qui n'empêcha pas les deux gamins de rêvasser : les oubliettes, le prisonnier et le fantôme peuplaient leur imagination. À leurs affabulations s'ajouta un hypothétique cimetière où seraient inhumés tous les membres de la chère famille disparue.

Après des semaines de discussions et de supputations, une expédition dans la cave s'était avérée essentielle pour élucider toutes les énigmes qu'ils avaient forgées. Cependant, ce n'était pas aussi simple : il fallait attendre que la maison soit déserte, chose quasi impossible avec une mère en vacances et un pépère au postérieur enraciné dans sa chaise berçante. Ils avaient aussi besoin de la clé du cadenas, mais cela était dans le domaine du possible : il suffisait d'avoir le courage d'aller la chercher. Et Dieu merci, c'était déjà fait !

Grippé, Ernest avait décidé de faire un petit somme dans son lit – chose exceptionnelle, car habituellement, c'était dans sa berceuse qu'il piquait son petit roupillon d'après-midi – et Patrice, sachant que sa mère devait se rendre à l'épicerie, avait chipé la clé dans le tiroir de la table de nuit de son grand-père pendant que ce dernier était aux toilettes. Surexcité, il avait téléphoné à Stéphane, croisant les doigts pour qu'il soit à la maison.

La mère partie, le pépère endormi, les deux gamins avaient maintenant le champ libre, mais il n'y avait pas une minute à perdre avant le retour de Janine et, surtout, avant que la frousse ne prenne le dessus.

Ils entrèrent dans la maison sur la pointe des pieds. D'abord, Patrice voulait vérifier si son grand-père dormait profondément. Retenant son souffle, il entrouvrit la porte de sa chambre, située à gauche du couloir : le vieillard était couché sur le dos, ses lunettes encore sur le nez.

— Grand-papa ? Dormez-vous, grand-papa ? souffla-t-il en se rapprochant du lit.

Un énorme ronflement lui répondit. Rassuré, le garçon sortit à pas de loup et referma la porte.

— Mais t'es-tu fou ? chuchota Stéphane, resté prudemment dans le couloir.

Patrice lui jeta un regard désinvolte :

— J'suis pas fou, j'suis prudent. Je voulais être certain que sa pilule avait fait effet.

— Une pilule pour dormir ?

— Non, un truc pour soigner la grippe. Mais on est correct maintenant, il dort dur, ajouta-t-il en se dirigeant vers la carpette.

D'un coup sec, il découvrit la porte de la cave, puis s'agenouilla sur le plancher, imité par Stéphane.

L'ouverture à battant cadenassée que toute la maisonnée appelait « la trappe » était un grand rectangle de bois épais sur lequel on avait collé un bout de linoléum vert foncé, identique à celui de la cuisine.

Toutes les raisons qui auraient poussé le grand-père à condamner la cave avaient déjà été répertoriées et analysées par les deux amis. Maintenant, ils allaient atteindre le cœur du mystère. Patrice introduisit la clé dans le cadenas, qui s'ouvrit avec un déclic ferreux.

Ils se relevèrent, les jambes en guenille. La trappe était plus lourde qu'ils ne l'auraient cru. Patrice saisit l'anneau servant à la soulever et tira de toutes ses forces.

Stéphane sortit sa grosse lampe de poche de son sac à dos pour éclairer les marches. Patrice descendit vaillamment l'escalier qui plongeait à pic.

— Attends, j'allume la lumière, dit-il en tirant sur la chaînette qui pendait d'une poutre du plafond.

Stéphane éteignit sa lampe et enfila son sac à dos. L'éclairage le rassurait. Ses pas rejoignirent les traces de son copain sur les marches étroites.

En face de l'escalier, au-dessus d'un profond évier, on avait installé une tablette sur laquelle reposait une grande boîte en fer-blanc. Patrice s'en empara :

— Viens voir le trésor de pépère, chuchota-t-il en l'ouvrant.

Stéphane s'approcha pour jeter un coup œil, mais il ne vit que du papier journal.

— C'est du tabac, lui apprit son ami en retirant le papier. Il est enveloppé dans de la gazette pour le garder frais. Pépère l'achète à Joliette et il le hache lui-même, comme dans l'ancien temps.

Près de l'évier, trois bonnes douzaines de pots en verre s'alignaient sur les tablettes d'une solide étagère : la réserve de conserves de la famille. En dessous des marches, deux grandes boîtes en bois contenaient des pommes de terre et des carottes.

La cave en terre battue, plus creuse au milieu, remontait en pente sur le solage. Sa plus grande partie mesurait à peine un mètre et demi de hauteur, et Patrice dut se courber pour l'explorer. Stéphane, de plus petite taille, put se tenir droit, mais il détestait sentir ses cheveux frôler le plafond.

Les deux garçons poursuivirent leur exploration jusqu'au fond du sous-sol. Plus ils s'éloignaient de la source de lumière et plus ils sentaient leur pouls s'accélérer. De grosses crampes crispaient les entrailles de Stéphane, qui ralluma sa lampe et éclaira les parois et le sol.

Loin d'être désert, l'endroit accueillait un grand nombre de boîtes en carton et une foule de vieilleries rangées pêle-mêle : une traîne sauvage en bois fendue à l'arrière, des patins, des skis, des pneus d'hiver, un coffre en bois rempli à ras bord de tissus multicolores.

Du côté droit de la cave, une large bâche grise tachée de peinture attira l'attention de Patrice. En la soulevant, il aperçut des meubles d'une autre époque – une jolie coiffeuse, une tête de lit, une bassinette, un petit cheval à bascule et un moïse recouvert de dentelle à moitié calcinée.

— Hé ! Regarde ça, Stef, dit-il en écartant la bâche, je suis certain que ce sont les meubles de la première famille de pépère.

Chose curieuse, quelqu'un semblait avoir pris un malin plaisir à saccager le miroir de la coiffeuse et les lits d'enfant. Lorsque les deux garçons les examinèrent de plus près, ils remarquèrent les traces laissées par une hache.

Stéphane écarta davantage la bâche et dévoila les débris avec sa lampe.

— T'as vu ? On dirait qu'il y en a des bouts qui ont passé au feu.

En effet, tout un pan de la bassinette était noirci de suie. Sur la tête de lit, rangée derrière, un prénom avait été sculpté.

— *Eddy*, murmura Stéphane.

— Donne-moi ça ! ordonna Patrice en lui arrachant la torche des mains.

En dirigeant la lumière sur les débris du petit lit de bébé, il trouva la trace d'un autre prénom : *Agnès*.

Plus ému qu'il ne le laissait voir, Patrice recouvrit les meubles et remit la lampe à son copain.

— Viens, on continue.

Ils se dirigèrent vers l'avant de la maison où un filet de clarté traversait un minuscule carreau de ventilation crasseux. Retournant sur leurs pas, ils aperçurent une malle bleu royal solidement cadenassée. Qu'est-ce qu'elle pouvait bien contenir ? Patrice sortit la clé du cadenas de la cave. Et si elle ouvrait aussi la malle ? Il s'acharna en vain.

— Bon, il n'y a rien de spécial, souffla Stéphane. On est mieux de remonter avant de se faire pogner.

— Non, pas avant d'avoir trouvé l'ancien puits. Il existe, ma mère me l'a dit. Retourne si tu veux, ajouta-t-il d'un ton dédaigneux, mais laisse-moi ta lampe.

Piqué dans son orgueil, Stéphane ravala sa frayeur.

— OK, je reste, mais grouille !

Ils décidèrent d'explorer l'endroit, côte à côte, pouce par pouce, à la recherche d'un trou ou d'une autre trappe.

Stéphane n'en menait pas large : il avait mal au ventre et la sueur coulait sur son front. Peut-être un peu d'eau… Sans interrompre son pas, il enleva son sac à dos pour sortir sa gourde, mais lorsqu'il voulut prendre une première gorgée, il buta sur quelque chose. Sa gourde lui échappa des mains et roula hors de sa vue. D'un geste brusque, Patrice reprit la torche pour illuminer le sol à l'endroit où son ami avait trébuché.

— On l'a trouvé ! On l'a trouvé ! s'écria-t-il au comble de l'excitation.

— Chuuut ! Ton grand-père…

Vivement, Patrice remit la lampe à son ami.

— Éclaire-moi !

Stéphane dirigea le flot de lumière au ras du sol et aperçut une planche large et épaisse. Déjà, Patrice avait saisi un bout de la pièce de bois. Son copain assistait à la scène, la bouche entrouverte, les yeux exorbités.

— Envoye ! Qu'est-ce que t'attends pour m'aider ?

Stéphane déposa sa torche par terre pour aider son ami. Le travail accompli, le fils de Janine s'empara de la lampe pour éclairer le trou. D'abord, il distingua des barreaux de fer plongeant dans un gouffre sans fond, puis il remarqua un câble marin attaché au premier échelon.

Les deux garçons se dévisagèrent en silence. « On y va ? », demandèrent les yeux de Patrice. « Es-tu malade ? », répondirent ceux de Stéphane.

Mais Patrice était décidé, il attendait ce moment depuis trop longtemps.

— Il faut que j'y aille. Toi, tu n'as qu'à m'éclairer.

Protester aurait été inutile. Stéphane reprit sa lampe et fit ce qu'on attendait de lui, l'esprit partagé entre l'admiration devant l'intrépidité de son ami et la peur qu'il lui arrive quelque chose.

Patrice amorça fébrilement sa descente. La poussière accumulée rendait les barreaux glissants et le garçon tentait d'en enlever une partie en balayant chacun des barreaux avec son pied avant de le poser. Au cinquième échelon, sa main rencontra quelque chose : était-ce un autre câble ?

— Hé, cria-t-il à Stéphane, peux-tu éclairer ici ?

L'autre s'accroupit et dirigea sa lampe vers la main de Patrice.

— Qu'est-ce qu'il y a ?

C'était une bonne longueur de corde, tortillée autour d'un barreau.

— On dirait un des vieux fils électriques de pépère.

Se promettant d'y revenir plus tard, Patrice poursuivit sa descente : dix… quinze barreaux.

Plus il descendait, plus la température s'abaissait et plus la source de lumière s'amenuisait. Combien de barreaux pourrait-il encore descendre avant d'être obligé de remonter, faute d'éclairage ?

En haut, Stéphane s'était couché à plat ventre, le bras dans le vide afin de projeter la lumière le plus loin possible. Il ne distinguait presque plus son ami et brûlait de lui crier de remonter, mais il se taisait de crainte d'alerter le grand-père.

Au même moment, quelque part au New Jersey, l'oncle Gaston allait, à son insu, s'immiscer de nouveau dans cette rocambolesque histoire. Un simple coup de téléphone, juste pour prendre des nouvelles et dire un petit bonjour. Une sonnerie qui fit tout basculer…

Ernest Provencher ouvrit un œil. La sonnerie retentit de nouveau. « Mais pourquoi personne ne répond ? Où est Janine ? » Il se leva péniblement et sortit de sa chambre, le cerveau embué par la grippe et les médicaments.

— Ouais, ouais, j'arrive, maugréa-t-il en atteignant le téléphone mural à l'entrée de la cuisine.

Sa main se posa sur le récepteur au moment où il aperçut la trappe grande ouverte. « Ah ben, sacrament ! »

Furieux, il se précipita vers l'entrée de la cave, sauta sur la première marche, perdit l'équilibre et déboula l'escalier dans un grand cri.

Stéphane bondit sur ses pieds et dirigea son faisceau de lumière vers l'escalier. Le vieux, allongé sur le sol, tentait de se relever en hurlant :

— Qui est là ? Dehors ! Sortez d'ici ! Sortez d'ici !

Muet de stupeur, le cœur dans la gorge, Stéphane resta cloué sur place, mais un cri de terreur venant des profondeurs le ramena à la réalité.

— Stéphaaannne ! Il fait noir ! Éclaire-moi ! Stéphane ! Qu'est-ce que tu fais ?

La lumière revint dans le trou.

— C'est ton grand-père, il nous a trouvés ! Il est tombé dans la cave ! Remonte ! Vite, remonte !

Patrice gravit les barreaux plus vite qu'il ne les avait descendus. Le vieux continuait de beugler, plus de rage que de douleur.

— C'est nous, grand-papa, c'est juste nous ! s'écria son petit-fils lorsqu'il fut remonté à la surface de la cave.

Les deux garçons constatèrent immédiatement que le vieillard était beaucoup plus mal en point que ses vociférations le laissaient supposer. Il avait replié sa jambe droite pour se relever, mais sa gauche avait pris un angle inquiétant au niveau du genou.

— Reste là, lança Patrice à son ami, moi je vais aller chercher ma mère chez Steinberg.

Stéphane tressaillit vivement : rester seul avec le pépère en furie le terrorisait encore plus que tout le reste.

— Non, non. J'y vais, moi.

— OK. Cours, dépêche-toi !

Stéphane sortit en trombe de la maison et bouscula une voisine occupée à balayer le trottoir. En voyant son air affolé, elle le retint.

— Mon Dieu ! Qu'est-ce qui t'arrive, mon garçon ?

Pour toute réponse, Stéphane désigna l'intérieur de la maison en soufflant :

— Monsieur Provencher… tombé… cave…

Puis il se dégagea et dévala la rue d'Orléans vers Masson.

En bas, au pied de l'escalier, Patrice avait réussi tant bien que mal à redresser son grand-père. Ce dernier, le dos appuyé sur la dernière marche, dévisageait son petit-fils.

— Qu'est-ce que tu venais faire icitte, mon p'tit vlimeux ?

Au bord des larmes, le garçon avait du mal à contenir ses tremblements.

— Mon oncle Gaston avait dit…

— Aaaah, lui là ! Pis ! Qu'est-ce que t'as trouvé de si intéressant ?

Patrice ne trouva rien à dire…

— Tu réponds pas ! Donne-moi ça ! dit-il en pointant la lampe.

Patrice tendit la torche de Stéphane au vieillard qui, plus alerte que jamais, dirigea le faisceau de lumière exactement à l'endroit du trou.

— Qui t'a permis d'enlever la planche que j'avais mise là ? C'est dangereux, ce trou-là. Très, trrrès dangereux !

— J'savais pas moi, grand-papa… J'voulais juste voir…

— Voir quoi ? La Fée des étoiles ? Le Bonhomme Sept Heures ?

Le garçon haussa les épaules et baissa la tête.

— Patrice, regarde-moi dans les yeux.

La voix d'Ernest s'était radoucie. Son petit-fils leva des yeux noyés de larmes.

— Je ne veux plus jamais que tu descendes ici, tu m'entends ?

— Oui, OK, grand-papa.

Une voix se fit entendre au-dessus d'eux, semblant provenir du rez-de-chaussée :

— Il y a quelqu'un ?

— Ici ! En bas, cria Patrice en se levant.

À bout de souffle, après une course folle de huit pâtés de maisons, Stéphane poussa la porte du supermarché. À l'intérieur, il tenta de reprendre une respiration normale avant de s'engager dans la première allée du magasin.

— Stéphane ? Mais qu'est-ce que…

La mère de Patrice l'avait aperçu en tournant à l'extrémité de l'allée des conserves.

De soulagement, Stéphane éclata en sanglots. Janine s'inquiéta :

— Il est arrivé un accident ? Patrice…

Il renifla avant de lancer d'un trait :

— Non, non, madame Bilodeau, c'est votre père… Il est tombé dans la cave. Je pense qu'il s'est cassé une jambe.

Abandonnant son panier de victuailles, Janine entraîna le garçon vers la sortie. Ils sautèrent dans sa voiture. Elle démarra sans un mot. Au loin, on entendait le hurlement d'une sirène se rapprocher. Au moment de tourner dans sa rue, elle vit les clignotants d'une ambulance dans son rétroviseur.

Les ambulanciers et Janine stationnèrent en même temps et tout le monde se précipita dans la maison, sauf Stéphane qui, seul sur le perron, anticipait la suite : non seulement la colère de la mère et du grand-père de Patrice, mais surtout celle de sa propre mère, qui avait la main lourde.

Après quelques minutes, Janine se présenta à la porte :

— Stéphane, pourrais-tu plier les chaises? Il faut faire de la place pour laisser passer la civière.

Le garçon s'exécuta avec empressement, trop heureux de pouvoir rendre service afin de se faire pardonner.

Peu après, les ambulanciers sortirent de la maison avec le grand-père, sous les yeux de quelques voisins alertés par la sirène.

Lorsque Janine demanda à Stéphane de rentrer chez lui, celui-ci lui envoya un regard suppliant:

— S'il vous plaît, madame Bilodeau, ne dites rien à ma mère…

— N'aie pas peur, Stéphane, répondit-elle après un moment. Vas-y maintenant et reviens demain si tu veux.

Après avoir confié Patrice à une voisine, Janine monta à bord de l'ambulance.

Même s'il se sentait honteux de ce qui s'était passé, le fils de Janine regrettait de n'avoir pu aller jusqu'au bout de l'aventure. Saurait-il un jour jusqu'où menaient les barreaux de fer? Tenterait-il une autre expédition en dépit de la promesse faite à son grand-père?

« Stéphane ne voudra plus jamais venir avec moi, il est bien trop *chicken*, mais moi j'ai eu le courage de descendre creux, très creux. »

À cette pensée, Patrice bomba le torse. Il aurait tant aimé que son père soit là! Bah, au début, il aurait été un peu fâché, mais dans le fond, il aurait été très fier de lui.

Jamais Patrice Bilodeau ne retournerait en bas, car en cet après-midi chaud et ensoleillé, il ignorait encore qu'il ne pourrait plus s'endormir sans veilleuse. Plus jamais son esprit ne pourrait effacer le souvenir du gouffre monstrueux, ni oublier cette effroyable obscurité qui avait failli l'avaler.

Ernest Provencher fut admis à l'hôpital Bellechasse. Il s'était fracturé la jambe à deux endroits. À son âge, on aurait pu craindre le pire, mais il était solidement charpenté et son cœur pompait comme celui d'un jeune homme.

Au chevet de son père, Janine lui demanda une faveur :

— Papa, il faudrait donner plus d'explications au p'tit.

Le vieux soupira.

— Que veux-tu que je lui dise ? La vérité, tu la connais. J'ai juré le secret. Il vaut mieux ne plus remuer tout ça.

— C'est que Gaston… Eh bien, il lui a parlé du souterrain et du feu de l'hospice.

— Ah, le tab… ! rugit le vieillard en se redressant à demi.

Stoppé par une fulgurante douleur, il se recoucha en grimaçant.

— Maudite grand yeule, y a vraiment rien à faire avec celui-là ! Attends qu'il revienne. Il va manger mon pied dans l'cul !

— Bah, ne vous en faites pas trop au sujet des placotages de Gaston, j'ai tout arrangé.

— Qu'est-ce que tu veux dire ?

— J'ai raconté la deuxième version à Patrice, répondit-elle avec un clin d'œil complice.

Ernest esquissa un grand sourire :

— Tu lui as dit que tu étais chez ton amie de Joliette ? T'as bien fait, ma fille ! Penses-tu qu'il t'a crue ?

— Ça doit, mais ça ne l'a pas empêché de faire son p'tit tour en bas. Il s'est fait toutes sortes d'idées, papa. Si vous ne lui dites rien, ça va continuer de lui trotter dans la tête.

— T'as raison, admit le grand-père. Tant qu'à y être, aussi bien accorder nos violons. Qu'est-ce que tu veux que je lui dise ?

— Racontez-lui l'histoire du quartier. Pour le trou en bas, dites comme moi : que c'est un ancien puits. Si ça vient de vous, il va le croire. Puis… même si c'est difficile…

Les yeux au plafond, Ernest attendait la suite. Pourquoi Janine s'était-elle arrêtée ? En tournant la tête, il vit qu'elle s'était penchée sur lui, son regard exprimant une profonde désolation.

— Quoi ? grogna-t-il.

— Papa, parlez-lui de votre première femme et des enfants, comme vous me l'avez raconté à mon retour…

Le vieillard ne répondit pas. Il ferma très fort les yeux comme s'il voulait oublier les dernières paroles de sa fille. Une larme s'échappa et glissa sur sa joue flétrie.

— J'ai tellement eu peur de te perdre toi aussi, ma p'tite fille. C'était épouvantable de revivre tout ça, si tu savais…

Une vague de tendresse submergea Janine. Elle coucha sa tête sur la poitrine de son vieux père.

— Mais vous ne m'avez pas perdue, papa, et je serai toujours là pour vous.

Une main tremblante lui caressa maladroitement les cheveux. Après un moment, Janine se redressa.

— Le p'tit aussi vous aime beaucoup. Si de votre côté, vous lui montrez que vous lui faites confiance, ça l'aidera à croire tout le reste.

Ernest considéra longuement sa fille.

— Bon, OK. Je vais lui parler, répondit-il en lui tapotant affectueusement la main. Mais toi, de ton côté, tu vas faire quelque chose pour moi : j'en ai pas encore fini avec cette maudite cave…

Deux jours plus tard, Janine observait l'ouvrier à genoux dans la cuisine. Après avoir arraché le linoléum vert, il recouvrait maintenant le plancher d'un carrelage de tuiles noires et blanches. La veille, avec l'aide de son fils, Janine avait remonté de la cave le tabac, les légumes, les conserves et quelques boîtes. La trappe serait condamnée: «J'veux pu jamais voir personne écornifler en bas. Ça coûtera ce que ça coûtera!», avait dit son père.

Dehors, Patrice et Stéphane jouaient dans la cour. Il faisait chaud. Janine prit deux popsicles dans le réfrigérateur et offrit un verre de limonade à l'ouvrier qui accepta avec empressement.

Sur le pas de la porte, elle appela les garçons en brandissant les sucettes glacées. Tout joyeux, ils se précipitèrent sur le perron. Jetant un regard à l'intérieur, Patrice se désola: fini la cave, le puits et ses secrets...

Stéphane entra. Curieux, il regardait l'homme travailler, le questionnait. Lui demandait-il comment s'y prendre pour décoller la tuile? Janine détourna la tête avec un soupir douloureux. Elle n'avait pas envie de rire, mais de serrer Stéphane dans ses bras et de lui avouer son amour. Mais on ne dit pas ces choses-là à un enfant qui n'est pas le vôtre...

En songeant aux 29 longues années qui la séparaient de l'an 2000, Janine se sentit emmurée dans sa propre vie...

Chapitre 5

Jeudi 14 septembre 2000

Janine ouvrit des yeux gonflés de sommeil. Les chiffres lumineux d'un curieux appareil posé sur la table de nuit happèrent son regard : 6 : 44. Elle cligna des yeux et se retourna sur le dos. Au plafond, elle aperçut un luminaire muni d'une hélice. Perplexe, elle se souleva sur un coude, mais un élancement soudain lui arracha un petit cri. Elle retomba sur le matelas, dans un tourbillon de pensées affolantes : l'hospice en flammes, la fumée suffocante, sa fuite désespérée par le souterrain et l'étranger à l'autre bout.

Courbaturée et l'estomac barbouillé, la jeune fille s'assit péniblement au bord du lit et examina ses mains sales et ses ongles cassés, avant de palper légèrement le pansement à son bras. Où s'était-elle infligé cette blessure ? Et l'homme qui l'avait soignée, que faisait-il chez elle ? Était-ce bien sa maison ?

« C'est pourtant bien la commode de maman », se dit-elle en jetant un coup œil sur le meuble contre le mur dénudé du papier peint que sa mère aimait tant.

Son regard incrédule fit le tour de la pièce, reconnaissant au passage l'imposante armoire aux portes en pointes de diamant sculptées par son père. Troublée, elle examina ses ongles crasseux et sa jaquette souillée de terre et de sang. Brusquement, une violente nausée lui souleva le cœur, elle se précipita hors de la chambre vers la première porte à gauche du corridor, qu'elle ouvrit à la volée pour aller vomir dans la cuvette des toilettes.

Elle se releva, soulagée. Puis, réalisant que la porte des cabinets était restée grande ouverte, elle la referma promptement et appuya sur l'interrupteur. Éblouie, les yeux mi-clos, elle rabattit le siège des toilettes, s'assit et urina longuement. Ensuite, un bras balayant l'air, elle chercha machinalement la chaîne pour actionner la chasse, mais sa main ne trouva rien. Elle leva la tête : l'ancien attirail avait disparu ! Elle se retourna et, sidérée, constata que le réservoir était maintenant situé derrière la cuvette.

— Voyons donc ! Depuis quand on a des toilettes modernes ? s'exclama-t-elle à haute voix en actionnant le mécanisme.

Elle resta assise un moment, l'esprit chamboulé, retenant à peine un nouveau haut-le-cœur.

Elle se dit que boire un peu d'eau lui ferait grand bien. Malheureusement, il n'y avait pas de lavabo dans les minuscules toilettes et elle hésitait à sortir, craignant de se retrouver face à face avec l'étranger. Après quelques secondes, elle se résolut à entrouvrir la porte pour tendre l'oreille : aucun bruit.

Rassurée, elle sortit des cabinets et entra dans la cuisine. Son regard interrogateur embrassa la pièce éclairée d'un faible rayon de soleil :

— Pour l'amour du ciel, où est-ce que je suis ? murmura-t-elle.

La nuit précédente, elle avait émergé de la cave complètement affolée et n'avait eu d'yeux que pour l'homme au regard ahuri qui l'avait délivrée. Dans son esprit, tout le reste semblait aussi flou qu'un rêve délirant.

Janine fit quelques pas dans la cuisine. La table et les chaises fabriquées par son père étaient toujours à la même place, mais le reste de la pièce avait pris une allure insolite : les murs avaient changé de couleur, un store aux fines lamelles avait remplacé les rideaux fleuris de la porte arrière et des tuiles deux tons recouvraient maintenant le plancher. Des tuiles qu'on avait arrachées pour dégager la trappe menant à la cave. Lorsqu'elle s'en approcha, ses yeux s'agrandirent de stupeur : la trappe, maintenant refermée, était recouverte d'un morceau de linoléum vert qu'elle reconnut immédiatement. « Mais, qu'est-ce que... »

Sur le mur du fond, des portes vitrées laissaient voir le contenu des armoires et les électroménagers avaient été encastrés dans le comptoir.

Beaucoup plus volumineux, le réfrigérateur à deux portes latérales avait perdu ses coins arrondis et sa grosse poignée de métal; une machine bizarre, dépourvue de brûleurs, avait remplacé le gros poêle à gaz. En bordure d'un double évier, un mystérieux appareil à boutons avait aussi été enchâssé et un duo laveuse et sécheuse minuscules était superposé en lieu et place de la vieille laveuse à tordeur.

« On dirait des jouets... » Janine n'en croyait pas ses yeux : jamais elle n'avait vu de tels appareils, même dans le plus récent catalogue du magasin Eaton.

Un verre traînait sur le rebord de l'évier. Retrouvant sa soif, la jeune fille ouvrit le robinet d'eau froide. Elle but lentement, les yeux posés sur le comptoir. Près d'un grille-pain aux allures futuristes, trônait une cafetière en verre rangée dans un curieux réceptacle muni d'un cadran et d'un interrupteur. Tout à côté, une étrange boîte à pain attira son attention. C'était une boîte métallique blanche, dotée d'une porte à fenêtre bordée de trois rangées de cercles portant des numéros et aussi des mots : « puissance, convexion, décongélation, départ, arrêt »... Fascinée, elle effleura l'un des cercles : un petit bip retentit. Elle recula vivement.

Le cœur battant, elle s'approcha de nouveau pour se rendre compte que la boîte était branchée à une fiche électrique.

— Veux-tu ben m'dire... marmonna-t-elle en se grattant la tête.

Sur le bout de la table de cuisine, un gros dictionnaire reposait sur une pile de feuilles imprimées. À l'autre bout, une mince mallette argentée avoisinait un appareil gris muni d'un plateau contenant des feuilles blanches.

Ahurie, Janine restait là, immobile, n'osant toucher à rien. Une sourde angoisse montait en elle. Pourtant, la curiosité surmonta son envie d'aller se terrer sous les couvertures.

À l'entrée du couloir, elle ne trouva plus trace du téléphone mural. La porte suivant les cabinets de toilette était close. Janine y colla l'oreille: «C'est ici qu'il dort?» Aucun bruit.

Elle leva les yeux au plafond: l'affreux tuyau de chauffage avait disparu. Elle fit quelques pas: la vieille fournaise empestant le mazout s'était volatilisée. Une petite table décorative occupait l'ancien espace et un appareil surmonté d'une petite tour à boutons y était posé.

Elle entra dans la pièce en face de la chambre de l'étranger: le salon. À la vue du gigantesque téléviseur, elle ouvrit la bouche et se laissa choir sur le sofa de cuir, mais se releva aussitôt en s'emparant de l'espèce de long bidule à boutons sur lequel elle s'était assise. «C'est quoi, toutes ces bébelles à pitons?»

Plus perplexe que jamais, Janine revint dans le couloir. «Je ne comprends rien. J'ai pourtant abouti dans la bonne cave, mais… en montant les marches, c'est comme si je m'étais retrouvée chez un voisin. Un bizarre de voisin…», songea-t-elle en arrêtant un regard suspicieux sur la porte de la chambre de l'étranger.

Elle devrait trouver sa propre chambre, contiguë à cette pièce, séparée de l'autre par des draperies opaques – du moins, c'était ainsi dans la maison de son père. La porte était entrouverte. La tentation d'y jeter un coup œil l'emporta sur sa crainte d'éveiller l'homme. Elle entra sur la pointe des pieds. Des portes coulissantes isolaient la pièce de l'autre. Elle appuya sur le commutateur et une forte lumière illumina la pièce. Aussitôt, elle poussa un soupir de soulagement : ses meubles étaient toujours là…

Elle s'assit sur le lit, le cœur battant à ses tempes. Sa main caressa son couvre-lit : une grande couverture de laine composée de petits carreaux multicolores. Palper la douceur de la laine la ramena quelques années plus tôt, bien avant que la sclérose en plaques ne paralyse les doigts de sa mère. Ah, les bons moments qu'elles avaient passés toutes deux à crocheter cette couverture en papotant !

Mais quelque chose n'allait pas. Janine tira un coin du couvre-lit pour l'examiner de plus près : les couleurs avaient pâli et la laine était tapée, tassée, comme si la couverture avait été soumise à de multiples lavages.

Sur les murs, elle aperçut trois affiches glacées reproduisant des tableaux de grands maîtres : *Jeunes filles au piano* de Renoir, *Danseuse sur scène* de Degas et enfin *Impression, Soleil levant* de Monet, ses tableaux préférés. Pourtant, jamais ces affiches n'avaient tapissé les murs de sa chambre.

Elle se leva. « Où est mon poster d'Elvis ? C'est quoi cette toile ? » Elle s'approcha du tableau représentant un voilier amarré au quai d'un port inconnu. Un pli soucieux creusa son front lorsqu'au coin inférieur droit de la toile, elle reconnut ses propres initiales : *JP 1995*. Détournant vivement les yeux, elle secoua la tête d'un air hagard. Tout ça la dépassait…

C'était pourtant bien sa penderie, sa table de nuit et son pupitre, mais les murs avaient été repeints, d'autres rideaux habillaient la fenêtre et le plancher de bois franc avait subi une cure de rajeunissement.

En apercevant la petite carpette en bordure du lit, Janine se souvint : « Mais oui ! Il doit bien rester des traces ! »

Adolescente, elle avait l'habitude de lire la nuit, même si son père le lui interdisait formellement. Pour éviter d'attirer son attention, elle plaçait une grande serviette roulée au bas de la porte et empilait ses oreillers sur la carpette à côté de son lit. Ainsi, elle pouvait passer des heures allongée à plat ventre, le nez plongé dans ses romans d'amour, à la lueur d'une chandelle plantée au milieu de la cire fondue sur le plancher. Malheureusement, une nuit, elle s'était assoupie sur son livre et la bougie s'était consumée jusqu'au sol, y laissant une marque indélébile. Horrifiée, elle s'était empressée de dissimuler les dommages sous sa carpette.

Quelles traces restait-il de cette mésaventure ?

Le cœur battant à tout rompre, Janine souleva le tapis : « Mon Dieu ! » La marque du feu tatouait encore le plancher. Bien que diminuée, elle était incrustée dans le bois telle une vieille cicatrice. Prise de vertige, la jeune fille dut se rasseoir sur le lit.

Devant elle, contre les portes coulissantes, le pupitre que son père lui avait fabriqué pour son dixième anniversaire occupait le même endroit. Dessus, elle retrouva le grand trophée remporté l'année passée avec Pierre, lors du concours de rock and roll à la Palestre nationale.

Ses yeux fixèrent les tiroirs. Prenant une grande inspiration, elle se leva et ouvrit celui du haut. Elle y trouva une boîte de papiers-mouchoirs, du papier à lettres et un coffre à crayons plein à craquer. Le deuxième contenait un trousseau de clés et un calepin d'adresses défraîchi. Dans le troisième, elle aperçut divers papiers glissés dans des enveloppes en plastique.

«Où sont mon maquillage, mes livres et mon coffre à bijoux? Qui a pris mes affaires?»

Elle rouvrit le deuxième tiroir pour s'emparer du vieux calepin dont certaines pages se détachèrent. À part deux ou trois noms d'anciennes collègues, aucune inscription ne lui rappelait qui que ce soit. Pourtant, c'était bel et bien son écriture…

Janine haussa les épaules, trop confuse pour pousser davantage le questionnement. Elle remit le calepin en place et referma le tiroir. Elle en avait assez vu… Elle se sentait si seule tout à coup. Qu'allait-elle devenir? Retourner en arrière était impensable, mais rester avait-il plus de sens? Son père avait disparu et on lui avait volé son chez-elle. Un sanglot la secoua comme un grand frisson. Elle gagna rapidement sa chambre, l'autre chambre en fait, cette pièce étrange où elle retrouva les meubles de ses parents, mais aussi un mur tapissé de centaines de photographies insolites, cette pièce résumant à elle seule cette situation sans queue ni tête.

« Oh, maman, je suis perdue, aidez-moi ! Où est papa ? Je ne comprends plus rien… »

Laissant les larmes couler sur ses joues, elle referma la porte en se demandant quelle sorte de journée l'attendait. Il lui tardait maintenant de revoir celui qui l'avait recueillie : un inconnu aussi déboussolé qu'elle, mais dont la présence lui provoquait un vague réconfort.

« Allons, allons courage ! », s'enhardit-elle en essuyant ses larmes du revers de la main. Elle se redressa tout en détaillant de nouveau la pièce. Soudain, son cœur s'arrêta. Portant la main à sa gorge, elle tomba assise au bout du lit et resta pétrifiée.

Tard dans la nuit, Stéphane s'était finalement assoupi après avoir passé deux bonnes heures à explorer toutes les avenues possibles pour tenter d'éclaircir l'inexplicable.

Un bruit de chasse d'eau le tira du sommeil. Il ouvrit deux yeux bouffis : « Hein ? Qui est dans les toi… » Il se redressa brusquement, se rappelant que depuis quelques heures, il n'était plus seul dans la maison. Il prêta l'oreille, puis se recoucha en jetant les yeux sur son radio-réveil : il était 6 h 50.

« Bon Dieu, c'est qui cette fille ? »

Les yeux au plafond, il essaya de nouveau de trouver une explication logique à l'événement incroyable dont il avait été témoin : « Une fille hystérique, vêtue d'une simple jaquette, a surgi de la cave par une trappe condamnée depuis 29 ans… »

Il fronça les sourcils : « Wô ! Wô ! Attention, mon Stef, qu'est-ce qui prouve que cette trappe n'a pas été rouverte depuis toutes ces années ? » Tout à coup, il lui sembla que les tuiles arrachées étaient moins usées que le reste du plancher. Était-ce vrai ou simplement le fruit de son imagination ?

Il soupira longuement puis, en désespoir de cause, délaissa son côté rationnel pour explorer l'insolite. Après un moment, un sourire moqueur effleura ses lèvres : « Et si Patrice, tel un Barbe-Bleue moderne, séquestrait ses ex-petites amies dans sa cave ? Hum, peu probable, la fille ne le connaît pas. Pourtant… oui, ça me revient maintenant, lorsque je lui ai dit qu'elle se trouvait dans la maison de Patrice Bilodeau, elle a fait une drôle de tête. Ça l'a même toute retournée… Ah ! Et aussi, avant que je dégage la trappe, je l'ai entendue crier : “Papa, c'est moi !” Qui ça, son père ? Patrice ? En tout cas, la différence d'âge est assez grande pour que ce soit possible. »

Un bruit suspect le fit tressaillir: «Le micro-ondes!» Il se leva promptement: «Elle veut sans doute se faire chauffer une tasse d'eau pour un café», supposa-t-il. Toutefois, le son de l'appareil en opération ne lui parvint pas. Il attendit deux minutes, puis entrouvrit sa porte: la fille était dans le salon! Surpris, il referma rapidement, le cœur cognant à grands coups dans sa poitrine. «Maudit, qu'est-ce que j'ai? C'est quand même pas le diable!»

Il retourna s'asseoir sur son lit pour attendre la suite. «Elle est en train de faire le tour de la maison. C'est pas bien méchant.»

Un trait de lumière apparut sous les portes coulissantes: «Elle est juste à côté...» Renouant avec ses pensées nocturnes, Stéphane retint son souffle: «Je ne suis pas fou, elle a bel et bien parlé d'un souterrain... Plus j'y pense et plus je crois, même si c'est complètement pété, qu'elle sort du trou de la cave... Si c'est vrai, ça veut dire que l'oncle de Patrice n'a pas raconté d'histoire: il y a bel et bien un passage secret sous la maison.»

Mais encore une fois, aussitôt cette pensée formulée, il secoua la tête, vaincu par un scepticisme on ne peut plus cartésien.

Derrière les portes coulissantes lui provint le bruit de tiroirs s'ouvrant et se refermant l'un après l'autre, puis un long sanglot. Il se leva d'un bond. En entendant des pas dans le couloir, il ouvrit sa porte au moment même où une autre claquait.

Dans la cuisine, Stéphane se planta devant la porte de la chambre de Patrice en se passant la main dans les cheveux pour écraser quelques touffes rebelles. « Qu'est-ce que je suis censé faire maintenant ? »

Est-ce qu'elle pleurait encore ? Il colla l'oreille à la porte, toujours indécis quant au geste à poser.

« Ouais, ben moi, j'ai besoin d'un café bien tassé ! », grogna-t-il après trois minutes à tergiverser.

Dans le garde-manger, il prit une petite jarre en terre cuite contenant du café moulu, emplit le panier de la cafetière automatique et retira la carafe en verre de son réceptacle qu'il remplit pour un maximum de tasses. Après avoir actionné le mécanisme, il ouvrit la radio et syntonisa un poste de musique classique dans l'espoir d'amadouer sa visiteuse.

Pour tromper son attente, il ouvrit son portable. Deux messages l'attendaient. Il cliqua sur le premier : un courriel de son directeur de thèse lui rappelait leur rendez-vous dans quelques jours. « Et merde ! Je ne serai jamais prêt. » Demander un report serait mal venu, il devrait se présenter avec un travail incomplet. Il tapa quelques mots et expédia sa réponse.

La main sur sa souris, Stéphane hésita à cliquer sur le second message. « Maudite fatigante ! Quand est-ce qu'elle va me laisser tranquille ! » C'était le troisième courriel de Nathalie en deux jours. Dans le premier, elle se confondait en excuses, le priait d'interrompre ses procédures de divorce. Le lendemain, elle lui avait aligné une longue liste de résolutions avec une supplique finale propre à lui arracher le cœur si elle ne l'avait pas déjà mis en pièces. «Ah! Qu'elle aille au diable!», grommela-t-il en supprimant le courriel.

Il alla se servir du café puis, posant sa tasse fumante sur la table, il décréta qu'il avait assez attendu. Il frappa doucement à la porte:

— Euh, mademoiselle... Ça va? Vous êtes réveillée?

Pas de réponse. Il frappa de nouveau:

— Vous voulez un café?

Toujours rien.

À bout de patience, il tourna la poignée. La fille était assise en tailleur au pied du lit, l'air complètement effaré.

— Ça va?

En voyant qu'elle fixait quelque chose sur le mur en face d'elle, Stéphane entra dans la pièce et s'assit à ses côtés sans qu'elle réagisse. Devant lui, il aperçut l'aquarelle de Pierre Bilodeau représentant la mère de Patrice assise dans une berceuse.

— C'est moi.

La voix enrouée de la jeune fille le fit tressaillir.

— Cette femme dans la chaise berçante, c'est moi, reprit-elle en pointant un index vers la toile.

L'homme haussa les sourcils et écarquilla les yeux. La fille poursuivit d'un ton monocorde:

— C'est Pierre... Pierre Bilodeau qui a peint ce tableau.

— Voyons donc! lança brusquement Stéphane en se levant. Bon là, j'ai mon voyage! Qui êtes-vous donc?

Nullement impressionnée, la jeune fille le lorgna du coin de l'œil.

— Je vous l'ai dit hier soir: je m'appelle Janine, Janine Provencher.

Stéphane la dévisagea, complètement confus: «Janine Provencher? songea-t-il. Provencher, ce n'est pas le nom du grand-père, ça? Et... Janine, c'est le prénom de sa...»

— Attendez... Attendez... Donnez-moi une petite minute, bredouilla-t-il en s'approchant du tableau.

Il examina attentivement l'aquarelle. Mêmes yeux noisette, même bouche charnue, même teinte de cheveux: la ressemblance était frappante. «Voyons donc, ça n'a pas de sacré bon sens, ce tableau a été peint en 1960!»

Il pivota vers la jeune fille:

— Écoutez, c'est vrai qu'il y a des airs de famille, mais cette femme, c'est la mère de Patrice et elle a plus de 60 ans aujourd'hui.

Janine bondit sur ses pieds:

— Vous, là, écoutez-moi! Je ne sais pas qui est votre fameux Patrice, mais moi, je suis quand même capable de me reconnaître sur un portrait. Et c'est pas le seul que Pierre a fait de moi, vous saurez, j'en ai toute une collection!

«Ouh la la, ça y est, je l'ai mise en pétard», se dit Stéphane, surpris par cette fougue soudaine.

La fille lui lança un regard assassin:

— Moi non plus, je ne comprends rien! Tout ce que je peux vous dire, c'est qu'hier soir je me suis réveillée dans une chambre pleine de boucane et je serais morte aujourd'hui s'il n'y avait pas eu le souterrain.

D'un air buté, elle posa ses mains sur ses hanches:

— Pis ici, c'est chez moi! Pis vous… j'vous connais pas!

Stéphane poussa un long soupir exaspéré:

— Moi aussi, je vous ai dit mon nom hier soir: je m'appelle Stéphane Gadbois. Je suis un ami de Patrice Bilodeau, le pro-pri-é-tai-re de cette maison qu'il m'a confiée durant son absence. Et je vous rappelle que j'ai dû arracher son plancher de cuisine en pleine nuit pour vous sortir de la cave!

Muette, Janine se courba et passa une main tremblante dans ses cheveux en bataille. Sa tenue misérable et sa mine farouche faisaient tellement peine à voir que Stéphane battit en retraite:

— Écoutez, ça ne sert à rien de s'énerver tous les deux. Il vaut mieux prendre les choses une à la fois. D'abord, je vais essayer de vous trouver des vêtements.

Il ouvrit la porte de la penderie et décrocha une vieille robe de chambre rayée. Galant homme, il l'aida à l'endosser.

Ils sortirent de la chambre.

— Dites, pensez-vous que je pourrais prendre un bain? demanda-t-elle en désignant du menton la porte de la salle de bain.

« Un bain ? Avec cette tignasse à laver ? »

— Une douche serait préférable, vous ne croyez pas ?

— Il y a une douche ici ? répondit-elle, les yeux pétillants. Qu'a-t-on fait de la baignoire ?

Stéphane fronça les sourcils : « Tu parles d'une question ! »

— Ben, il y a une baignoire et une douche dans cette pièce, et de l'eau chaude tant que vous en voudrez.

Ravie, Janine se dirigea vers la pièce.

— Et votre bras, ça va ?

— Bien, bien, dit-elle en ouvrant la porte.

— Il faut défaire votre pansement, mais vous n'y parviendrez pas toute seule : j'ai mis pas mal de diachylon. Allez, venez vous asseoir.

Janine revint sur ses pas et enleva sa robe de chambre pendant que Stéphane fouillait dans l'un des tiroirs du comptoir.

— Avec ça, on est en affaires, annonça-t-il en exhibant de longs ciseaux de coiffeur.

Il tira une chaise près d'elle et entreprit sa délicate tâche. Janine l'observait comme si elle le voyait pour la première fois : « Au moins, il est gentil », se dit-elle, les yeux posés sur la chevelure châtaine foisonnante de fils gris. « Quel âge peut-il avoir ? Il est plus vieux que Laurent, ça c'est sûr… »

— Attention, ça pourrait tirer un peu, la prévint-il en soulevant lentement la gaze.

Le pansement fut retiré sans douleur grâce à la généreuse couche d'onguent appliquée la veille.

— Voilà. Laissez-moi voir.

— C'est pas grave, l'assura Janine en inclinant la tête vers son bras gauche, c'est juste une égratignure.

— De toute façon, après le déjeuner, je vous emmène à la clinique.

Elle répondit par un haussement d'épaules.

— C'est sérieux. Il faut vous faire vacciner contre le tétanos, insista-t-il en se penchant vers la blessure. Ensuite, il va vous falloir des points. Vous aurez une cicatrice, mais au moins elle ne sera pas trop…

Une onde de choc le foudroya : cette cicatrice, il l'avait déjà vue ! C'était au début de son adolescence, à la plage du Cap-Saint-Jacques, où il avait aperçu la mère de Patrice en maillot de bain. Remarquant la longue rayure à son bras gauche, il en avait fait la remarque à Patrice. « Elle s'est accrochée à un clou bien avant que je vienne au monde », lui avait-il répondu.

Soufflé, Stéphane dévisagea la jeune fille : « Ça ne peut pas être elle, voyons donc ! »

Janine cligna des yeux. Ce regard bleu fixé sur elle la désarmait : « Quoi ? Qu'est-ce que j'ai ? », se demanda-t-elle.

Embarrassé, il détourna la tête et se releva.

— Je… excusez-moi. Je pensais à autre chose.

Mal à l'aise, Janine l'imita.

— Allez, montrez-moi cette douche ! J'ai hâte d'avoir l'air plus civilisé, déclara-t-elle hardiment, pour se donner contenance.

Ils pénétrèrent dans la salle de bain. Stéphane ouvrit la porte d'un petit placard et prit trois serviettes qu'il tendit à la jeune fille. Janine semblait émerveillée par la baignoire moulée dont le revêtement bleu pastel se prolongeait sur le mur. Elle s'approcha du rideau de douche imprimé où une multitude de poissons nageaient sur un fond bleu marin. Subjuguée, elle déposa les serviettes au bord de la baignoire pour palper le tissu synthétique :

— L'eau ne passera pas à travers ?

— Non, c'est fait exprès pour ça, répondit Stéphane, de plus en plus troublé.

Elle regarda le pommeau de douche à jets multiples, puis se pencha vers la robinetterie d'un air interrogateur :

— Ça marche comment ?

Stéphane poussa le rideau de douche et lui expliqua le fonctionnement du mécanisme. Lorsque l'eau jaillit en un jet dru et saccadé, il tourna le pommeau pour régler le débit.

— Il y a du shampoing, l'informa-t-il en désignant une bouteille au bord du bain. Je vais essayer de vous trouver de quoi vous mettre sur le dos, ajouta-t-il en s'efforçant de ne pas la dévisager de nouveau.

Il gagna la sortie, puis, la main sur la poignée de la porte, il s'immobilisa avant de se retourner :

— Quel est le nom de l'hospice dont vous me parliez cette nuit ?

La jeune fille fronça les sourcils :

— Vous ne le savez pas ? Voyons, la bâtisse est juste au coin de la rue. C'est Saint-François-Solano, comme la paroisse.

— Oui, oui, ça je le sais. C'est son nom officiel qui m'intéresse.

La jeune fille se concentra un moment afin de visualiser le nom inscrit sur la vitre givrée de la porte principale.

— Je crois que c'est Résidence Saint-François-Solano. Pourquoi ? C'est important ?

— Oh, c'est juste pour faire une petite recherche sur Internet, répondit-il en refermant doucement la porte.

— Inter… quoi ? murmura-t-elle.

Décidément, il était vraiment bizarre ce type…

La tête dans la penderie de Patrice, Stéphane résistait tant bien que mal à son empressement de retourner s'asseoir devant son portable : « Patience mon vieux. Avant, il faut que tu lui trouves des vêtements. »

Il décrocha une petite robe soleil ornée de grosses fleurs rouges : « Hum, très jolie, mais beaucoup trop mini pour elle. » Il remit le vêtement en place. « Un jean de Patrice, peut-être ? », murmura-t-il à en apercevant quelques paires. « Non, il est trop mince. Par contre, avec quelques *turn-up*, je suis certain qu'un des miens va lui aller. »

Il se pencha pour trier les souliers et ramassa une paire d'espadrilles bleues. « Bon, il ne reste plus que les bas et un t-shirt, quant aux sous-vêtements... Ouais, ça c'est une autre histoire... »

Il ouvrit le premier tiroir de la commode : aucun vêtement, juste quelques articles de toilette, des étuis à lunettes, un vieux baladeur jaune, une montre et un petit coffret bleu royal. « Ah ben maudit ! », s'exclama-t-il en saisissant la boîte de velours. À la vue du médaillon en or, un flot de souvenirs émergea. Il revit le lourd bijou dans la main de Patrice, quelques jours après leur mésaventure dans la cave. Son copain l'avait chipé dans la chambre de sa mère pour le lui faire admirer. Patrice supposait que ce médaillon, souvenir d'un de ses oncles, aurait pu appartenir au seigneur qui avait fait construire le château de la rue Dandurand. Les deux amis avaient passé des jours à la bibliothèque à tenter de déchiffrer le sens des inscriptions gravées au dos du bijou.

Stéphane retira le médaillon de son écrin et le retourna : *Agnus Dei*, y était-il inscrit. L'expression latine était cerclée des inscriptions *Société Notre-Dame* et *Compagnons du Saint-Esprit*.

Songeur, il rangea le coffret dans le tiroir. « En tout cas, tu n'avais pas tort au sujet du souterrain. » L'envie de téléphoner à son ami d'enfance le tenaillait de plus en plus, mais il préféra attendre la suite des événements.

Dans le deuxième tiroir, il découvrit un *g-string* en dentelle rouge : « Oh la la ! Eh ben, pour un gars qui ne pogne pas… », ricana-t-il en replaçant la petite culotte affriolante. Les autres tiroirs ne contenant rien pour vêtir sa visiteuse, Stéphane se rendit à sa chambre.

Après avoir rassemblé les vêtements, il les déposa devant la porte de la salle de bain, les considéra un moment, puis retourna dans sa chambre et revint avec une ceinture et un boxer qu'il ajouta à la pile. « Ouais, pas vraiment sexy, mais c'est tout ce que j'ai à lui offrir. »

Il put enfin retourner à son portable.

« Résidence Saint-François-Solano, murmura-t-il en tapant les lettres sur son clavier. Quand j'étais petit, on gardait encore des personnes âgées là-bas, mais depuis le temps, la bâtisse a changé de vocation… »

Laissant le moteur de recherche explorer le Net, il alla réchauffer son café. À son retour, une liste de références emplissait l'écran. Il cliqua sur la première donnée, conscient d'être sur le point de confirmer une réalité ahurissante.

Chapitre 6

Dimanche 13 septembre 1959

La Résidence Saint-François-Solano, administrée par la congrégation des Petites franciscaines de Marie, jouissait d'une atmosphère paisible propice au repos, à la prière et à la réflexion. Toutefois, depuis un certain temps, la quiétude des lieux était ébranlée par les visites intempestives d'un enragé qui malmenait la sonnette de la porte principale et frappait au carreau avec rage lorsqu'on tardait à lui ouvrir.

Toute la résidence connaissait l'importun puisque, en plus d'être apparenté à l'une des religieuses, il habitait à quelques pas. Au départ, on l'avait pris un peu en pitié, car il venait de perdre sa femme, décédée à la suite d'une longue maladie. C'est que la douleur du deuil agit différemment sur les gens : si certains restent imperturbables, plusieurs s'effondrent alors que d'autres brandissent le poing vers le ciel. Ernest Provencher était de ceux-là.

Mais il y avait plus : cinq jours plus tôt, sa fille unique lui avait annoncé à brûle-pourpoint qu'elle prenait le voile avant de claquer la porte pour trouver refuge à l'hospice de vieillards. Ernest n'y comprenait rien : « Ça n'a pas d'allure ! Janine n'est pas pieuse pour deux sous. Et Pierre ? Qu'est-ce qu'elle fait de Pierre ? »

À la résidence, les religieuses s'étonnaient de sa réaction : donner un garçon ou une fille au bon Dieu, n'était-ce pas s'assurer d'un ticket pour le paradis ? Ernest aurait pourtant dû s'en douter : depuis son enfance, sa fille passait beaucoup de temps avec sa tante au sein de la communauté. Vraiment, comme tous les athées de ce monde, Ernest Provencher était un homme bien tourmenté.

Ce soir-là, au moment où la cloche sonnait l'Angélus, le son insistant de la sonnette surgit de nouveau. En apercevant la silhouette tant redoutée au travers du carreau givré, la religieuse portière se précipita à la chapelle pour prévenir la supérieure.

Bousculée dans ses dévotions, sœur Saint-Esprit leva les yeux au ciel et se retourna vers sœur Marie-des-Saints-Anges avec le signe convenu. Toutes deux se dirigèrent silencieusement vers l'entrée principale, mais se séparèrent devant le parloir. À la porte, la sonnette insistait. En maugréant, la supérieure – une petite vieille maigrichonne se déplaçant avec une canne – poursuivit son chemin vers le vestibule et ouvrit. Devant elle, se dressait un homme costaud, de haute stature, la chevelure hirsute, l'œil mauvais, vêtu de simples *overalls* et d'une chemise d'un blanc douteux.

— Monsieur Provencher, que voulez-vous encore ?

Ernest se retint de bousculer la religieuse qui lui barrait le passage.

— Vous le savez, j'veux ma fille !

Nullement impressionnée par l'insolent de deux fois sa taille, la religieuse rétorqua :

— Votre fille nous a fait part de son choix : elle préfère rester ici pendant un certain temps. Nous vous l'avons dit à maintes et maintes reprises.

Ernest serra les dents : « Maudite pisseuse ! Si elle pense m'impressionner avec son p'tit bec pincé ! »

— J'vous crois pas ! C'est vous qui l'empêchez de me voir !

— Pas du tout et vous le savez ! Janine a besoin de calme afin de bien peser sa décision. Elle vous contactera lorsque ce sera fait.

— Dans combien de temps ?

— Je l'ignore, monsieur, nous la laissons décider d'elle-même. Et je vous prierais à l'avenir de ne plus nous importuner, sinon je serai dans l'obligation d'appeler au poste de police !

— La police ?

Contre toute attente, les épaules de l'homme s'affaissèrent et sa voix ne fut plus qu'un murmure :

— Mais… j'ai besoin d'elle, moi. Je n'ai plus personne…

« Et voilà ! Le chien enragé vient de retourner dans sa niche », triompha secrètement sœur Saint-Esprit.

— Monsieur Provencher, si vous me promettez de garder votre calme, je pourrais vous permettre de rencontrer votre belle-sœur. Elle vous attend dans le parloir.

Le regard de l'homme s'éclaira. Ce n'était pas une mauvaise idée, Janine était proche de sa tante Thérèse, il lui serait peut-être possible d'en tirer quelque chose. Ernest suivit la supérieure jusqu'au parloir, une vaste pièce dominée par une imposante statue de saint François-Solano, où une douzaine de chaises droites bordaient sagement les quatre murs. Sœur Marie-des-Saints-Anges se leva pour l'accueillir au moment où la supérieure se retira.

L'homme dévisagea sa belle-sœur. Elle avait les yeux noisette de Juliette, mais la ressemblance avec sa femme s'arrêtait là. Pour le reste, elle avait l'air des franciscaines qui déambulaient dans le quartier : une forme vaguement humaine dissimulée sous une vaste tunique de laine brune, un chapelet à gros grains accroché à un côté de la ceinture, un crucifix reposant sur un large col immaculé et un voile noir posé sur une coiffe à cornette lui ensachant les cheveux. Ernest ne pouvait s'imaginer qu'un jour sa fille, affublée d'un tel accoutrement, pourrait se confondre avec le reste de la communauté.

— Assoyez-vous, Ernest, l'invita la religieuse en désignant une chaise à ses côtés. Comment allez-vous ?

Ernest retrouva sa mauvaise humeur :

— Laisse faire comment j'vas, Thérèse ! Pis arrête tes simagrées de "vous" pis de courbettes et parle-moi de ma fille.

La religieuse ne put retenir un soupir. Comment Juliette avait-elle pu aimer un tel sauvage ?

— Janine se repose, elle ne file pas.

L'homme, qui avait amorcé un geste pour s'asseoir, se redressa brusquement.

— Comment ça ? Pourquoi tu ne m'as pas averti ?

— Je ne vous ai rien dit parce qu'il n'y avait rien à dire, répondit-elle en levant une main vers lui. Allons, assoyez-vous.

Rageur, Ernest s'exécuta.

— Alors ? Qu'est-ce qu'elle a ?

— Quand elle est arrivée, Janine avait les nerfs à fleur de peau, elle pleurait comme une Madeleine. Le lendemain, elle a commencé à avoir quelques petits problèmes de digestion. Rien de grave. Se reposer lui a fait le plus grand bien. Maintenant, il faut juste lui donner un peu de temps pour…

— Pour savoir si elle va rester ? coupa Ernest. Voyons, Thérèse ! Tu vois Janine en bonne sœur ?

— Janine ne fait pas un caprice, Ernest, elle a besoin d'un peu de paix pour faire le point. Rappelez-vous comment les derniers mois ont été difficiles pour elle. Dans son état, Juliette aurait dû être hospitalisée.

Ernest s'agita sur sa chaise :

— C'est toujours ben pas d'ma faute si Janine ne voulait pas en entendre parler !

— Personne ne vous blâme, Ernest. C'était son choix de prendre soin de sa mère à plein temps, mais la voir dépérir lui a donné un coup terrible.

— À moi aussi, qu'est-ce que tu penses ? rétorqua-t-il. Je ne suis pas un sans-cœur !

Sœur Marie-des-Saints-Anges se leva pour prendre congé, imitée par son beau-frère. Sur le pas de la porte, elle tenta de le réconforter :

— Cessez de vous inquiéter et patientez quelques jours. Je vous promets que Janine ira vous voir aussitôt qu'elle se portera mieux.

Treize ans après sa construction, en 1912, la Résidence Saint-François-Solano avait été agrandie pour répondre à la demande. L'aile ajoutée à la droite du bâtiment pouvait accueillir une vingtaine de pensionnaires âgés.

Une grande partie du sous-sol était réservée au rangement et au garde-manger. L'endroit étant sec et bien isolé, les religieuses y avaient aussi aménagé une petite chambre destinée aux visiteurs laïques. La fille d'Ernest y logeait depuis les funérailles de sa mère.

Toute la communauté avait ouvert les bras à la jeune fille qu'elle avait vue grandir. Par ailleurs, la supérieure avait ordonné un silence absolu au sujet de cette arrivée impromptue. Elle n'avait nul besoin de supporter les ragots de ses pensionnaires désœuvrés.

La jeune fille, qui avait beaucoup dormi les premiers jours, se rendait utile à la buanderie. Le reste du temps, elle demeurait confinée à sa chambrette, à lire et, surtout, à réfléchir à son avenir.

Étendue sur son lit, Janine affichait un sourire détendu. «Il doit être parti», se dit-elle. Alertée par les impérieux coups de sonnette, elle s'était dévêtue rapidement pour enfiler sa robe de nuit par-dessus ses sous-vêtements et avait attendu fébrilement la suite: son père était bien capable d'accourir au sous-sol pour la ramener de force à la maison. «Qu'il vienne, mais qu'il vienne donc!»

En revoyant sa tête lorsqu'elle lui avait annoncé la nouvelle, Janine ne put réprimer un sourire: le grand Ernest Provencher, ne croyant ni en Dieu ni en diable, s'était fait planter là par sa seule fille qui, croyait-il, préférait s'enfermer dans une vie de prières plutôt que de vivre à ses côtés.

Comment se débrouillerait-il sans servante à son service? Sans personne sur qui reporter son amertume?

«Ben bon pour lui!»

Malgré toutes ses tentatives pour l'amadouer, jamais Janine n'avait vu son père lui démontrer de l'affection. Bien sûr, c'était un bon travaillant qui faisait son devoir en rapportant sa paie tous les vendredis sans passer par la taverne, mais c'était tout ce qu'il avait à offrir.

Six heures du soir: fin de la récréation! Vite, Laurent, Janine et Gaston ramassaient leurs jouets:

le père rentrait du travail. Dans la maison, l'atmosphère se faisait dense et on ne marchait plus que sur la pointe des pieds. Gare à celui qui subissait ses terribles colères ! Mieux valait alors baisser les yeux sans répliquer, de crainte de croiser son redoutable regard. Vraiment, cet homme, qui n'avait jamais su rire ou s'amuser, n'était qu'un vieux garçon manqué au cœur aussi sec qu'une vieille feuille d'automne.

« Honore ton père et ta mère », avait-on enseigné à Janine, mais ce n'était pas si facile lorsque la peur et le mépris prenaient toute la place.

En revanche, Janine avait fait plus qu'honorer sa mère : elle l'avait adorée. C'était de Juliette qu'elle tenait son éducation et recevait l'amour. Oui, surtout l'amour. Pourquoi la sclérose en plaques avait-elle détruit sa vie ? Déjà le ciel ne l'avait guère épargnée en plaçant Ernest Provencher sur son chemin.

Quand Janine songeait à sa mère, elle n'était plus certaine de croire en ce Dieu que l'on prétendait si bon et miséricordieux. Sa mère y croyait, pourtant. D'ailleurs, on était très dévot du côté des Lafontaine : quatre enfants sur huit étaient entrés en religion.

Juliette et Ernest s'étaient rencontrés en 1926, lors d'un pique-nique organisé aux Shops Angus, l'immense entreprise du Canadien Pacifique située à la lisière sud du quartier Rosemont.

Octave Lafontaine, l'aumônier et frère de Juliette, avait connu Ernest en Alberta, où la compagnie de chemin de fer exploitait un autre atelier d'envergure.

Leur rapprochement tenait à leur origine canadienne-française. Tous deux cultivaient une amitié orageuse, alimentée par leurs divergences au sujet de la religion catholique, relation qui s'était poursuivie à leur retour à Montréal.

Lorsqu'elle avait accompagné son frère aux festivités annuelles du Canadien Pacifique, la belle Juliette ne se doutait pas qu'elle allait tomber dans l'œil du veuf le plus endurci de la *shop*. Après trois mois de fréquentation, un sobre mariage fut célébré très tôt le matin, comme il était de coutume à l'époque.

Malheureusement, peu de temps après, la jeune mariée avait réalisé sa grave erreur d'avoir épousé un homme qui ne s'était jamais remis de la perte de sa première femme et de ses deux jeunes enfants. Quel choc pour elle de découvrir un jour, dans la cave, enfouie dans une grosse malle de voyage, cette boîte à chapeau abritant les souvenirs d'un amour passé : des lettres, des alliances, une paire de boucles d'oreille et des photos. Ah ! Ces maudites photos d'Élise Létourneau, la première épouse chérie… qui lui ressemblait comme deux gouttes d'eau !

Il est vrai que la parenté du côté des Provencher, les voisins, le curé, tout le monde, lui en avait fait la remarque, mais jamais Juliette n'aurait cru que la similitude était aussi grande.

Ce jour-là, elle avait compris la raison pour laquelle son mari avait si subitement jeté son dévolu sur elle. Blessée, elle n'en avait jamais parlé à personne, pas même à son frère Octave. Engoncée dans ses valeurs judéo-chrétiennes, elle avait ravalé sa frustration : puisque Dieu voulait l'éprouver, elle mettrait tout en œuvre pour remplacer Élise dans le cœur de son mari. Mais ce renoncement à tout un pan de sa personnalité avait été bien inutile, car elle n'avait jamais été à la hauteur des attentes secrètes de son époux.

De son côté, Ernest s'était sincèrement efforcé de rendre sa seconde femme heureuse. Il était même retourné s'agenouiller à l'église, à laquelle il avait tourné le dos depuis la perte de sa première famille. À défaut d'un amour véritable, il avait éprouvé une grande reconnaissance envers Juliette, grâce à qui il avait retrouvé le bonheur d'être père. Ceux qui le côtoyaient depuis son arrivée dans le quartier savaient à quel point Ernest avait chéri Édouard et Agnès, ses deux premiers-nés, fauchés par la grippe espagnole. Témoins de son désespoir en 1918, voisins et collègues l'avaient vu revivre à la naissance de Laurent, neuf ans après la tragédie.

Un nouveau malheur avait surgi en 1934 lorsque le couple avait subitement perdu Émile, leur deuxième fils, à la suite d'une méningite. Sous le choc, Juliette, enceinte de six mois, avait accouché d'un enfant mort-né.

Ce drame avait tout changé.

Terrassé par cette tragédie qui l'avait ramené 16 ans en arrière, Ernest s'était refermé. Le petit Laurent ne reconnaissait plus son papa, devenu irascible et distant. Isolée dans sa douleur, Juliette avait l'impression de vivre avec un étranger. Dans le fol espoir de retrouver son affection, elle s'était astreinte à son devoir conjugal en portant deux nouveaux enfants ; mais l'arrivée de Janine en 1938, puis de Gaston, un an plus tard, n'y changea rien : Ernest avait définitivement barricadé la porte de son cœur.

Quelques années plus tard, Juliette avait vu apparaître certains symptômes étranges : d'abord des troubles de l'équilibre, puis des difficultés d'élocution et, surtout, une immense fatigue persistante. Puis avait surgi la terrible douleur dans les jambes et les bras, et les pertes de mémoire.

Pour les trois enfants Provencher, la vie entre un père acariâtre et une mère malade n'avait pas été facile et ce fut Janine, la cadette, qui le paya le plus cher puisque ses deux frères désertèrent la maison à la fin des années 1950.

Juliette ne pouvait plus compter que sur sa fille pour assumer la lourde tâche de prendre soin d'elle et de la maisonnée.

« Pauvre maman, vous aviez quand même gardé le sourire, murmura Janine, en se redressant dans son lit. Vous étiez tellement certaine que les portes du paradis vous seraient grandes ouvertes. » À cette pensée, elle serra les poings : « Quelle bêtise ! »

Oui, Janine Provencher avait adoré sa mère – au point d'avoir mis sa propre vie en veilleuse pendant les deux dernières années –, mais son amour pour elle n'avait d'égal que son profond ressentiment à l'égard de la résignation chrétienne dont celle-ci avait fait preuve tout au long de son existence.

«Je ne suis pas comme vous, maman ! Ciel ou pas, je n'ai pas l'intention de passer à côté de ma vie pour le gagner ! »

Deux petits coups à sa porte la firent tressaillir. Sa tante lui apportait un plateau dont se dégageait un fumet appétissant.

— Alors, comment vas-tu ce soir, ma belle fille ?

— Beaucoup mieux.

La religieuse posa son plateau sur une petite table d'appoint et souleva le couvercle de métal.

— Du pâté chinois ! Merci. J'adore ça.

Sœur Marie-des-Saints-Anges observa sa nièce : depuis les derniers mois, Janine avait perdu ses belles joues rebondies et ce soir, elle affichait encore un teint blafard et des traits tirés. Vêtue d'une chemise de nuit délavée, elle faisait peine à voir.

— Doux Jésus, ma fille ! Tu portes encore cette vieille jaquette ? Si au moins tu m'avais laissé aller te chercher un pyjama…

— Mais non, je l'aime bien, votre jaquette, répondit sa nièce en s'attablant devant son souper.

La bonne odeur lui avait creusé l'appétit.

— Sœur Marie-Auguste m'a dit que tu n'avais pas filé aujourd'hui…

En effet, l'après-midi, à la buanderie, la religieuse lui avait conseillé d'aller s'étendre quelques heures.

— Sœur Marie-Auguste exagère. Dès qu'elle me voit bâiller, elle m'envoie me reposer.

La tante déplaça quelques livres éparpillés sur le lit pour s'y asseoir.

— Elle a raison. Tu es pâle comme un drap. Demain, tu devrais sortir prendre l'air, suggéra-t-elle. Tu pourrais même m'aider au jardin, comme dans le temps. À moins que tu ne décides de retourner chez toi. J'ai vu ton père tout à l'heure…

Janine, sur le point de prendre sa première bouchée, suspendit son geste.

— Qu'est-ce qu'il voulait ? Célébrer l'Angélus avec vous ?

— Ne fais pas de farces avec ça, Janine, la gronda sa tante. Ton père est dans tous ses états.

La jeune fille poussa un petit rire :

— Ah ! Je l'ai bien eu !

— Janine, il va falloir que tu cesses ton petit jeu. Je ne peux plus faire semblant. Sœur Saint-Esprit va finir par s'en rendre compte.

Janine soupira. Sa tante avait raison, cette comédie n'avait aucun sens. Mieux valait annoncer la fin de sa retraite, même s'il lui en coûtait de retourner à la maison.

— Je suis désolée, ma tante, je vous ai mise dans l'embarras, je n'avais pas réalisé…

Sœur Marie-des-Saints-Anges sourit, visiblement soulagée.

— Comme ça, tu vas rentrer chez toi ?

La jeune fille soupira. Elle n'avait plus faim tout à coup.

— Je n'ai pas le choix.

— Dis-toi au moins que tu vas retrouver Pierre, dit la religieuse en posant les yeux sur *Le mariage chrétien*, livre qu'elle lui avait offert deux jours après son arrivée, dans l'espoir d'alimenter sa réflexion.

Ravie, elle remarqua que l'image de la Vierge tenant lieu de signet avait trouvé place au milieu du bouquin.

— Pierre m'a envoyé un paquet et une lettre aujourd'hui.

— Ah oui ? s'exclama la religieuse, comme si elle n'était pas déjà au courant. Et que dit-il ?

Janine picora dans son assiette.

— Il veut qu'on se marie le mois prochain, mais moi, je ne sais plus trop. Vous comprenez, avec la mort de maman, les choses ont changé. J'aimerais mieux attendre qu'il finisse ses études, sinon on va être obligés de vivre avec mon père pendant encore un an et…

La jeune fille se tut, déposa sa fourchette et fixa sa tante dans les yeux :

— Franchement… même si vous allez trouver que ce n'est pas très charitable de dire ça… le père… je ne suis plus capable de l'endurer.

La religieuse pinça les lèvres. Elle comprenait sa nièce, mais le voile qu'elle portait ne l'autorisait pas à endosser cette opinion. Elle préféra changer de sujet :

— Pierre veut toujours devenir professeur de dessin ?

Janine reprit sa fourchette et la plongea dans la purée de pommes de terre.

— Oui, il n'a pas changé d'idée. Mais vous savez que moi aussi, j'aimerais faire de grandes études.

« Mon Dieu, elle y pense encore ! », s'étonna la religieuse.

Deux ans auparavant, la jeune fille lui avait confié son ambition d'abandonner son emploi de secrétaire chez Angus pour entrer à l'École des beaux-arts : elle se passionnait pour l'histoire de l'art, rêvait de travailler dans un musée ou d'enseigner. Toutefois, l'aggravation de l'état de sa mère avait contrecarré ses plans. En mai, lorsque Janine et Pierre Bilodeau avaient célébré leurs fiançailles, la religieuse avait cru sincèrement que sa nièce avait renoncé définitivement à cette lubie.

« Pauvre petite fille, elle est tellement mêlée », songea-t-elle, le cœur serré. Ne sachant que répondre, la religieuse se contenta de dire :

— Tu devrais demander au Saint-Esprit de t'éclairer.

Janine haussa les épaules, incrédule.

— En tout cas, moi je vais prier pour toi, ajouta la religieuse avant de quitter la pièce.

Janine termina son souper, la tête fourmillant de pensées confuses. Si la mort de sa mère lui avait causé un immense chagrin, elle n'en éprouvait pas moins un sentiment de légèreté doublé d'une vive angoisse : désormais libérée de sa charge, qu'allait-elle faire de sa vie ?

Son isolement des derniers jours n'avait qu'embrouillé les cartes. Pourtant, à 21 ans, il était grand temps de prendre une décision !

Elle sortit et emprunta le petit couloir menant au garde-manger où elle lava son assiette. De retour dans sa chambre, elle se rassit et prit le bel album relié que son fiancé lui avait envoyé : *Les Grands Impressionnistes*. Glissée entre les pages, la lettre de Pierre attendait une réponse.

Deux feuillets étaient couverts d'une écriture gracieuse tracée à la plume. Sur le coin gauche de la première page, un superbe monarque dessiné au crayon de couleur virevoltait dans un buisson fleuri : Pierre était un véritable artiste.

La jeune fille parcourut de nouveau la missive, datée de la veille :

Ma chère Janine,

Comment vas-tu ?

Comme tu me l'avais demandé, j'ai respecté ton besoin de tranquillité même si je trouve difficile de rester sans nouvelles. Enfin, presque… Ce soir, ton père est venu me voir pour m'apprendre que tu voulais entrer en communauté. Est-ce que tout ça est vrai ou as-tu voulu le mener en bateau ? Si c'est le cas, tu as vraiment réussi ton coup !

Ton silence n'arrange guère les choses, ni de son côté ni du mien. Qu'en est-il de nos projets de mariage ? Je te bouscule un peu, mais tu connais mes sentiments. Rien n'a changé de mon côté. Et du tien ?

Ton père m'a réitéré son offre de venir habiter chez vous. Après le mariage, bien sûr… (Naturellement, il compte sur moi pour te détourner de ta « vocation ».) Si tu le veux toujours, nous pourrions nous marier en octobre comme prévu et vivre chez ton père, le temps que je termine mes études. L'année prochaine, quand je commencerai à enseigner, nous trouverons un petit logement.

Dans tout cela, je n'oublie pas ton projet d'entrer aux beaux-arts. Tu iras ! Nous trouverons le moyen. Et, dans quelques années, nous achèterons la galerie de monsieur Frigon. Nous serons heureux, tu verras !

Je t'en prie, ne me laisse plus dans l'incertitude. Fais-moi signe et je passerai te voir afin que nous en parlions de vive voix.

Ton Pierre

Pierre Bilodeau habitait rue Charlemagne, une rue à l'ouest d'Orléans. Fils unique issu d'une vieille famille bourgeoise, le petit Pierre avait reçu une belle éducation. Son père, un officier de l'Armée canadienne, avait trouvé la mort sur les plages de Normandie en 1944. Peu après la guerre, la mère de Pierre, d'origine plus modeste, avait choisi de s'établir à Montréal. Elle y trouva un poste d'enseignante, réservant l'héritage de son époux aux études de Pierre.

Tout jeune, Pierre Bilodeau paraissait plus vieux que son âge. C'était un garçon intelligent, mais réservé, trop grand, trop maigre et, pour son grand malheur, plutôt maniéré. On le voyait de temps en temps se mêler aux jeux des enfants du quartier, mais comme il était pleurnichard, il le payait très cher en réputation. («Tiens, v'là le p'tit gars à sa maman!») Adolescent, il passait plus de temps à dessiner, lire et partager les jeux des filles qu'à se tirailler avec les garçons de son âge dont il devint le souffre-douleur. Janine, qui avait l'injustice en horreur, prenait sa défense haut et fort, ce qui était loin d'arranger les choses. («Hé, le fifi, tu laisses une fille parler à ta place?»)

À l'hospice, les deux jeunes gens se croisaient souvent: Janine y venait tous les jours de l'été aider sa tante au potager et Pierre servait la messe à la chapelle. Avec les années, ils devinrent inséparables: on les voyait ensemble à la bibliothèque, à la patinoire et aux soirées folkloriques de la paroisse, de sorte que tout le monde s'attendait à ce qu'un jour les cloches de l'église Saint-François-Solano annoncent leur mariage.

Jeune, Pierre mettait rarement les pieds chez les Provencher, redoutant plus que tout d'y croiser Gaston et Jean-Louis – le voisin de ce dernier –, deux de ses plus cruels bourreaux. Heureusement, le temps passa et les deux compères trouvèrent autre chose de plus captivant à faire que de martyriser le pauvre enfant de chœur.

En vieillissant, le vilain petit canard à lunettes perdit son allure fluette pour un physique beaucoup plus avantageux. Sans être véritablement costaud, Pierre Bilodeau plaisait aux filles pour ses incomparables yeux vert émeraude aux longs cils, sa gentillesse et surtout pour ses talents de danseur. Par contre, le jeune homme n'avait d'yeux que pour sa Janine dont il enviait la force de caractère.

Pierre était désormais le bienvenu dans la maison de la rue d'Orléans. Juliette le trouvait distingué et Ernest adorait discuter politique avec lui : tous deux avaient la même aversion pour Maurice Duplessis. Les dimanches soir, Pierre partageait le souper des Provencher avant de prendre place au salon pour écouter la populaire émission *Point de mire* animée par René Lévesque. S'ensuivaient de longues discussions autour des sujets abordés, échanges auxquels Janine assistait, toujours étonnée par la bonne humeur que son père affichait en présence de Pierre.

À la même époque, Janine, qui s'était volontairement retirée du marché du travail, vivait de longues journées, isolée du monde, assistant, impuissante, à la triste dégénérescence de sa mère à qui il fallait porter une attention constante. Juliette était devenue son enfant qu'elle devait nourrir, laver et changer de couches. Voir ainsi sa mère perdre autonomie et dignité lui donnait une furieuse envie de vivre. Et s'il lui arrivait de rêver de liberté, elle le payait cher en culpabilité puisque seul le décès de sa mère la délivrerait de sa responsabilité envers elle.

Heureusement, tous les samedis après le dîner, sa tante religieuse venait la remplacer pour lui donner quelques heures de répit en compagnie de Pierre.

L'après-midi, lorsqu'ils n'allaient pas au musée ou visiter les chics galeries de peinture, ils arpentaient le Quartier latin, fréquenté par la faune intellectuelle montréalaise. Avec le temps, Janine partagea l'engouement de son compagnon pour les lieux mythiques de la bohème : La Hutte et son voisin Le Moulin rouge, une salle de danse, rue Sherbrooke ; Le Continental, bar des automatistes, situé en face de la Librairie Tranquille, rue Sainte-Catherine.

Pierre Bilodeau côtoyait assidûment une bande de joyeux lurons : Hervé Chartrand, sculpteur de talent aux allures efféminées ; Denis Lachapelle, peintre automatiste fort en gueule ; et un couple composé de Susan Clark, peintre anglophone, et d'André Claveau, écrivain.

Dès la première rencontre, Janine se sentit à l'aise au sein de ce groupe dont l'idéologie et le mode de vie auraient fait frémir sa mère : Hervé affichant ouvertement son homosexualité ; Denis sacrant comme un charretier ; et Susan, activiste féministe, vivant en concubinage avec un communiste notoire.

Tous l'accueillirent avec enthousiasme, sauf Hervé, le sculpteur, qui la considérait avec froideur. Lorsque Janine en demanda la raison à Pierre, ce dernier haussa nonchalamment les épaules:

— Bah, occupe-toi z'en pas, Hervé n'est qu'un affreux misogyne.

Heureusement, la présence du sculpteur dans le groupe ne fut qu'éphémère. Et ce fut avec soulagement que Janine le vit bientôt délaisser leur bande au profit d'une autre.

Janine et Pierre aimaient bien flâner à la Librairie Tranquille, lieu emblématique de la nouvelle école de pensée, où avait été lancé le fameux manifeste *Refus global* en 1948.

Ce petit commerce au décor aménagé par le peintre Alfred Pellan était tenu par le flamboyant Henri Tranquille. C'était le rendez-vous incontournable de tous les «pelleteux de nuages» décriés par Maurice Duplessis. On y venait non seulement bouquiner, jouer aux échecs, admirer les innombrables expositions de toiles abstraites, mais aussi entendre le bouillant libraire discourir et pourfendre toute forme de censure. Pour cet homme de grande culture, la qualité de l'écriture prévalait sur la légalité du livre. C'était pourquoi des auteurs mis à l'index comme Henry Miller et Balzac trouvaient place de choix sur ses tablettes. De plus, Tranquille encourageait les artistes d'avant-garde et, tout comme d'autres avant lui, Pierre avait eu la chance d'accrocher trois de ses toiles aux murs de la librairie.

Après un samedi après-midi à refaire le monde, Janine et Pierre se joignaient à Susan et André pour aller danser. Depuis quelques années, ils avaient peu à peu délaissé les soirées folkloriques pour migrer vers les salles de danse de l'ouest de la ville où ils s'éclataient au rythme du rock and roll. Leurs soirées se terminaient toujours à deux au Masson Hot Dog où ils dépensaient quelques pièces dans le juke-box en partageant une portion de frites arrosées de vinaigre. C'était le précieux moment des confidences : son désarroi, ses rêves, Janine savait qu'elle pouvait tout livrer à son ami d'enfance sans crainte d'être jugée.

Une marche d'une vingtaine de minutes tenait lieu de prélude au retour à la routine quotidienne. Plus le couple s'approchait de la rue d'Orléans et plus la jeune fille se sentait misérable en songeant aux six jours moroses qui l'attendaient. Tiendrait-elle jusqu'au samedi suivant ? Combien de mois et d'années lui restaient-ils à mener cette triste existence ?

Au fil du temps, les liens fraternels des deux amis d'enfance se muèrent en une tendre affection. Pierre serrait Janine de plus en plus près lorsqu'ils dansaient. D'abord étonnée de ce changement de comportement, la jeune fille se laissa peu à peu emporter par la douceur de ces étreintes.

Un samedi d'avril 1959, Pierre lui confia son rêve d'acheter une galerie d'art avec elle avant de la demander en mariage. Il parlait si vite et avec un tel enthousiasme que Janine en fut étourdie. Et l'amour ? Pourquoi ne parlait-il pas d'amour ?

— Je suis bien avec toi, avoua-t-il enfin en lui prenant la main. Tu es mon âme sœur. Je veux te garder pour toujours.

— Mais Pierre, tu sais bien que je ne peux pas… ma mère…

Un sourire radieux apparut sur les lèvres du jeune homme.

— Ne t'en fais pas, tout est arrangé. Ton père m'a promis…

— Comment ça, mon père ? explosa Janine en retirant brusquement sa main. Qu'est-ce qui t'a pris de parler de mariage avec lui sans me consulter ?

Le visage du jeune homme s'empourpra :

— En fait… c'est lui qui m'en a parlé.

Craignant de la voir de nouveau sortir de ses gonds, Pierre lui saisit fermement les deux mains :

— Ton père est peut-être dur, mais il veut ton bien. En plus, il s'entend bien avec moi. Toi-même tu dis que l'atmosphère de la maison change quand je suis là. Si j'habitais avec vous autres, tu ne crois pas que ta vie serait moins difficile ?

Désemparée, Janine détourna les yeux. Même si la fureur grondait en elle, les dernières paroles de son ami lui donnaient à réfléchir.

— Et si un jour tu veux étudier, ce n'est pas moi qui vais t'en empêcher, renchérit Pierre.

La jeune fille haussa les épaules: l'École des beaux-arts, elle y avait renoncé le jour où elle avait pris charge de sa mère, alors cet argument ne tenait pas la route. Par contre, la perspective de voir Pierre s'installer chez elle lui plaisait. Mais de là à l'épouser…

Elle releva la tête:

— Écoute, je ne m'attendais pas à ça, tu comprends?

Pierre lui tapota affectueusement la main.

— Tu n'es pas obligée de me répondre tout de suite, mais promets-moi d'y réfléchir, insista-t-il, une lueur d'espoir dans ses beaux yeux verts.

Janine ne put fermer l'œil de la nuit. Cette demande imprévue l'avait ébranlée. Même si elle avait déjà rêvé de poursuivre ses études en vue de faire carrière, elle souhaitait aussi se marier et fonder une famille. Seulement, elle n'avait pas de succès auprès des garçons, Pierre était le premier à lui démontrer des sentiments affectueux. De toute façon, à part son frère Laurent, Janine tenait en piètre estime le peu de garçons qu'elle connaissait. Cette nuit-là, il lui semblait voir parader dans l'obscurité les amis de Pierre et les copains de son frère Gaston. Si les premiers étaient cultivés mais trop guindés à son goût, la plupart des suivants n'étaient que des imbéciles sans éducation. Aucun n'arrivait à la cheville de son ami d'enfance.

«Je suis tellement à l'aise avec lui. Il me connaît par cœur et il m'aime comme je suis malgré mon sale caractère.» Pierre avait toujours eu le don de la calmer sans la critiquer ou lui dire quoi faire. « Qu'est-ce que je deviendrais sans lui ? », se demanda-t-elle, soudain consciente du vide qu'il comblait dans sa vie.

Elle n'était pas vraiment amoureuse, mais que connaissait-elle de l'amour à part ce qu'elle avait lu dans ses petits romans à deux sous ? Or, son existence n'avait rien d'un roman à l'eau de rose. Elle avait besoin de vivre aux côtés d'un homme solide et sincère qui saurait la réconforter et partager ses rêves les plus fous. Un homme moderne qui, comme elle, refusait d'endosser les idées rétrogrades sur l'inégalité des sexes et la soumission des femmes à leur mari.

Pierre pourrait être cet homme.

Les fiançailles eurent lieu le mois suivant et la date du mariage fut fixée au milieu du mois d'octobre 1959.

Bon gré, mal gré, le couple s'inscrivit aux incontournables cours de préparation au mariage et supporta avec un agacement palpable les enseignements du père Théodule Picard dont les mises en garde alarmistes se renouvelaient à chaque rencontre :

« La passion est la pire conseillère, elle vous conduit vers des désirs malsains. Alors, méfiez-vous-en et soumettez-vous totalement aux commandements de Dieu. Comprenez-moi bien ! Le Seigneur vous a créés à son image pour le vénérer, pas pour mener votre vie comme bon vous semble. Vous ne serez jamais votre propre maître, c'est Dieu qui commande et votre devoir c'est de lui obéir ! »

« Le père Pigalle. » Dans sa chambrette, au sous-sol de l'hospice, Janine poussa un petit gloussement au rappel du surnom dont Pierre avait affublé le terrible jésuite aux yeux globuleux.

Les sermons du prêtre n'avaient pas empêché les deux jeunes gens de patauger dans « la faute », tous les samedis de juillet, dans l'appartement que leur avaient prêté Susan et André pendant leurs vacances.

Le bonheur de Janine aurait été sans faille n'eût été le rappel constant de la conversation qu'elle avait eue avec sa mère, le jour où elle avait annoncé son prochain mariage.

— Es-tu bien sûre, ma petite fille, que c'est lui le bon ?

Juliette était dans l'un de ses rares bons jours. C'était une belle journée ensoleillée et Janine avait installé son fauteuil roulant sur le perron.

— Je l'aime bien, maman. Il est gentil avec moi.

— C'est vrai qu'il est fin. Ton père et moi, on l'apprécie beaucoup. Mais… je crois que tu ferais mieux de fréquenter d'autres garçons avant de faire le grand saut.

— D'autres… Qui ça, d'autres ? Les garçons ne me regardent même pas, ils ne courent qu'après les petites minces. Moi, j'ai l'air d'une barrique !

Juliette soupira :

— Voyons, tu es loin d'être grosse. Tu es bien proportionnée et tu es jolie comme un cœur.

— Oui, c'est ça… Sauf qu'à part Pierre, personne ne m'invite jamais.

Mortifiée, Juliette avait baissé les yeux: «Comment peut-elle se faire un cavalier? Elle passe tout son temps à prendre soin de moi…»

— Ma pauvre Janine, ça n'a pas de bon sens, la vie que tu t'imposes. Si tu voulais…

La jeune fille leva la main en signe de protestation:

— Non, maman, pas question de vous placer, je ne reviendrai pas là-dessus.

— Mais c'est vrai que tu ne vois plus personne à part Pierre, renchérit la malade. Comment veux-tu que d'autres garçons s'intéressent à toi s'ils vous voient toujours ensemble?

Janine haussa les épaules. Cette conversation ne menait nulle part, son choix était fait.

— Mais je suis bien avec Pierre. Il ne m'a jamais fait de peine. On se connaît si bien…

— Ah, oui? coupa Juliette. Ma p'tite fille, es-tu certaine que tu le connais vraiment?

La question avait fusé sans qu'elle puisse la retenir. Juliette plongea les yeux dans ceux de sa fille et soutint longuement son regard avant d'ajouter:

— Tu sais de quoi je veux parler, n'est-ce pas?

Janine leva les yeux au ciel. La rumeur entourant l'orientation sexuelle de Pierre avait la vie dure.

— C'est juste des placotages, ça, maman! lança-t-elle.

Juliette ferma les yeux pour retenir ses larmes ; comme sa fille, elle avait accepté trop vite une demande en mariage. L'histoire allait-elle se répéter ?

— Vous êtes fatiguée, maman ? demanda doucement Janine en lui tapotant le bras.

Cloîtrée dans le silence qu'elle s'était toujours imposé, Juliette ne pouvait pourtant pas laisser agir sa fille sans rien dire.

— Janine, regarde-moi !

La jeune fille tressaillit : la voix de sa mère avait changé d'intonation et son regard s'était appesanti.

— Je t'en prie, ne fais pas la même erreur que moi... Ne te marie pas pour les mauvaises raisons.

Pour une rare fois dans sa vie, Juliette sentit une rage sourde l'envahir devant son impuissance à saisir la main de sa fille pour lui démontrer son insistance.

Surprise de la gravité de cet aveu, Janine considéra longuement sa mère en fronçant les sourcils.

— Et vous, maman, c'était quoi, vos raisons ?

Après un long silence, Juliette lâcha d'un seul coup :

— Si tu savais comment j'avais peur de rester vieille fille !

Elle baissa le ton :

— Me marier, avoir des enfants, c'est ce que je voulais le plus au monde. On m'avait élevée pour ça. J'étais faite pour ça. Mais à 26 ans, je n'avais personne. C'est vrai que j'étais pas mal gênée et que j'avais de la misère à sortir de la maison pour rencontrer. Ça n'aidait pas, ça, c'est sûr...

Elle se tut un moment pour reprendre son souffle.

— C'est mon oncle Octave qui vous a présenté papa, dit Janine pour meubler un silence chargé d'émotions.

— Ton père, je l'ai aimé dès que je l'ai vu. Il était tellement beau et si prévenant avec moi. Il avait surtout cette façon de me regarder... Jamais un homme ne m'avait regardée comme ça... Pourtant... Oui, pourtant... ajouta-t-elle, songeuse.

Allait-elle lui parler d'Élise, l'autre épouse et de son étonnante ressemblance? Non, elle ne pouvait tout révéler à sa fille; Janine était déjà trop en colère contre son père. Mais il fallait tout de même la mettre en garde contre certaines chimères.

— Quelque chose n'allait pas: ton père ne parlait jamais du passé; mais j'étais au courant, Octave m'avait tout raconté.

Janine hocha la tête, elle connaissait déjà la triste histoire de la première famille de son père.

— Ma mère m'avait dit que marier un veuf, c'était accepter de vivre avec le fantôme d'une autre, poursuivit Juliette. Elle m'avait conseillé de questionner Ernest afin de savoir où il en était avant d'accepter sa demande. Lorsque j'ai abordé le sujet avec lui, il m'a répondu qu'en refaisant sa vie, il acceptait de tourner la page. Une partie de moi en doutait, mais j'ai préféré l'ignorer...

Elle soupira avant d'ajouter:

— Je l'aimais… Et j'étais certaine que je réussirais à lui faire oublier l'autre…

Ses yeux s'embuèrent.

— Si tu savais comment je me trompais, ma p'tite fille…

Consciente de s'enliser dans ses pensées, Janine cligna des yeux et se redressa dans son lit : « Maman avait raison, accepter la demande de Pierre était une très mauvaise idée. Je vais lui remettre sa bague, il comprendra. »

Le départ de sa mère ouvrait de nouvelles perspectives : désormais Janine pouvait choisir sa vie. Cette pensée lui donnait le vertige.

« J'ai assez moisi ici. Demain, je retournerai à la maison et je téléphonerai à mon patron, chez Angus. » Tout à coup, l'idée de vivre avec son père lui semblait un maigre sacrifice à côté de la chance qu'elle aurait de ramasser assez d'argent pour s'inscrire aux beaux-arts.

Grisée par cette décision, Janine reprit son album des impressionnistes pour en feuilleter les grandes pages glacées : Monet, Bazille, Renoir, Cézanne, Degas, les œuvres maîtresses de ses peintres préférés y figuraient. « Quel beau cadeau ! Pierre a dû se retourner les poches pour me l'offrir. »

Il avait su lui communiquer sa passion, elle lui en serait toujours reconnaissante. Dans quelques années, la galerie Signature leur appartiendrait : Antoine Frigon, l'actuel propriétaire, la leur vendrait dès qu'il prendrait sa retraite, il leur avait promis.

Elle referma l'album en étouffant un bâillement. L'hospice était plongé dans un grand silence, il était temps d'imiter le reste de la communauté et de dormir. Elle éteignit sa lampe de chevet et s'allongea. Un large sourire illumina son visage en songeant qu'elle n'avait qu'à tendre la main pour saisir son rêve.

Une violente quinte de toux la tira brusquement du sommeil. Elle alluma sa lampe : la chambre était pleine de fumée !

Elle s'élança dans le petit couloir. Le sol brûlait sous ses pieds. Vite, elle retourna sur ses pas pour chausser ses pantoufles. La fumée l'aveuglait. Elle toussa de nouveau. Il fallait avancer, trouver une issue ! Elle courut vers l'escalier, gravit quelques marches en titubant : la cuisine flambait !

Elle dévala l'escalier, les yeux mi-clos, la gorge en feu : « Que faire ? Seigneur, que faire ? »

D'abord, il fallait respirer… boire de l'eau… Elle devait absolument atteindre l'évier dans le garde-manger. La porte s'ouvrit sans difficulté. Janine tira sur la chaînette : heureusement, l'électricité tenait bon. Elle se précipita vers l'évier, fit couler l'eau et vida son verre d'un trait.

«Je dois remonter là haut... Il faut que j'essaie encore.»

Dans l'armoire sous l'évier, elle s'empara d'un torchon propre pour l'imbiber d'eau, empoigna un seau qu'elle plaça sous le robinet, espérant se frayer un chemin en arrosant les flammes.

Le seau à moitié plein, Janine saisit l'anse d'une main tout en maintenant le torchon mouillé sur son nez. Dans le couloir, la fumée était plus dense que jamais, elle ne voyait plus l'escalier; heureusement, elle connaissait bien les lieux. Elle avança en rasant le mur. Au pied de l'escalier, lui parvint une cacophonie infernale de cris de détresse et de craquements sinistres. La peur au ventre, Janine monta les marches en traînant son seau. Dans la cuisine, les flammes avaient redoublé; la chaleur et la fumée assaillaient tous les pores de sa peau. Désespérée, elle lança le contenu du seau au hasard, puis resta sur la dernière marche, foudroyée par l'évidence: c'était peine perdue, le feu ne lui laisserait aucune chance... Elle retira son torchon pour appeler à l'aide, mais la fumée la fit immédiatement suffoquer.

Soudain, elle bondit: le feu s'était emparé de l'une de ses pantoufles et le bas de sa robe de nuit flambait! Elle ôta sa pantoufle, dévala les marches et se précipita dans le garde-manger où elle enleva le vêtement, qu'elle jeta dans l'évier avec la pantoufle. L'eau éteignit les flammes. Elle se rechaussa et remit sa robe de nuit, le regard fou, à la recherche d'une sortie de secours.

Ce fut à ce moment qu'elle aperçut le gros couvercle en bois dissimulant la seule issue possible…

Chapitre 7

Jeudi 14 septembre 2000

Que c'était bon, toute cette eau qui ruisselait sur son corps ! Janine aurait aimé rester sous la douche, au chaud et en sécurité comme une chenille dans son cocon, mais elle devrait bientôt fermer les robinets et sortir de la salle de bain pour confronter cette réalité qui la dépassait.

La veille, dans le garde-manger de l'hospice, elle avait eu juste le temps de soulever le gros couvercle recouvrant le puits avant que l'électricité ne flanche. Tremblante de frayeur, elle avait amorcé lentement sa descente dans le trou noir, balayant chaque échelon de son pied dans l'espoir de repérer le bout de tissu indiquant l'entrée du souterrain.

Après quelques barreaux, elle avait senti une bosse sous son pied : la guenille y était toujours !

« Béni sois-tu, Laurent ! »

Elle s'était glissée dans la crevasse, puis, à tâtons, elle avait cherché la corde à gros nœuds pour descendre dans le souterrain. Ne trouvant rien, elle avait pris le risque de sauter.

La chute avait été moins brutale que prévu. Janine s'en était étonnée. Était-elle au bon endroit ? Si seulement il y avait de la lumière ! Ah, mais il devait y en avoir ! « Laurent a sûrement laissé un fanal ou une lampe de poche. » Elle s'était accroupie pour balayer largement le sol de ses deux mains, sans succès : « Voyons, qu'est-ce qui s'est passé ? »

Que faire, maintenant ? Ne pouvant retenir ses sanglots, elle s'était écrasée au sol et s'était recroquevillée en fœtus. Perdue dans cette effrayante obscurité, elle ne pourrait jamais retrouver le chemin de sa maison. Elle allait mourir là, toute seule dans ce trou, et son corps servirait de pâture aux rats.

Combien de temps s'était-elle laissé submerger par le découragement ? Assez longtemps pour verser toutes les larmes de son corps. Assez longtemps pour percevoir au plus profond d'elle-même la voix moqueuse de Laurent : « Pauvre p'tite fifille ! T'as peu-peur ? »

Elle avait tressailli. Le souvenir du héros de son enfance lui avait donné la force de se remettre debout. « Laurent n'aurait jamais renoncé ! » Cette pensée l'avait fouettée.

Les bras tendus vers l'avant, telle une aveugle, Janine avait marché lentement en suppliant le ciel de lui venir en aide. À chaque pas, le sol rocailleux avait fait sentir son épineux relief à travers les semelles de ses pantoufles. « Comment ça se fait que ce soit si raboteux ? », s'était-elle questionnée. Le sol du souterrain de Laurent n'était-il pas en terre battue ? Il est vrai qu'elle était alors chaussée de *running shoes* aux semelles rigides...

Grelottant dans sa petite robe de nuit encore humide, elle avait tenté de se réchauffer en se frictionnant vivement les bras. Aussitôt, une vive douleur avait irradié son bras gauche. Ses doigts glacés avaient palpé une substance chaude et poisseuse. Elle avait porté un doigt à sa bouche : du sang ?

Soudain, des petits cris aigus avaient sifflé dans ses oreilles. Au même moment, quelque chose lui avait effleuré la cheville : un rat ! Elle avait hurlé de toutes ses forces avant d'étouffer un sanglot.

« Non, pas ça ! Fini les jérémiades ! », s'était-elle ordonné. "Les petites bibites ne mangent pas les grosses !", s'était moqué la voix de Laurent dans sa tête. Elle s'était remise en route. Désormais, seule la survie devrait gouverner son esprit. Mais comment oublier les rats ? Chanter quelque chose lui donnerait peut-être du courage...

« Euh... *Malbrough s'en va-t-en guerre, mironton, mironton, mirontaine. Malbrough s'en va-t-en guerre, ne sait quand reviendra...* » Sa voix n'était qu'un murmure, mais elle s'entêta à poursuivre sa chanson qui apaisait son angoisse : « *Il reviendra à Pâques, mironton, mironton, mirontaine...* »

Après une éternité à fredonner le même refrain, en marchant comme une somnambule, ses doigts avaient heurté une paroi.

Était-elle rendue ?

Elle avait tâté fébrilement le roc jusqu'à ce que sa main glisse dans un espace : « Ça y est, j'y suis. » Elle y avait plongé un bras : la crevasse était beaucoup plus étroite qu'elle ne s'y attendait. Elle s'y était engouffrée avec difficulté pour se rendre compte que le passage ne débouchait pas. « Non, non, ça s'peut pas ! », avait-elle hurlé en martelant le mur.

Soudain, elle avait senti quelque chose bouger, puis elle avait entendu un son caverneux : une pierre s'était détachée de la paroi pour tomber dans le vide : « La crevasse a été bouchée ! »

Qu'à cela ne tienne, elle allait y voir ! De toutes ses forces, elle avait poussé sur la paroi et une pluie de pierres s'était abattue au fond du puits. Le passage dégagé, Janine avait étiré le bras pour palper le mur extérieur : un barreau !

Mue par une énergie nouvelle, elle s'était hissée dans le puits et avait gravi les échelons à toute vitesse : elle avait hâte de retrouver son grognon de père, sa maison et sa vie.

« Outch ! » Sa tête avait heurté quelque chose : « La planche ! Je suis arrivée ! » Mais aussitôt, un courant glacé l'avait traversée : la lourde malle de son père avait-elle été poussée sur le madrier ?

« Mon Dieu, faites qu'elle ne soit pas là », avait-elle soufflé. Elle avait monté un autre échelon et avait poussé avec sa tête : la planche se soulevait. « Dieu soit loué ! »

Elle s'était hissée hors du puits et s'était roulée sur le sol de la cave. Enfin chez elle ! Un sourire s'était étiré sur ses lèvres en songeant à la tête de son père quand il la verrait surgir de la cave au beau milieu de la nuit.

Après avoir repris son souffle, elle s'était levée en prenant garde de ne pas se frapper la tête contre le plafond. Le dos courbé, elle s'était dirigée vers l'avant de la maison. Rendue à l'escalier, elle avait tiré sur la chaînette pour faire de la lumière : « Misère, l'ampoule est brûlée ! »

Bah, ce n'était pas si grave, la sortie était à deux pas. Elle avait gravi l'escalier et avait poussé la trappe, mais impossible de la faire bouger. Dans sa confusion, elle avait complètement oublié le cadenas de son père.

Il ne lui restait plus qu'une seule chose à faire : frapper et crier pour l'alerter de sa présence. Mais quelqu'un d'autre lui avait ouvert…

Dans la douche, Janine mouilla ses cheveux et examina la bouteille de shampoing, un contenant vert dont la texture particulière l'étonna. « Une bouteille en plastique ? » Habituée aux contenants en verre cassants, elle trouva l'idée excellente. Elle lut l'étiquette : *Shampoing-conditionneur antifrisottis.* « C'est quoi, ça ? » Elle s'acharna sur le bouchon oblong pour le dévisser, puis aperçut le clapet du dessus. « Ah bon ? » Elle versa une petite quantité d'un liquide vert dans sa main : antifrisottis ou pas, ce shampoing sentait bon la pomme verte. Satisfaite, elle se savonna la tête.

Dans la cuisine, Stéphane alluma son ordinateur et inséra une disquette sur laquelle il avait téléchargé d'anciennes publications de *La Presse* pour ses recherches. Il était certain d'avoir quelque chose autour de septembre 1959, mois suivant la disparition des tramways à Montréal.

« *Yes* ! T'es génial, mon gars ! », s'exclama-t-il en retrouvant la une du 15 septembre 1959 où les premières pages étaient consacrées à la formation du gouvernement de Paul Sauvé, successeur de Maurice Duplessis, décédé une semaine plus tôt. Le cœur battant, Stéphane fit défiler lentement les pages en scrutant attentivement les titres. Au bas de la page trois, sa main se crispa sur la souris : « Incroyable ! »

Soufflé, il se laissa aller contre le dossier de sa chaise. Comment une telle chose pouvait-elle être possible ? Et Janine ? Juste à y penser, il avait envie de s'enfuir à toutes jambes.

Il se leva comme un automate et sortit sur le perron arrière. Le soleil brillait, le bon air lui fit du bien. Il respira profondément, puis s'assit sur la première marche de l'escalier, des souvenirs plein la tête : «Juillet 1978... Elle devait avoir une quarantaine d'années... »

En la revoyant assise près de lui, sur cette même marche, il sentit une boule lui monter à la gorge. Brusquement, il secoua sa tête et se releva : « Assez ! Cette fille est vingt ans plus jeune, elle n'a rien à voir avec la Janine Bilodeau que j'ai connue... »

De retour dans la cuisine, il constata que les vêtements placés contre la porte de la salle de bain avaient disparu. Elle allait bientôt sortir. Il lui fallait se ressaisir, et vite !

Janine replia de quelques tours le bas du jean qu'elle venait d'enfiler avant d'ajuster la ceinture. Son soutien-gorge sentait la fumée. Tant pis ! Elle l'agrafa en se félicitant de sa bonne habitude de toujours le porter, même pour dormir.

En dépliant le grand t-shirt rouge, presque aussi long que large, elle y aperçut un groupe de musiciens qui auraient grand besoin d'une coupe de cheveux : « The Beatles ? Jamais entendu parler : ils ne doivent pas être fameux... », conclut-elle en le revêtant.

Ensuite, elle s'assit au bord de la baignoire pour enfiler une paire de bas blancs un peu rêches et chausser une curieuse paire de *running shoes* bleu pâle, ornés de lacets argentés. « Ils sont un peu serrés, mais ça ira. »

Elle essuya la buée sur le miroir de l'armoire à pharmacie : « Seigneur ! J'ai l'air d'un chat mouillé », soupira-t-elle. Dans un des tiroirs de la coiffeuse, elle trouva une brosse. Ses cheveux se démêlèrent plus facilement qu'elle ne l'aurait cru : « Ce shampoing fait des merveilles, il faut que j'achète le même. »

Pas de brosse à dents, bien sûr, mais sur la coiffeuse, il y avait une grosse bouteille en plastique remplie d'un liquide bleu : *Rince-bouche antibactérien.* Elle lut les instructions, puis tourna le gros bouchon blanc qui refusa de bouger. « C'est quoi, cette patente-là ? » Elle essaya encore, puis renonça en maugréant.

Elle accrocha sa serviette, rangea la brosse. Il fallait sortir maintenant…

La main sur la poignée, elle inspira profondément.

Attablé, l'homme lui tournait le dos et semblait absorbé dans la lecture d'un texte affiché sur une sorte de petit écran de télévision posé sur la table. En s'approchant, Janine reconnut la mallette métallique aperçue le matin même qui, maintenant ouverte, ressemblait à une sorte de machine à écrire surmontée d'un écran minuscule encastré dans le couvercle.

— Qu'est-ce que c'est ? demanda-t-elle en désignant l'appareil.

Après avoir levé sur elle un regard indéchiffrable, Stéphane l'invita à s'asseoir.

— Janine, il faut que vous me racontiez tout ce qui s'est passé hier soir. Ce souterrain…

Un long soupir souleva la poitrine de la jeune fille.

— Vous ne me croyez pas, n'est-ce pas ?

— Oh, vous savez, au point où nous en sommes, je suis prêt à entendre n'importe quoi.

Le ton était badin, le regard presque amusé. Silencieuse, Janine hocha la tête, pesant le pour et le contre de ce qu'elle devrait dire. Patient, l'homme attendait. Dans ses yeux bleus, Janine décela une telle empathie qu'elle se décida :

— Écoutez, c'est une longue histoire, et encore… j'en connais qu'un tout petit bout. Dans la cave, il y a un trou très profond avec des barreaux pour descendre. Mon père l'a recouvert d'une planche et nous a formellement défendu de nous en approcher…

Elle poursuivit en lui parlant de Laurent, de ses explorations clandestines et de sa découverte du souterrain reliant la maison à la résidence de vieillards.

Subjugué, Stéphane renoua avec le récit rocambolesque que Patrice tenait de son oncle Gaston : « Le feu, la fuite par le souterrain, la cicatrice… Tout ça est déjà arrivé il y a 41 ans… » Il avalait difficilement sa salive.

— Et… ce souterrain, vous y étiez déjà allée, auparavant ?

— Oui, Laurent m'y avait emmenée. Heureusement ! C'est ce qui m'a sauvé la vie, la nuit dernière.

— La nuit dernière… murmura Stéphane comme pour lui-même.

Après un silence, il annonça :

— J'ai des informations au sujet de l'hospice et de l'incendie dont vous m'avez parlé.

Il hésita, puis ajouta :

— Ça s'est passé dans la nuit du 14 septembre1959.

— C'est ça, cette nuit, fit Janine en se demandant pourquoi il insistait sur l'année.

Stéphane secoua la tête en se massant la nuque. Perplexe, la jeune fille attendait la suite. Leurs regards se rencontrèrent, celui de l'homme était brûlant d'intensité :

— Janine, je vous crois à cent pour cent lorsque vous me dites que c'est chez vous, ici. Ça l'était, du moins…

Comme elle ouvrait la bouche pour protester, Stéphane approcha sa chaise de la sienne et tourna la mallette vers elle. Un gros titre de *La Presse* remplissait l'écran : « Terrible incendie dans un hospice du quartier Rosemont », lut-elle.

En manipulant un petit objet, relié à la mallette par un fil, l'homme grossit les caractères du texte et le fit défiler jusqu'à ce qu'il trouve ce qu'il cherchait. Il lut à haute voix :

— "Le feu a pris naissance dans la nuit de samedi à dimanche, dans la cuisine du bâtiment. Une religieuse et deux pensionnaires ont trouvé la mort. Une autre personne est portée disparue.

"À première vue, on suppose qu'une casserole laissée sur le feu sans surveillance serait à l'origine de ce grave sinistre. L'enquête se poursuit."

En apercevant la date du journal, Janine fronça les sourcils : « On est bien le 14 septembre, non ? Comment peut-il me lire un article daté du lendemain ? Et puis, c'est quoi cette machine du diable ? »

Stéphane manipula de nouveau sa souris, la page de *La Presse* disparut et un nouveau titre s'afficha sur l'écran : *Histoire de Rosemont*. Puis, un peu plus bas : « Nouvelle vocation pour l'ancienne Résidence Saint-François-Solano. »

Il reprit sa lecture :

— "La Résidence Saint-François-Solano fut d'abord la première demeure des franciscains, fondateurs de la paroisse du même nom, en 1911.

"Par la suite, le couvent devint une maison de retraite pour personnes âgées administrée par des religieuses du même ordre jusqu'à sa fermeture, à la fin des années 1970. Notons qu'à la suite d'un incendie, en 1959, de grandes rénovations furent entreprises pour restaurer l'aile qui abritait une vingtaine de pensionnaires."

Stéphane la fixa encore :

— Janine, avez-vous la moindre idée de l'année où nous sommes ?

— Que voulez-vous dire ?

Il posa une main sur son bras et se pencha vers elle :

— Je ne sais pas vraiment comment une telle chose a pu arriver, mais…

Janine le vit de nouveau faire glisser le petit objet, une flèche se déplaça sur l'écran. Il tapa quelque chose au clavier et une nouvelle page s'afficha. Janine reconnut le logo de *La Presse*, mais à la place du journal, on pouvait lire : *Cyberpresse.ca*.

Stéphane fit courir la flèche sur la date, en haut de l'écran, des caractères apparurent en surbrillance : *Jeudi 14 septembre 2000.* Anxieux, il attendit une réaction.

Janine s'approcha de l'écran :

— Je ne comprends pas. C'est quoi, ça ? Un journal ?

Aussitôt, Stéphane saisit son erreur : « Internet pour expliquer à une fille de 1959 qu'elle vient de faire un bond de 41 ans dans le futur… Pas fort, mon Stéphane ! Elle n'a jamais vu un ordinateur de sa vie. Comment veux-tu qu'elle comprenne ? »

— Attendez ! lança-t-il en se levant.

Il traversa le couloir à grandes enjambées, déverrouilla la porte avant et cueillit le journal, livré quelques minutes plus tôt. Il revint sur ses pas et remit le quotidien à la jeune fille :

— Tenez, regardez la date.

Livide, Janine se raidit contre le dossier de sa chaise :

— Voyons donc, ça n'a pas d'allure ! Je dois être en train de rêver !

— Alors on est deux, si ça peut vous rassurer.

— Ah, non ! Là, ça va faire ! s'écria-t-elle soudain.

Elle se lança dans le corridor et sortit dehors. Stéphane partit à sa suite, sachant très bien où elle allait : l'ancienne résidence de vieillards se trouvait à quelques pâtés de maisons.

Janine courait à perdre haleine, droit vers son but, sans s'attarder sur tout ce qui, pourtant, aurait dû lui sauter aux yeux: les nouvelles constructions, les modèles récents d'automobile, la croissance des arbres ou, phénomène plus éloquent, les rugissements de la voisine d'en face houspillant ses enfants en arabe. Non, rien de tout cela ne semblait trouver écho dans son cerveau, l'hospice représentait son unique repère temporel.

Stéphane la rattrapa à l'angle de la rue Dandurand, où elle avait stoppé, à bout de souffle. Pétrifiée, elle écarquillait les yeux: à l'extrémité de la rangée de maisons attachées, s'étendait un stationnement assez vaste pour y accueillir une quinzaine de voitures.

— Ah, mon Dieu, ça s'peut pas! Où est le jardin?

S'il y avait déjà eu quelque verdure à cet endroit, plus rien ne le laissait croire, à part le grand érable qui se dressait, frondeur, au milieu du stationnement au sol craquelé, envahi de mauvaises herbes.

— C'est épouvantable! S'il fallait que ma tante voie ça…

— Ça fait longtemps que c'est asphalté, lui apprit Stéphane, se rappelant qu'enfants, Patrice et lui s'y rendaient souvent s'exercer à la planche à roulettes.

Ils tournèrent le coin. Rue Dandurand, Stéphane remarqua que la bâtisse manquait nettement d'entretien: plusieurs fenêtres avaient été barricadées et un fouillis d'herbes folles avait supplanté l'ancien aménagement paysager. Au sommet de la façade, les chiffres «1960» rappelaient l'année de la reconstruction de l'aile des pensionnaires. Le nom d'une fondation était maintenant inscrit sur le carreau givré de la porte principale alors que l'inscription «Résidence Saint-François-Solano» était encore visible sur le linteau.

Stéphane entendit des sanglots: Janine pleurait à chaudes larmes. Sa détresse l'affligeait, elle était si fragile, si jeune... Il s'approcha et lui tapota le dos:

— Rentrons. J'ai fait du café.

Ils retournèrent sur leurs pas. Anéantie, Janine frissonnait en redécouvrant sa rue. À ses côtés, Stéphane, résistant tant bien que mal à son envie de lui entourer les épaules pour la réconforter, se remémorait les dires de l'oncle Gaston rapportés par Patrice: les pompiers avaient fouillé les décombres de l'hospice sans découvrir la moindre trace de Janine. Quelques jours plus tard, elle avait été retrouvée dans la cave. Pourtant, quand Patrice en avait parlé à sa mère, celle-ci avait nié. D'un côté, son oncle prétendait qu'elle avait fui par un souterrain sous la rue d'Orléans et, de l'autre, sa mère affirmait qu'elle avait quitté l'hospice peu avant l'incendie.

Stéphane glissa un regard vers la jeune fille: «Eh bien, mon cher Pat, ta mère t'a menti. Qui aurait dit ça?»

De retour dans la cuisine, Janine s'attabla avec lassitude. Stéphane éteignit son portable.

— Vous allez voir, lança-t-il d'un ton faussement enjoué, je suis un vrai pro du café.

Sans attendre de réponse, il saisit une grosse tasse et le sucrier dans l'armoire. La vue du petit récipient fleuri tira Janine de sa torpeur.

— Heille ! C'est le sucrier que maman m'a donné pour mon trousseau ! s'écria-t-elle en tendant la main vers l'objet.

Elle le déposa sur la table, mais sa main ne pouvait s'en détacher et le caressait comme s'il s'agissait d'un petit chat.

— J'ai perdu ma mère la semaine dernière...

Stéphane plaça la tasse fumante devant elle et lui tendit le carton de lait. La jeune fille fronça les sourcils :

— Qu'est-ce que c'est ?

— C'est du lait. Oups ! C'est vrai, en 1959, on le vendait en bouteilles de verre. Maintenant, on l'achète soit en carton, soit en sac.

— Hein ? Vous voulez dire que les laitiers sont devenus des livreurs de sacs ?

Elle prit le carton pour en humer le contenu avant de s'en verser quelques gouttes.

— Vous savez, de nos jours, on ne voit presque plus de camion de laitier ou de boulanger, les gens vont au dépanneur lorsqu'ils ont besoin de lait ou de pain.

« Au dépanneur ? » La jeune fille afficha un drôle d'air avant de prendre une gorgée.

— Vous avez faim ?

— Oui, un peu, mais depuis quelques jours, je ne file pas et je ne sais pas trop quoi manger.

« Ouais, elle a peut-être peur que je lui serve quelque chose de bizarre », songea Stéphane. Dans la dépense, il trouva du beurre d'arachide, puis sortit du fromage, du beurre et un pot de confiture du réfrigérateur.

— Vous savez, Janine, ça se fait encore de manger des toasts.

Elle parut amusée. Ravi, il glissa deux tranches de pain dans le grille-pain et attendit, le couteau à la main.

— Stéphane, qu'est-ce qui va m'arriver maintenant ?

Il redoutait tellement cette question. Il se retourna vers elle. Il aurait voulu offrir une image rassurante, mais il était envahi par un sentiment d'impuissance : « Épais, trouve quelque chose à dire, ça presse ! »

Le déclic du grille-pain vint à sa rescousse. Il saisit les deux rôties, sortit une assiette et enleva le pot de beurre d'arachide des mains de Janine. « Des toasts au beurre de pinottes, ça c'est bon ! »

Mais la jeune fille s'en moquait. Une main sur la bouche, elle pleurait en silence.

Désarmé, Stéphane alla dans la salle de bain et revint avec une boîte de papiers-mouchoirs :

— Écoutez, Janine. Le mieux… c'est de prendre une chose à la fois. Tout d'abord, essayez de manger un peu.

Elle secoua la tête.

— Allons, juste la moitié d'une toast…

Elle tira un papier-mouchoir pour essuyer ses yeux, puis un autre pour se moucher. Ses cheveux, encore humides, masquaient une partie de son visage. D'une main, elle saisit une mèche rebelle pour la ranger derrière son oreille.

— Alors, beurre de pinottes ou confiture ? insista Stéphane.

Du menton, elle désigna le pot de confiture aux fraises. Stéphane lui prépara deux généreuses tartines qu'il plaça devant elle.

— Comme ça, vous avez été malade ? Qu'est-ce que vous avez eu ?

Janine soupira :

— J'ai l'estomac à l'envers depuis quelques jours. Les sœurs pensent que c'est à cause des émotions et du surmenage. C'est vrai que je suis restée longtemps au chevet de ma mère.

Elle prit une bouchée suivie d'une gorgée de café.

— Alors, c'est bon ? Vous aimez ça ?

L'empressement de son hôte la réconfortait, elle sourit.

— Délicieux, merci. Je pense bien que je vais tout manger, en fin de compte.

Soulagé de la voir apaisée, Stéphane revint au vif du sujet :

— J'aimerais que vous me parliez de ce fameux souterrain. Quand l'avez-vous visité ?

— En 1955, pendant le congé de Pâques, Laurent avait profité de l'absence de mes parents…

Pendant de longues minutes, la jeune fille lui confia son étonnante excursion en compagnie de son frère aîné. Elle lui décrivit le long couloir voûté, orné de porte-flambeaux, et lui parla de l'autre puits débouchant dans le garde-manger de l'hospice.

Le regard brillant, Stéphane ne perdit aucun détail lorsque Janine lui raconta son éprouvante fuite de l'incendie.

— Cette nuit, rien n'était pareil.

— Que voulez-vous dire par là ?

— Il faisait très noir. Je ne me souviens même pas du nombre de barreaux que j'ai pu descendre avant de trouver le passage. J'étais tellement énervée. Mais à présent… je suis certaine que je n'étais pas dans le même souterrain.

L'air songeur, elle lui fit part des différences lui venant à l'esprit : le sol rocailleux au lieu d'une surface de terre battue et, surtout, l'absence de tout objet rappelant le passage de Laurent.

— Il y aurait donc deux souterrains, dont l'un serait un passage temporel… enchaîna Stéphane d'une voix étranglée.

Leurs regards stupéfiés convergèrent l'un vers l'autre.

— Ouais, ben… on a de quoi s'occuper, vous ne trouvez pas ?

Sans voix, Janine acquiesça. Troublé, Stéphane se leva de table, ramassa quelques miettes à côté du grille-pain, mouilla un torchon, essuya le comptoir puis revint s'asseoir.

— Janine… Je me demande… Que faisiez-vous à l'hospice en pleine nuit ?

La jeune fille s'appuya au dossier de sa chaise avec un gros soupir :

— Après les funérailles de ma mère, j'ai demandé aux religieuses de m'héberger. Je ne pouvais plus endurer mon père… Maudit que je l'haïs !

Elle se tut, consciente de la gravité de cet aveu. Un coup d'œil à Stéphane lui démontra qu'il était simplement à l'écoute et qu'il ne la jugeait pas. Elle décida de poursuivre : se confier lui faisait du bien.

— C'est bien simple, ou bien il est en maudit, ou bien il fait comme si je n'existais pas ! Il a tellement fait une vie misérable à ma mère ! Je ne l'ai jamais vu lui témoigner de la tendresse. Sauf… sauf dans les derniers jours. C'était bien le temps !

Stéphane s'étonna, il ne reconnaissait pas l'homme que Janine dépeignait. Certes, Ernest Provencher pouvait être grognon et sévère à ses heures, mais il s'entendait à merveille avec sa fille. « Avec le temps, les choses ont dû s'arranger entre eux… »

— Ne vous en faites pas trop, en vieillissant, votre père changera. Je vous dirais même qu'il deviendra un vrai grand-papa gâteau pour Patrice.

Janine lui lança un regard éberlué :

— Patrice ? Vous parlez du type qui vous a prêté la maison ? Que vient-il faire dans cette histoire ?

Et Stéphane réalisa qu'il venait d'ouvrir plus grand encore la porte de l'insolite :

« Oh la la… Et moi qui croyais qu'elle avait déjà fait le lien… »

— Patrice… Euh… eh bien, c'est votre fils.

— Quoi ! s'écria-t-elle en ouvrant des yeux démesurés. Allons donc ! Je ne peux pas avoir un fils, je n'ai plus l'intention de me marier !

« Et merde ! Dans quoi je viens de m'embarquer… », se dit Stéphane. Il tenta désespérément de noyer le poisson en parlant de lui :

— Vous savez, j'étais tout le temps ici quand j'étais p'tit. Attendez que j'y pense… La première fois, c'était en hiver, après la Crise d'octobre, donc en 1971.

— La crise de quoi ? rétorqua Janine, visiblement exaspérée par ce flot de paroles qui l'empêchait de réfléchir.

Stéphane retint un soupir : « Bon, il va falloir en plus que je lui donne un cours d'histoire accéléré. »

— La Crise d'octobre, eh bien… On l'appelle ainsi à cause du mois où ça s'est produit. Il y a eu deux enlèvements politiques au Québec, ç'a été toute une affaire.

D'un geste impatient de la main, Janine lui fit comprendre de laisser tomber les détails. Tant de questions se bousculaient dans sa tête. Elle s'efforça de se calmer :

— Si vous étiez toujours ici, alors ça veut dire que vous m'avez connue quand j'avais une trentaine d'années...

— Bien sûr, mais dans ce temps-là, vous me tutoyiez: j'avais juste 11 ans.

À ces mots, il la revit en 1971 avec ses cheveux remontés en chignon et ses lunettes rondes sur le bout du nez. Qu'elle lui paraissait vieille à cette époque, la maman de Patrice... Il se souvint qu'au début, sa façon de le regarder l'avait mis mal à l'aise: jamais il n'avait vu autant de tendresse dans les yeux de sa propre mère.

Il eut soudain très envie d'évoquer à haute voix leur première rencontre:

— Le 4 mars 1971, il est tombé 43 centimètres de neige sur Montréal.

En remarquant le regard interrogateur de Janine, il se reprit:

— C'est vrai! On était encore aux pieds et aux pouces dans ce temps-là. Attendez que je calcule. Euh... 43 centimètres, ça donne plus ou moins un pied et demi. Montréal a été paralysée pendant trois jours: pas de transport en commun, fermeture des usines et des magasins. Et surtout... pas d'école! Patrice m'avait invité à passer la journée avec lui. C'était la première fois que je venais ici. C'est vous qui m'avez ouvert la porte.

— Ah, oui? répondit-elle d'une voix blanche, les yeux agrandis par ce récit ahurissant. Et j'étais... comment?

Cette question prit Stéphane au dépourvu :

— Oh, vous savez, pour moi, vous étiez madame Bilodeau, la mère de mon meilleur ami et je vous trouvais pas mal gentille. Ce soir-là, vous m'aviez gardé à coucher. Patrice était tout content. Ça s'peut pas, le fun qu'on a eu ! On avait fait une grosse bataille de boules de neige avec…

Stéphane stoppa son récit, Janine ne l'écoutait plus, elle semblait atterrée.

« Bilodeau ! Il a dit *madame Bilodeau* ! Mon Dieu ! »

La veille, lorsque Stéphane lui avait appris que la maison appartenait à son ami Patrice Bilodeau, ce nom de famille l'avait frappée une seconde, mais ce n'était qu'un détail insignifiant noyé dans une mer d'incompréhension. Or, maintenant qu'elle avait la possibilité d'en savoir plus sur son avenir, ce nom résonnait comme une fatalité. « Non ! Je ne veux pas épouser Pierre ! », s'affola la petite voix dans sa tête.

Les mains moites, elle riva son regard sur Stéphane :

— Le père de Patrice… Vous l'avez connu ?

Embarrassé, il détourna les yeux. Même si, en 1988, il avait croisé Pierre Bilodeau au salon funéraire, il préférait ne pas en parler de peur de déclencher une avalanche de questions.

— Non. En 1971, il vivait déjà à San Francisco.

— San Francisco ! Pierre à San Francisco ? s'exclama Janine en se levant de table. Voyons donc, ça ne tient pas debout, ça !

Stéphane se mordit les lèvres : plus il expliquait, plus il s'enfonçait.

— Écoutez, ça devient compliqué. Je pense qu'il vaudrait mieux changer de sujet.

La jeune fille s'affala sur sa chaise :

— J'en reviens pas ! Nous nous sommes mariés, nous avons eu un enfant et après il m'a plantée là ? Et notre projet d'acheter la galerie ? Et mes études ?

Elle ferma les yeux, son esprit vacillait : « Ça s'peut pas ! J'étais décidée. Je voulais lui remettre sa bague... »

Plus encore que l'échec de son mariage, la perspective d'avoir raté son retour aux études l'emplissait d'effroi. Elle calcula mentalement : en 1971, elle aurait 33 ans. À cet âge, elle devrait être diplômée depuis longtemps. « Mon Dieu, qu'est-ce qui s'est passé ? » Son angoisse était insoutenable. Il fallait qu'elle sache !

— Qu'est-ce que je faisais dans la vie quand vous m'avez connue ? Si mon mari m'a quittée, je devais bien être obligée de travailler quelque part ?

Stéphane la considéra gravement :

— Euh... Je ne crois pas qu'il soit très sage d'en savoir trop sur son avenir. Je comprends que...

La jeune fille se leva d'un coup sec.

— Écoutez-moi bien, vous ! Mon avenir, j'ai les deux pieds d'dans ! Alors vos beaux discours sur la sagesse...

La fougue de Janine désarçonnait Stéphane. Rien ne l'avait préparé à vivre une telle situation.

— Ouais, je comprends, admit-il. À votre place, je ferais la même chose.

La spontanéité de cet aveu désamorça la colère de Janine qui se rassit sans le quitter des yeux. Stéphane soupira, ce regard insistant effritait le peu d'arguments qui lui restaient :

— Bon, d'accord… Toutes les années où j'ai fréquenté Patrice, vous étiez secrétaire aux Shops Angus.

Au moment précis où ses projets s'écroulaient, Janine comprit à quel point sa décision de la veille était la bonne, même si à l'autre bout du tunnel, son destin semblait scellé à jamais. « Non ! Rien n'est joué encore. Je sais ce que je veux et rien ni personne ne me fera changer d'idée ! »

— Stéphane, il faut absolument que je retourne là-bas ! dit-elle en désignant la trappe.

— On va trouver une solution, je vous le promets, répondit-il vivement, même si la perspective d'explorer le puits lui donnait la chair de poule.

— Je vais pouvoir repartir aujourd'hui ?

— Euh… Aujourd'hui, non. Écoutez, pendant que vous étiez sous la douche, j'ai poussé mes recherches dans *La Presse* et j'ai appris qu'on vous a retrouvée le 17 septembre dans la cave. Il vaut mieux que votre retour se fasse au même moment. Nous avons trois jours…

Chapitre 8

— Attacher ma ceinture ?

Assise dans la voiture de Stéphane, Janine baissa les yeux sur son jean :

— Ben, elle l'est déjà.

Elle l'entendit rigoler.

— Non, non, c'est pas ça, regardez, dit-il en s'inclinant pour saisir un objet au-dessus d'elle, un truc métallique relié à une large courroie en tissu.

« C'est quoi cette patente-là ? », se demanda-t-elle avant d'entendre un bref déclic. Enserrée sur son siège, elle grimaça :

— C'est vraiment nécessaire ?

— Absolument ! La loi l'exige depuis un bon bout de temps.

Luttant tant bien que mal contre un fou rire sur le point d'exploser, Stéphane boucla sa ceinture à son tour.

— Excusez-moi, mais si vous aviez vu votre air quand j'ai attaché votre ceint…

Il éclata d'un grand éclat de rire ponctué de « excusez-moi, excusez-moi ». Janine l'observait du coin de l'œil en souriant. Après un moment, il réussit à se calmer et démarra.

— J'en reviens pas comment les voitures ont rapetissé, remarqua Janine. Dans la "Osmobile" de mon père, on peut asseoir trois personnes de plus.

— Ouais, c'est comme ça depuis la fameuse crise du pétrole des années 1970. L'essence coûte trop cher aujourd'hui pour qu'on se permette d'abreuver les paquebots d'autrefois.

— Il fait du bureau où, votre docteur?

Même si sa blessure ne semblait pas infectée, Stéphane avait insisté pour l'emmener consulter.

— Sur Rachel, près de l'avenue De Lorimier, répondit-il sans la regarder, de crainte de s'esclaffer de nouveau. Mais avant, je veux absolument vous montrer quelque chose.

L'auto descendit la rue d'Orléans jusqu'à Masson et, déjà, un changement sauta aux yeux de Janine: le restaurant Solano avait changé de nom, les lettres écarlates «MIRAMAR» s'étalaient sur une large enseigne.

Stéphane tourna vers l'est et Janine eut juste le temps de remarquer la disparition de la quincaillerie David & Bélanger.

— Le magasin de fer n'est plus là!

— Ça doit être fermé depuis longtemps. Quand j'étais petit, il y avait une épicerie au même endroit.

L'auto tourna sur le boulevard Pie-IX.

— Le clos de bois est-il encore là? J'ai pas eu le temps de voir.

— Un clos de bois ? Jamais entendu parler, mais ça ne m'étonne pas, il y a belle lurette que les gens ne chauffent plus au bois.

— Ah ! On y achète pas seulement du bois, ils ont aussi de l'huile à chauffage. On y vendait même du charbon quand j'étais p'tite.

Malgré la fin de l'heure de pointe, la circulation boulevard Pie-IX était au ralenti. Une telle densité automobile étonna Janine : « Il y en a donc bien, des autos ! songea-t-elle. Au prix que ça coûte, les gens doivent vraiment être riches pour se permettre ce luxe. »

À l'approche de la rue Sherbrooke, elle reconnut le château Dufresne et les grilles du Jardin botanique : deux importants points de repère subsistaient, c'était tout de même rassurant.

Soudain ses yeux s'agrandirent de stupeur :

— Mais qu'est-ce que…

Une gigantesque coupole en béton surmontée d'une tour inclinée se dressait devant elle.

— Mais pour l'amour du bon Dieu, qu'est-ce que c'est cet… ce…

Le véhicule stoppa au feu rouge. Stéphane fit un grand geste de la main :

— Voici le Stade olympique !

Bouche bée, Janine n'en croyait pas ses yeux : on aurait dit un énorme coquillage rapporté par une vague monstrueuse.

La chaleur lui monta aux joues. Les yeux sur la portière, elle chercha la manivelle pour abaisser la vitre.

— Abracadabra ! fit Stéphane.

Un mécanisme se déclencha et la vitre descendit toute seule. L'air s'engouffra dans l'habitacle. Janine remercia son voisin d'un hochement de tête. Le feu tourna au vert et l'auto continua sa route sur le boulevard pendant que Janine se tordait le cou pour fixer dans son esprit cette curieuse construction.

Stéphane était fier de son coup :

— Ça valait le détour, n'est-ce pas ?

— C'est là depuis quand ?

Il déclencha son clignotant.

— Depuis le milieu des années 1970. En 1976, Montréal a été l'hôte des Jeux olympiques, c'était l'un des grands projets du maire Drapeau…

— Drapeau ? Jean Drapeau ? Lui, je sais qui c'est ! Il est très populaire, mon père a voté pour lui.

— Eh bien, il va être comblé, votre père. Montréal est loin d'en avoir fini avec Jean Drapeau !

L'auto s'arrêta au coin de Rachel et De Lorimier.

— C'est de l'autre côté de la rue et… je suis chanceux ! dit-il en manœuvrant pour stationner.

La clinique était située au-dessus d'un petit commerce.

— Ah, c'est donc ça, un dépanneur ! s'exclama Janine en désignant l'enseigne où l'on pouvait lire : « Dépanneur Ti-Pierre, bière, vin, Loto Québec ».

— Qu'est-ce que ça veut dire, Loto Québec?

— Loto Québec, c'est un système de loterie.

Elle se retourna vivement vers son interlocuteur.

— Vous voulez dire: loterie, comme gageure? Mais c'est illégal, ça!

— Pas depuis que l'État l'a prise en charge.

Janine fronça les sourcils:

— Ça n'a pas de bon sens! Il n'y a pas si longtemps, Pax Plante et Jean Drapeau ont nettoyé la ville: les débits de boisson, le Red Light, les barbottes[1], tout y a passé. Venez pas me dire que tout ça serait devenu légal?

— Pas la boisson, ni la prostitution, bien sûr, la rassura Stéphane. Mais… devinez un peu qui a organisé la première loterie nationale?

Il avait parlé en déclenchant le loquet de la ceinture de sa compagne, tout en retenant la large bande. Attendant la suite, Janine ne fit pas un geste: «Qu'est-ce qu'il va encore me sortir?»

— Jean Drapeau!

Elle eut un haut-le-corps:

— Voyons! Vous me faites marcher?

— Pas du tout. En 1968, pour renflouer les coffres de la ville, le maire Drapeau a instauré ce qu'il avait appelé "une taxe volontaire". «As-tu envoyé ton deux?» C'était son slogan. En cotisant deux dollars, toute personne courait la chance de remporter un

1. Maisons de jeux aménagées clandestinement.

gros lot de… je crois que c'était 100 000 dollars, en lingots d'or. Ç'a été toute une saga judiciaire parce que justement, c'était illégal.

Stéphane entrouvrit sa portière.

— Une belle ironie de l'histoire, quand on y pense : le même Jean Drapeau qui a mis sous les verrous toute une organisation de pègreux dans les années 1950, est l'homme à l'origine de Loto Québec, l'une des plus grandes sociétés de jeux en Amérique.

— Vraiment, c'est le monde à l'envers, répliqua-t-elle en ouvrant sa portière.

Elle claqua la porte de l'auto, les pieds cloués au sol, des yeux tout le tour de la tête.

Pensif, Stéphane l'observait : « Elle a beau être là en chair et en os, je n'arrive pas à réaliser que 41 ans séparent nos deux époques… »

Janine Provencher n'avait jamais pris le métro ni roulé sur le pont Champlain. Elle n'avait jamais vu de télévision couleur, ni joué au Nintendo, ni utilisé de téléphone cellulaire. Elle ignorait tout d'Internet, de la conquête lunaire, de la montée du féminisme ou encore de la désertion des églises. Elle provenait d'une époque révolue aussi noire qu'une soutane, d'une génération étouffée de censure, emmêlée dans un voile de pudeur outragée, pour qui chaque journée s'égrenait en un long chapelet d'interdits.

Stéphane la sentait vulnérable, déboussolée, mais aussi avide de savoir.

— Pourquoi "dépanneur" ? On dépanne qui ?

— Il y a une trentaine d'années, une loi a permis aux petites épiceries de quartier de prolonger leurs heures d'ouverture jusqu'à onze heures le soir pour dépanner les gens. De là l'origine du nom.

D'un geste, il l'invita à traverser la rue.

— De nos jours, ce terme a perdu son sens puisque les supermarchés sont ouverts aux mêmes heures. On peut même magasiner ou faire son épicerie le dimanche.

Janine s'immobilisa brusquement au milieu de la chaussée : « Quoi ? Les magasins sont ouverts le dimanche, le jour du Seigneur ! »

Soudain, une Honda freina bruyamment devant elle. Le conducteur, un jeune boutonneux à casquette sortit la tête par la fenêtre :

— Ôte-toé d'la rue, crisse de folle !

Exaspérée, Janine leva les bras au ciel et passa son chemin en maugréant :

— Non seulement les gens n'ont plus le respect de la religion, mais les bonnes manières ont pris le bord !

Elle retrouva Stéphane sur le trottoir.

— Pauvre Janine, on vous bardasse pas mal, mais c'est ça, l'an 2000, ça bouscule, ça sacre, ça craque de partout. Allons, venez.

Ils gravirent les marches intérieures menant à la clinique. Au milieu de l'escalier, Stéphane s'immobilisa en se frappant le front :

— Merde ! Je n'avais pas pensé à ça…

Il se retourna vers Janine :

— Vous n'avez pas de carte d'assurance maladie.

Il extirpa son portefeuille de sa poche arrière, en sortit une petite carte plastifiée aux couleurs d'un soleil couchant qu'il tendit à la jeune fille. Puis il s'assit sur une marche, l'air embêté.

— Il faut toujours la présenter lorsqu'on va voir un médecin. C'est la façon de payer depuis longtemps.

— Et l'argent ? Ça sert à quoi, l'argent, en 2000 ?

— Pour les soins et les médicaments, un certain pourcentage du salaire des travailleurs est employé à défrayer les honoraires des médecins, les médicaments et les hospitalisations de toute la population.

— Ah ! Voilà un vrai progrès !

— Oui, c'est vrai que c'est bien. Mais… pour le moment on a un problème, dit-il en reprenant sa carte.

— Sans cette petite carte, on ne peut pas se faire soigner ? On ne peut vraiment pas payer en argent sonnant ?

Le regard de Stéphane s'éclaira.

— Ben oui, on peut ! Vous avez raison, je m'en fais pour rien.

En haut des marches, une porte vitrée s'ouvrait sur une vaste salle d'attente où quelques patients attendaient d'être appelés. Derrière le comptoir d'accueil, Stéphane aperçut la plantureuse réceptionniste inclinée sur un grand cahier.

« Ah, non ! Pas elle ! Ça va être plus compliqué que je le pensais… »

Avant même qu'il ne puisse ouvrir la bouche, l'employée l'apostropha :

— Si vous venez pour le sans rendez-vous, il y a quatre personnes avant vous !

Stéphane afficha son plus beau sourire.

— Non, c'est pour le docteur Lamarche, il est bien ici, ce matin ?

— Il est là, mais il ne reçoit que sur rendez-vous.

— Écoutez, je m'appelle Stéphane Gadbois, Mario est un ami à moi. Il m'a déjà dit qu'il pouvait me prendre entre deux patients, ajouta-t-il sur un ton mielleux.

La réceptionniste lâcha un long soupir.

— Votre carte d'assurance maladie, s'il vous plaît !

— Ce n'est pas pour moi, madame, c'est pour ma… mademoiselle, ici.

La dame tendit une main impatiente vers Janine.

— Votre carte !

— Elle n'en a pas, euh… c'est ma cousine, elle est en visite chez nous et elle oublié sa carte.

L'employée se redressa en ajustant ses lunettes.

— Et alors ? Elle est muette, votre cousine ?

Janine se raidit : « Non, mais, c'est quoi cette façon d'accueillir les gens ? »

— Ça ne me dérange pas de payer, affirma-t-elle sur un ton sans réplique.

Les lèvres pincées, la dame ouvrit un tiroir et en retira un long formulaire

— Ça va vous coûter 53 dollars.

— Quoi ?

La jeune fille n'en croyait pas ses oreilles : cette somme représentait la valeur de trois semaines de paie chez Angus !

Stéphane s'interposa. Il avait perdu sa bonne humeur.

— On va payer ! Donnez-nous votre maudit papier, qu'on le remplisse !

La réceptionniste lui lança un regard torve : pas question de leur laisser compléter eux-mêmes le formulaire, elle préférait s'en charger.

— Nom et prénom !

— Provencher, Janine, rétorqua la jeune fille sur le même ton.

La quinquagénaire se pencha sur le formulaire et traça minutieusement les lettres.

— Date de naissance.

— Le 10 juillet 193… euh…

— 1982 ! coupa Stéphane.

Les yeux de la dame quittèrent le formulaire pour aller se planter dans ceux de l'importun :

— Bonnnn. Le v'là encore qui parle à la place de l'autre. C'est une manie chez vous ?

Au même moment, une porte latérale s'ouvrit et une vieille dame sortit, suivie d'un bel homme aux tempes grisonnantes qui déposa un dossier sur le comptoir de la réception.

— Je vous reverrai dans un mois, madame Saint-Mars. Voyez ma secrétaire pour votre prochain rendez-vous.

En apercevant Stéphane, Mario Lamarche enleva ses petites lunettes de lecture :

— Hé, le beau-frère ! Veux-tu bien me dire où t'étais rendu ?

Les traits de Stéphane se détendirent aussitôt. Spontanément, les deux hommes se donnèrent une chaleureuse accolade.

— Salut, Mario ! C'est vrai que ça fait longtemps.

« Le beau-frère ? Est-ce que ça veut dire qu'il est marié ? » Janine, troublée par sa déception, détourna son regard vers la réceptionniste qui s'impatientait.

— Votre adresse !

Janine s'exécuta. Une main sur son épaule la fit se retourner. Stéphane lui présenta le médecin.

— Hum, bonjour, la belle enfant, chantonna ce dernier avec un sourire enjôleur.

Stéphane sauta sur l'occasion :

— C'est ma cousine. Elle s'est blessée au...

— Mademoiselle n'a pas sa carte d'assurance maladie ! l'interrompit l'employée, triomphante, en brandissant le formulaire.

L'homme en sarrau s'inclina vers elle pour lui chuchoter :

— Bah ! Laissez faire ça, on est entre amis. Mon prochain rendez-vous est arrivé ?

L'autre haussa les épaules d'un air dédaigneux :

— Non, et il n'a même pas téléphoné pour annuler. C'est la troisième fois. Je vais mettre une note dans son dossier.

— Bon, bon, faites donc ça.

Puis, d'un geste, il invita Janine et Stéphane à entrer dans son bureau.

— Ta cousine, hein? souffla-t-il à l'oreille de Stéphane.

Ce dernier se raidit, mal à l'aise.

— Je vois que tu as survécu à ma petite sœur chérie, poursuivit le médecin amusé de la confusion de son ex-beau-frère.

Ce dernier jeta un coup d'œil furtif à Janine avant de murmurer:

— Oh, moi oui…

Le médecin changea d'air:

— Qu'est-ce qu'elle fait? Elle te harcèle?

Perplexe, Janine observait son compagnon qui avait haussé les épaules, l'air dégagé.

— Ne t'en fais pas pour moi, dit-il à haute voix, elle finira bien par se tanner. J'ai déménagé et j'ai changé de numéro de cellulaire, Nathalie peut juste me joindre par courriel.

«Cellulaire?» «Courriel?» Dans tout ce charabia, Janine saisit l'essentiel: Stéphane n'aimait plus sa femme. Elle s'étonna aussitôt du soulagement ressenti: «Voyons! Qu'est-ce que ça peut bien me faire?»

Le cabinet de Mario Lamarche offrait un décor inattendu. Sur les murs, recouverts d'un papier peint imitant le bambou, d'énormes affiches d'animaux sauvages côtoyaient des masques africains.

Le médecin invita ses compagnons à s'asseoir. Un sourire s'épanouit sur ses lèvres en observant la jeune fille, les yeux rivés sur un horrible masque de sorcier.

— C'est tellement drôle : les gens qui entrent ici pour la première fois ont tous la même réaction.

Le regard de Janine fit lentement le tour de la pièce.

— C'est si surprenant...

Le docteur Lamarche lui tendit une photo où il posait au milieu d'une bande d'enfants noirs sur fond de jungle.

— J'ai travaillé neuf ans dans un village congolais. Ces enfants-là, je les ai tous mis au monde.

Stéphane sourit, la ferveur de son beau-frère lui rappelait celle de Patrice, quelques mois plus tôt.

— J'habite justement dans la maison d'un ami médecin qui vient de partir en mission au Vietnam.

— Ah, oui ? répondit Mario, intéressé. Il travaille pour quel organisme ?

— Je ne m'en rappelle plus, mais je sais qu'il a fait sa formation à la Croix-Rouge.

— Je le connais peut-être. Comment s'appelle-t-il ?

— Patrice Bilodeau.

En entendant ce nom, Janine tressaillit et le visage de Mario Lamarche s'éclaira :

— Pat Bilodeau ? C'est moi qui l'ai formé. Ce gars-là est un vrai génie !

En voyant Stéphane froncer les sourcils, le médecin s'étonna :

— Quoi, tu ne sais pas qu'il a découvert une façon d'isoler le virus de la grippe ? Ses recherches sont suivies dans le monde entier.

— Mais pourquoi le Vietnam ?

C'est Janine qui avait posé la question. Un étrange sentiment de fierté avait émergé en elle.

— Pour travailler en collaboration avec d'autres chercheurs. Vous verrez, bientôt, un nouveau médicament portera son nom.

Le visage de Stéphane marquait sa stupéfaction : Patrice n'avait fait aucune allusion à ses exploits. Une pointe d'amertume vint le titiller : « Et moi qui ai passé ma vie à gober des mouches… Ouais, Pat a sans doute voulu ménager mon ego. Eh bien, ta modestie t'honore, mon chum ! »

— C'est tout de même spécial que tu le connaisses, reprit le docteur Lamarche. Je le côtoie depuis des années et il ne m'a jamais parlé de toi.

Il se leva de son siège en adressant un clin d'œil à Janine :

— C'est vrai que nous autres, les gars, on a autre chose à faire que de papoter au sujet de nos amis.

La jeune fille émit un petit rire de connivence tout en regrettant de ne pouvoir en apprendre davantage sur son futur fils.

— Alors, mademoiselle-la-cousine-de-mon-ami-Stéphane, qu'est-ce qui vous amène dans ma tanière ?

Janine le rejoignit et retroussa la manche de son t-shirt.

— Je me suis égratignée et Stéphane croit que je devrais recevoir un vaccin contre le...

— ... tétanos.

Après avoir indiqué la table d'examen à la jeune fille, le médecin se rendit au lavabo pour se laver les mains. Stéphane vint auprès de Janine.

L'examen prit quelques secondes, le plus long avait été de défaire le bandage.

— C'est toi, Stéphane, qui a emballé le cadeau ? demanda le médecin en chaussant ses lunettes. Un peu plus et tu la momifiais, la pauvre p'tite ! Voyons voir ça... Hum, c'est beaucoup plus une entaille qu'une simple égratignure. Heureusement, elle a été bien nettoyée, je ne vois pas de trace d'infection. Avec des points fondants, il ne vous restera plus qu'un mince souvenir.

Il choisit une seringue sur un plateau.

— Attention, ça va piquer, prévint-il.

Stéphane sentit une petite main glacée glisser dans la sienne.

— Et voilà. Dans quelques secondes, je vais pouvoir vous broder quelque chose.

Il ouvrit son armoire à pharmacie, dont la porte était dissimulée derrière une affiche représentant une famille de gorilles.

— Ça ne prendra pas trop de temps... Euh... c'est quoi votre nom, déjà ?

— Janine, dit-elle, incapable de lâcher la main de Stéphane.

Mario Lamarche revint avec ses instruments de suture et un petit tampon imbibé d'alcool avec lequel il tapota délicatement la blessure.

— Comment vous êtes-vous fait ça?

— Je m'en souviens plus trop, répondit-elle franchement.

Il amorça son travail et la main de Janine se recroquevilla dans celle de Stéphane. Avait-elle mal ou cherchait-elle sa complicité? «Les deux, sans doute», se dit-il avant d'intervenir:

— La nuit passée, son appartement a passé au feu. Elle a bien failli y rester.

— J'ai bien essayé de l'éteindre, enchaîna Janine, mais c'était trop tard.

— Ah? Comment avez-vous fait pour sortir de chez vous?

Janine et Stéphane échangèrent un regard interrogateur avant qu'elle ne réponde:

— Euh… bien, par la porte d'en avant.

— C'était un petit feu alors? Le genre feu de cuisine? s'informa-t-il en confectionnant un nouveau point.

À court d'idées, Janine pressa la main de Stéphane qui, sans préambule, se lança dans une étourdissante improvisation autour d'une panne d'électricité et de la malencontreuse chute d'une lampe à l'huile. Son récit truculent se termina au moment où, son travail terminé, le médecin refaisait le pansement.

— Vous l'enlèverez demain dans la journée. Dans quelques jours, les points vont tomber tout seuls. Et maintenant, le vaccin. Vous souvenez-vous de quand vous l'avez eu la dernière fois ?

— Non, pas vraiment.

— D'accord, on ne prendra pas de chance.

Il alla chercher un petit flacon dans son armoire et y enfonça l'aiguille d'une autre seringue.

— Bon, une petite piqûre et c'est terminé, annonça-t-il en enfonçant son aiguille dans l'autre bras de Janine qui grimaça.

La sonnerie du téléphone retentit. Le docteur Lamarche termina son injection et déposa sa seringue avant de répondre.

— Ah, il est arrivé ? Mais oui, je vais le prendre quand même… Oui, oui, Laurette, ça ne sera pas bien long.

Il raccrocha. Stéphane profita de cette interruption pour faire dévier la conversation.

— Veux-tu ben me dire pourquoi t'as engagé ce dragon comme secrétaire ?

Mario Lamarche éclata de rire.

— Un dragon, tu dis ? Ma foi, c'est tout à fait ça ! Mais c'est une perle, une vraie perle. Tu me connais, je suis nul en gestion. J'avais vraiment besoin de quelqu'un comme elle.

Janine descendit de la table d'examen et abaissa la manche de son t-shirt. Stéphane serra la main de son beau-frère en le remerciant. Mario le retint :

— Minute, toi ! Tu ne m'as encore rien dit à ton sujet. As-tu terminé ton mémoire ?

L'autre soupira longuement.

— Ça avance, ça avance. Pas vite, mais ça avance.

— Voyons, où est passé ton bel enthousiasme ? Le sujet ne te plaît plus ? C'était quoi, déjà ?

— Le développement des transports en commun à Montréal.

— Ah oui, c'est ça. Et tu dois le déposer quand ?

«Non mais, va-t-il arrêter de me torturer ! », songea Stéphane en se passant la main sur la nuque.

— En décembre. Je capote rien que d'y penser.

Janine ne perdait rien de la conversation même si elle n'y comprenait pas grand-chose : «Je capote ? "Capote"…» Étrange… ce mot qui pour elle se chuchotait était maintenant conjugué à haute voix !

Ils prirent congé et dévalèrent les marches.

— Voilà une bonne chose de faite, déclara Stéphane. On s'en est quand même bien tirés, vous ne trouvez pas ?

— Oui, mais j'ai eu chaud tout de même, avoua Janine.

— Avec l'histoire de la lampe à l'huile ?

— Oui, et aussi avec la secrétaire. Vous savez, lorsqu'elle m'a demandé ma date de naissance. J'ai failli dire 1938…

Elle s'interrompit brusquement :

— Ce qui m'aurait fait… 62 ans !

Un léger vertige s'empara d'elle : « De quoi vais-je avoir l'air dans quarante ans ? »

— Quelle année de naissance lui avez-vous donnée ?

— 1982.

— Ah, bon. Vous m'avez rajeunie, j'ai quand même 21 ans.

— Maintenant, je vous amène où vous voulez, vous n'avez qu'à demander.

— C'est sûr que je suis curieuse de voir ce qui a changé. Y a-t-il encore un parc Lafontaine ?

— Oui, c'est à deux coins de rue d'ici. On y va !

La voiture démarra et Janine, emballée, ajouta :

— J'ai hâte de revoir le Jardin des merveilles ! C'est tellement devenu beau depuis deux ans... euh, je veux dire depuis... 1957. Avant, il y avait des animaux, mais le décor n'était pas fameux.

Le Jardin des merveilles ! Stéphane s'en souvenait : quel trésor pour les petits citadins ! Certes, il n'y avait ni girafe ni fauve dangereux, mais on y rencontrait des singes, des pandas, des phoques, des ratons laveurs, quelques renards et des oiseaux. Sans oublier la principale attraction : Babar, le petit éléphant venu des Indes. Ce décor enchanteur à l'échelle de ses petits visiteurs était parsemé de maisonnettes rappelant chacune un conte de fées différent : Boucle d'Or et les trois ours, Le petit Chaperon rouge, Les trois petits cochons, sans oublier la fameuse maisonnette en bonbon de la sorcière d'Hansel et Gretel. Stéphane se rappelait s'être promené sur le pont de l'Arche de Noé, avoir croisé le bonhomme Humpty Dumpty juché sur son mur et, surtout, avoir contemplé un gros aquarium enchâssé dans la gorge d'une énorme baleine bleue.

Hélas, tout cela appartenait au passé désormais.

— Janine, vous allez être déçue, le Jardin des merveilles n'est plus là.

Le sourire de la jeune fille s'estompa.

— Oh, non ! Pourquoi ?

Stéphane ressentit cette désillusion comme si c'était la sienne.

— Je n'ai jamais su pourquoi. Moi aussi, j'avais bien aimé, même si je n'y suis allé qu'à une ou deux reprises. Attendez que je me souvienne... Mais oui, la première fois, c'était avec Patrice. Vous étiez là vous aussi. Je devais avoir 11 ou 12 ans. Je me rappelle que Pat...

Il se tut tout à coup : un souvenir désagréable avait surgi d'un repli de sa mémoire.

— Continuez, s'il vous plaît, demanda sa compagne.

— Bon, euh... c'est un peu plate. Nous avions pourtant eu une superbe journée. Seulement, après avoir assisté au spectacle des phoques savants, nous avons croisé une gang de gars de notre école. Un beau trio de p'tites brutes venues sans leurs parents. En septembre, lorsqu'ils ont revu Patrice, ils se sont moqués de lui en le traitant de "ti-gars à sa maman". Il a dû endurer ça toute l'année.

Janine pinça les lèvres. « Pareil comme Pierre... » Son fils serait-il destiné à subir le même sort que son père ?

Mais sans le savoir, Stéphane la rassura en ajoutant :

— Un beau jour, Patrice s'est choqué pour de bon et il y en a un qui s'est fait casser ses barniques : un bon coup de poing sur la gueule. Le verre des lunettes a comme explosé. Pat aurait pu lui crever un œil, mais finalement le gars n'a presque rien eu. Par contre, Pat s'est coupé à la jointure. La cicatrice est toujours visible, je l'ai remarquée l'autre jour. Nous en avons reparlé, lui et moi. Il était encore très fier de son exploit.

— Moi aussi, tiens ! lança Janine de nouveau gonflée d'orgueil.

L'auto roulait maintenant rue Rachel.

— Pensez-vous que l'on pourrait s'arrêter un peu avant la rue Papineau ? J'aimerais bien revoir quelque chose, juste derrière le presbytère.

Adolescente, Janine avait fait partie des guides de la paroisse Immaculée-Conception, dont le local était situé dans le prolongement du presbytère. Devant l'entrée, un imposant Sacré-Cœur semblait veiller sur le quartier.

« Mon bon Jésus. » Depuis qu'elle l'avait découvert, Janine l'avait maintes fois invoqué, lui confiant ses peines et ses incertitudes. Le revoir aujourd'hui l'aiderait-elle à reprendre courage ?

La voix de Stéphane la tira de ses réflexions.

— Tiens, voilà une place. On s'arrête ici.

Maintenant à pied, ils passèrent devant l'ancien Institut Bruchési converti en un centre de soins de longue durée pour personnes âgées. En croisant la rue de Bordeaux, Janine remarqua la vitrine d'un commerce surmontée d'une grosse enseigne où un hibou écarlate adressait un clin d'œil aux passants.

— Couche-Tard… murmura-t-elle. Qu'est-ce que c'est ?

— C'est un dépanneur.

— Encore !

Tout à coup, elle s'arrêta, interdite : de l'autre côté de la rue, le Sacré-Cœur et le presbytère s'étaient volatilisés. En lieu et place, un immense terrain d'où s'élevait, à une centaine de pieds du trottoir, un large bâtiment en béton.

— C'est la polyvalente Jeanne-Mance, précisa Stéphane.

La jeune fille afficha une mine déconfite et serra les poings.

— On ne peut pas avoir démoli tout ça ! Où est le Sacré-Cœur ? Moi je l'aimais bien, cette statue !

Sa voix se cassa, la disparition de ce repère si précieux la plongeait dans un vide affolant.

Stéphane réfléchit en fixant la rue Papineau : « Un Sacré-Cœur ? Il me semble avoir déjà vu ça dans les parages. » Puis la mémoire lui revint :

— Je sais où il est. Venez ! s'écria-t-il en lui tendant la main.

Main dans la main, ils traversèrent la rue et accélèrent le pas jusqu'au parterre de l'église où un Christ gigantesque trônait majestueusement.

Janine fondit en larmes et Stéphane, oubliant toute réserve, glissa un bras autour de ses épaules pour la consoler. Surpris, il la sentit se laisser aller contre lui.

— Fais-toi z'en pas, Janine, nous trouverons un moyen pour que tu rentres chez toi, lui souffla-t-il en effleurant son front d'un baiser. Tu… vous allez voir.

Elle leva la tête vers lui. La tendresse qu'elle lut dans son regard la réconforta.

— Vous croyez ?

Stéphane se redressa, l'allure d'un combattant.

— J'en suis certain ! Nous descendrons dans cette maudite cave et nous trouverons le bon passage. Maintenant, il ne faut plus pleurer, ajouta-t-il en essuyant ses larmes du revers de la main. Les femmes qui pleurent me font perdre tous mes moyens.

Un pauvre sourire arqua les lèvres de Janine :

— Moi, je ne vous trouve pas si mal…

Embarrassé, Stéphane relâcha son étreinte.

— Et si on allait faire un petit tour au parc Lafontaine ? Ce ne devrait pas être trop dépaysant.

Ils traversèrent la rue Rachel. À l'orée du parc, un air de fanfare revint à la mémoire de Janine.

— Il y a quinze jours, j'étais exactement ici. Il y avait une grosse parade. Pourtant, ce n'était ni la Fête-Dieu, ni la Saint-Jean-Baptiste.

— Ah, oui ? On fêtait quoi ?

— La dernière journée des p'tits chars à Montréal.

Une étincelle illumina le regard de Stéphane.

— Oh, wow ! Vous avez réellement assisté au défilé du 30 août 1959 ?

— Bien sûr ! J'y ai même participé avec Pierre, renchérit-elle. On avait demandé aux gens de porter des costumes d'époque : 1900, 1930… et comme Pierre et moi avons toujours aimé les mascarades…

Ils empruntèrent l'une des allées du parc.

— Pierre s'est trouvé une redingote et un chapeau haut-de-forme et ma mère m'a prêté sa robe bleue et son ombrelle. Pauvre maman, elle aurait tellement aimé nous accompagner, mais elle était si malade !

La jeune fille se tut, l'air songeur, puis reprit :

— Finalement, il n'y avait pas grand monde costumé, mais à cause de ça… En tout cas, on a été chanceux. Imaginez-vous qu'on nous a invités à parader dans un des trams observatoires avec les gros *big shots*, déguisés eux aussi.

Le *Golden Charriot* ! Stéphane jubilait.

— Stop ! Ne dites plus rien ! coupa-t-il en se plantant devant elle, l'empêchant d'avancer. Ce tramway était découvert et avait des rangées de sièges en paliers descendants. Les gens l'appelaient le "p'tit char en or" à cause des côtés en fer forgé couleur dorée.

Il avait fermé les yeux pour rassembler ses souvenirs.

— Au-dessus du char, il y avait deux arceaux avec des ampoules pour l'illuminer le soir.

Stéphane ouvrit les yeux sur Janine qui le considérait d'un air amusé. Il reprit sa marche à reculons.

— Aviez-vous déjà embarqué dans ce genre de tramway auparavant ?

— Oui, une autre fois, il y a deux ou trois ans. Pierre et moi avions fait le tour du mont Royal et de Westmount. La promenade était assez dispendieuse, 25 cents, mais ça valait la peine, on en a eu pour deux bonnes heures.

— Ah, chanceuse ! Ce que j'aurais donné pour être à votre place !

Ils croisèrent un banc et décidèrent de s'asseoir.

— Vous avez déjà vu ce genre de char ?

— Oui, dans un musée, à Saint-Constant. Mais parlez-moi encore du 30 août.

Ravie de l'intérêt qu'elle suscitait, Janine poursuivit :

— On soulignait la disparition des deux derniers circuits, le 45 Papineau et le 54 Rosemont. C'était vraiment bien, vous savez, tous ces p'tits chars de différentes époques qui défilaient du plus ancien au plus récent. Je me souviens d'avoir vu, sur deux camions à plate-forme, un vieux char sur patins et un tramway qui, dans l'ancien temps, était tiré par des chevaux.

— Un char hippomobile !

— On a vu le *Rocket*, le premier p'tit char électrique, puis un tramway à deux antennes, qui pouvait circuler dans les deux sens, et plein d'autres. Les rues étaient bondées, jamais je n'avais encore vu autant de monde à la fois.

— Il y avait 200 000 personnes, paraît-il, l'informa Stéphane.

— Ah, oui, tant que ça ? Eh bien, on aura été 200 000 à se faire tremper à lavette parce qu'à la fin, il y a eu un gros orage.

Ils se levèrent d'un même bloc et retournèrent sur leurs pas.

— Stéphane, est-ce à cause de vos études que les tramways vous intéressent autant ?

— En réalité, c'est le contraire : j'ai choisi ce sujet d'étude parce que les tramways m'ont toujours fasciné.

— C'est pour votre travail ? Que faites-vous dans la vie ?

Il haussa les épaules.

— Bof ! Pas grand-chose, la plupart du temps, je butine…

Janine fronça les sourcils :

— Vous butinez et vous… capotez ? C'est ça ?

Stéphane éclata de rire.

— On peut dire que vous avez le don de ramener les choses au plus simple, vous !

Assise seule sur les marches du parvis de l'église Immaculée-Conception, Janine contemplait de nouveau la statue du Sacré-Cœur. Ses chaussures trop serrées lui faisaient mal aux pieds. Stéphane s'en était aperçu :

— Hum ! Ces espadrilles et, en fin de compte, ces vêtements, c'était juste pour vous dépanner. On pourrait aller magasiner. Qu'en pensez-vous ?

Quelle fille pourrait résister à pareille offre ?

Il lui avait proposé de l'attendre pendant qu'il irait chercher l'auto. Janine l'avait suivi des yeux jusqu'au moment où il avait complètement disparu de sa vue. « Et s'il ne revenait pas ? » Non, c'est sûr, cela ne risquait pas d'arriver, mais juste l'idée de se retrouver toute seule dans ce monde inconnu la terrorisait.

Elle avait préféré s'asseoir. La ballade lui plaisait, mais elle avait tellement sommeil. D'où venait cette fatigue ? Elle se sentait pourtant beaucoup plus d'aplomb que la veille. La veille… dans sa chambrette à l'hospice, à plus de quarante ans en arrière. Elle frémit au souvenir de l'article de *La Presse* où il était question d'une personne disparue dans les débris de l'incendie : « C'est comme si je m'étais évaporée dans le néant… Le père doit remuer ciel et terre pour me retrouver. » Il lui sembla l'entendre vociférer contre tous ceux l'empêchant de pousser les fouilles. « Et Pierre ? Comment vit-il ça ? » Son cœur lui fit mal juste à songer à sa douleur. Il était si attaché à elle.

« Et si je ne pouvais plus revenir ? » L'angoisse lui fit monter les larmes aux yeux, mais elle ravala sa peur. « Non, assez de lamentations ! Stéphane a promis de m'aider. »

Jusqu'à maintenant, Janine ne s'était jamais souciée de la vive réaction de son père lorsqu'il avait surpris son frère dans la cave, en 1955. Mais à présent, elle se questionnait: «Pourquoi la trappe était-elle restée barrée après le départ de Laurent? Pourquoi papa cachait-il la clé du cadenas? Il devait être au courant de quelque chose, mais de quoi au juste? Le passage entre la maison et l'hospice? Les autres couloirs? La traverse du temps?»

Elle se leva. «Non, ça m'énerve trop, je préfère penser à autre chose.»

Magasiner lui ferait le plus grand bien. Stéphane avait eu une bonne idée. Janine se voyait déjà vêtue d'une jolie robe et chaussée de souliers en cuir vernis.

«Comment les gens s'habillent-ils maintenant?» Observant les passants, elle remarqua deux jeunes filles en minijupe. «Ouf! S'il fallait que j'arrive vêtue de même à la maison, le père me tuerait, c'est sûr!»

Trois adolescents tentaient d'attirer l'attention des jeunes filles en sifflotant. Janine étouffa un fou rire dans sa main. «Pour l'amour du ciel, où est-ce qu'ils se sont habillés, ces gars-là? À la Saint-Vincent-de-Paul? Ma foi du bon Dieu, on dirait qu'ils vont perdre leurs culottes!»

De l'autre côté de la rue, un autobus déversa quelques passagers qui traversèrent la rue Papineau.

«Mon Dieu, qu'il y en a des Nègres, puis des Chinois aussi… Papa, vous qui passez votre temps à chialer contre les Italiens et les Juifs, venez donc faire un tour ici. Tiens ! En v'là un autre qui parle tout seul, c'est quoi cette maladie-là ? »

Le jeune Noir en question s'était approché de Janine en poursuivant un curieux monologue, une énorme main collée à son oreille tandis que l'autre battait l'air avec colère.

— Hostie, *man* ! J'arrête pas de te l'dire : tu capotes pour rien… T'as juste à retourner sur le site pour "downloader" l'antivirus pis ça va être correct… Bon, OK, OK, je vais te l'envoyer par *e-mail*… Quand ? Ben donne-moé une chance, calvaire ! J'arrête au club vidéo pis après je te l'envoie. C'est-tu assez vite de même ?… Bon, salut !

L'adolescent baissa son bras et Janine aperçut un petit appareil dissimulé dans sa main. Fascinée, elle se haussa sur le bout des pieds pour mieux voir. Le jeune lui jeta un regard torve.

— Quess t'as à m'regarder d'même, tabarnak ? T'as jamais vu ça, un cell ?

Il avait beuglé ces mots en plaquant l'appareil sous le nez de la curieuse qui recula vivement. Le jeune haussa les épaules, glissa l'appareil dans l'une de ses poches et repartit d'un pas dansant sans attendre de réponse.

Plus déroutée par cet accent d'ici dans cette bouche d'ailleurs que par l'appareil en question, la jeune fille resta bouche bée. Un bref coup de klaxon attira son attention : l'auto de Stéphane était garée juste devant elle. Elle y monta et prit soin de boucler la ceinture que Stéphane avait tirée vers elle.

— Eh bien, vous ne perdez pas de temps pour vous faire des amis, vous ! rigola-t-il.

— Ne riez pas, je viens d'avoir tout un choc. Cet étranger-là avec son accent canadien-français…

— C'est que, justement, ce n'est pas un étranger. Surtout un jeune de cet âge-là. La plupart d'entre eux sont nés ici… icitte, rectifia-t-il, le sourire en coin. Depuis une vingtaine d'années, les frontières canadiennes se sont largement ouvertes à l'immigration.

L'auto démarra et Janine observa par la fenêtre une classe de jeunes enfants entrer au Centre Marcel-De La Sablonnière. Plus du tiers appartenait à la « minorité visible ».

Janine était déconcertée.

— Mais qu'est-ce qui s'est passé ?

— Les familles québécoises ne sont plus aussi grosses qu'autrefois. La plupart des femmes travaillent, maintenant, et n'ont pas plus d'un ou deux enfants. Résultat : le flot des futurs contribuables a baissé sérieusement. Le gouvernement devait pallier à cette situation.

« Le retour des femmes dans les usines, comme pendant la guerre ? », s'étonna Janine.

— Si les femmes travaillent, qui s'occupe des enfants ? Les grands-parents ?

Rue Papineau, l'auto s'était immobilisée à un feu rouge.

— Oui, ça arrive, mais en général les enfants vont en garde…

Il ne termina pas sa phrase. Sa passagère ne l'écoutait plus.

— Pour l'amour du ciel, qu'est-ce que c'est ça ?

Stéphane jeta un coup d'œil à sa droite. Aussitôt qu'il aperçut la vitrine, ses lèvres esquissèrent un sourire espiègle : le fameux magasin Ameublement Elvis occupait les deux façades perpendiculaires de Papineau et Marie-Anne.

— Ben voyons, c'est une farce ! souffla Janine en se frottant les yeux.

Derrière quatre larges vitrines, encadrées d'un chapelet d'ampoules électriques jaunes, on devinait l'étalage de dizaines d'électroménagers d'occasion. Sur la devanture du coin, quelqu'un avait peint un grand Elvis kitsch, aux larges favoris, se pavanant dans un *jump-suit* bleu poudre à paillettes.

— Dites-moi pas… dites-moi pas…

— Quoi donc ? fit Stéphane le plus sérieusement du monde.

— C'est… c'est Elvis… Elvis Presley !

— Qui ça ? Ah, oui, ce type-là ? Vous le connaissez ?

La perspective d'une très mauvaise blague était vraiment tentante, mais il se retint. La voiture devant eux repartit, il reprit la route.

Janine se tordit le cou vers l'arrière.

— Mais qu'est-ce qu'il fait là, en pyjama ? On dirait qu'il ne s'est pas fait couper les cheveux depuis trois ans. Un vrai pouilleux !

Le sourire de Stéphane s'épanouit. Du menton, il désigna le t-shirt de sa compagne.

— Un pouilleux ? Ah, c'est que vous ne connaissez pas les Beatles, ma chère ! Les cheveux longs des Beatles ! Patience... À votre époque, ils sont encore trop jeunes pour faire des ravages, mais ça viendra.

Janine baissa les yeux sur les quatre silhouettes ornant sa poitrine.

— Et ces Beatles, ils sont bons ?

— Eh bien, on dit que c'est le plus grand groupe de musique de tous les temps.

— Mais Elvis dans tout ça ? Comment se fait-il...

— Qu'est-ce qu'il fabrique sur une vitrine de la rue Papineau ? Bof ! Le propriétaire du magasin doit être un fervent admirateur. C'est sa façon de lui rendre hommage.

La jeune fille haussa les sourcils. Rendre hommage à Elvis en le déguisant en clown ? Quelle drôle d'époque !

La voiture s'arrêta de nouveau à un carrefour et Stéphane en profita pour retirer un étui de sa boîte à gants qu'il remit à Janine.

— Tenez, ouvrez-le.

Elle tira sur la fermeture à glissière et l'étui s'ouvrit comme un livre dont chaque page contenait un petit disque argenté.

— Qu'est-ce que c'est ?

— De la musique. Vous aimez Elvis ? Moi aussi ! Allez-y, tournez les pages, je dois avoir deux ou trois CD de lui.

Janine s'exécuta. « Ah, bon, ça a l'air de ça, les nouveaux disques ? »

À en juger par leur circonférence, ils ne devaient contenir qu'un petit nombre de chansons. Cette étrange pochette lui rappelait les lourds albums cartonnés que son père conservait précieusement dans le meuble du gramophone de sa première femme. Ces 78 tours si précieux qu'on ne pouvait jamais faire jouer.

— Ah, en voilà un ! lui dit Stéphane en désignant un CD glissé dans l'une des pages plastifiées.

Janine extirpa le disque de son enveloppe et le tendit à son compagnon qui le glissa dans une fente pratiquée dans le tableau de bord. Quelques instants plus tard, la voix du King jaillit dans la voiture :

Well, since my baby left me,
I found a new place to dwell.
It's down at the end of Lonely Street
at Heartbreak Hotel.

Janine écarquilla les yeux et sa bouche s'arrondit d'étonnement. Un grand frisson traversa son corps et, de plaisir, elle renversa la tête en arrière et ferma les yeux. Rien d'autre n'existait plus que la voix chaude du roi du rock.

« Elle a toujours été folle d'Elvis ! », songea Stéphane qui s'efforçait tant bien que mal de garder les yeux sur la route.

Pendant le solo de guitare, il la vit se mordiller la lèvre inférieure en dodelinant doucement de la tête au rythme de la musique jazzée. La félicité du moment la transfigurait : Elvis s'était emparé de son corps. Elvis lui faisait l'amour. Troublé, Stéphane détourna les yeux.

Lorsque la musique se tut, la jeune fille poussa un soupir de contentement :

— Ah… c'était merveilleux !

Un nouvel air de guitare surgit et la voix du King remplit l'habitacle :

We're caught in a trap
I can't walk out
Because I love you too much baby

— *Suspicious minds*, 1970 ! lança son voisin. C'est l'époque où il s'est fait pousser les cheveux et les favoris.

Janine se rappelait le reportage télé où l'on voyait son idole en train de se faire tondre les cheveux en 1957.

— Il a donc survécu à l'armée.

La voiture s'arrêta à un feu rouge, derrière un autobus de la ville. Janine demanda :

— L'avez-vous déjà vu en spectacle ? Il est fabuleux, vous savez.

Il se tourna vers elle.

— Vous l'avez vu ?

— Oui ! J'étais avec mes deux frères. On avait emprunté l'auto de mon père pour aller à Ottawa. C'était au mois d'avril, un mercredi, je m'en souviens comme si c'était hier. Nous sommes partis très tôt le matin sans le dire à nos parents. On a juste laissé un mot sur la table : on ne voulait surtout pas que le père pense que son char avait été volé.

— Houla la ! Comme je connais votre père, il a dû être en beau tab… euh, en maudit.

L'autobus reprit sa route et Stéphane appuya sur l'accélérateur. Ils croisèrent l'avenue Mont-Royal, une artère commerciale complètement transformée depuis les quarante dernières années. Absorbée par la conversation en cours, Janine n'en fit aucun cas.

— C'était le prix à payer ! C'est toujours ben pas notre faute si le cardinal Léger a empêché Elvis de venir chanter à Montréal. Si mon père était en maudit, c'est beaucoup plus parce qu'on lui avait piqué son char que parce qu'on était allés voir Elvis. Il ne pouvait pas vraiment nous blâmer, lui-même a toujours trouvé que les curés prenaient trop de place. Vous savez, même si mon père a un sale caractère, c'est un homme de convictions qui a assez de front pour tenir tête à toute la paroisse.

Au même moment, Elvis entama les premières mesures de la chanson *Trouble* :

If you're looking for trouble
You came to the right place

Spontanément, Janine et Stéphane éclatèrent de rire avant de reprendre en chœur :

Because I'm evil, my middle name is misery
Well I'm evil, so don't you mess around with me

Puis, ils laissèrent la voix d'Elvis les charmer avec *Love Me* et *Teddy Bear*, deux airs que la jeune fille connaissait par cœur, puis par une autre chanson qu'elle n'avait jamais entendue :

You saw me crying in the chapel.
The tears I shed were tears of joy
I know the meaning of contentment
Now I am happy with the Lord

— Elvis par contre était très croyant, déclara Stéphane en amorçant un virage dans la rue Masson.

En l'entendant, Janine tressaillit vivement :

— *Était ?* Pourquoi en parlez-vous au passé ? Ne me dites pas qu'il est mort !

Les mains de Stéphane se crispèrent sur le volant : « Oh, non, j'avais réussi à lui remonter le moral. Il ne faut surtout pas qu'elle apprenne sa mort ! »

La voiture dépassa De Lorimier et s'engagea sous un viaduc. L'espace d'un instant, les souvenirs de Stéphane le propulsèrent au 16 août 1977, l'été de ses 17 ans.

Il avait appris la mort d'Elvis Presley pendant son quart de travail à la piscine municipale. Tout de suite, il avait songé à la mère de Patrice qui vouait un véritable culte au King. Même s'il ne l'avait pas revue depuis des mois, il brûlait d'envie de réconforter celle qui avait tant fait pour lui. En route vers la rue d'Orléans, il avait stoppé son vélo devant la boutique d'un fleuriste.

Le grand-père, assis sur une marche du perron, l'avait accueilli avec le sourire :

— Entre, Janine est dans la cour.

En pénétrant dans la cuisine, un bouquet de marguerites à la main, Stéphane l'avait aperçue sur la galerie : vêtue d'une robe soleil orangée lui dénudant les épaules, elle étendait sa lessive. Le vent doux qui gonflait les draps sur la corde à linge jouait dans ses cheveux dénoués.

« Mon Dieu qu'elle était belle ! C'était comme si je la voyais pour la première fois », se souvint-il, de nouveau chaviré.

— Stéphane, insista la voix, pourquoi vous ne me répondez pas ?

Le véhicule émergea du viaduc et l'homme tenta de retrouver ses esprits :

— Qu… euh, excusez-moi, je n'ai pas saisi votre question.

— Vous m'avez dit : "Elvis par contre était très croyant." Vous avez dit "était" et moi je vous ai demandé si…

— S'il était mort? Mais non, voyons... Janine, vous savez bien qu'Elvis ne peut pas mourir!

— Ça c'est vrai! Alors, c'est qu'il n'est plus croyant?

— C'est ça! répondit Stéphane, soulagé par cette déduction inespérée. Elvis a mis la religion de côté depuis quelques années.

Janine réfléchit un moment.

— Il a soixante-cinq ans maintenant. Chante-t-il encore? Est-il marié? A-t-il des enfants?

— Oui, il a une fille...

Sa phrase resta en suspens. L'auto avait traversé D'Iberville et la section commerciale de la rue Masson s'étirait devant eux.

Chapitre 9

— On va s'arrêter ici si vous le voulez bien, suggéra Stéphane en pointant une place pour se garer.

Au coin des rues Masson et Molson, Janine retrouva avec nostalgie la petite colline et le parc. Une piscine publique extérieure avait été installée.

— Hé ! Ils ont fini par la creuser, la fameuse piscine ! s'exclama Janine en sortant du véhicule. Mon Dieu, c'est grand, constata-t-elle en s'approchant du grillage. Il y a même des tremplins.

Stéphane la rejoignit.

— Quand j'étais étudiant, je travaillais ici tous les étés comme sauveteur.

Sauveteur ? Janine imagina Stéphane en maillot de bain : « Hum, avec ces épaules-là, il devait faire des ravages… » Soudain, confuse, elle fit demi-tour. Jauger physiquement un homme n'était pourtant pas son genre.

De l'autre côté de la rue, elle aperçut un supermarché bordé d'un grand stationnement : « Ah, le Dominion n'est plus là… »

Avidement, ses yeux explorèrent les environs : « C'est quoi ce grand M jaune ? On dirait des bretelles de clown… McDonald ? C'est un gros restaurant, ça. Tiens, le garage Chouinard est encore là, c'est un Shell maintenant. Ce n'était pas un Esso dans le temps ? »

Son regard embrassa l'est : la disparition des poteaux de téléphone et des fils électriques faisait paraître la rue plus large, plus dépouillée aussi.

Au coin de la 1re Avenue, le magasin de charbon et de mazout avait été remplacé par un commerce au nom bizarre :

— Tatoo ? Tatoo, comme tatouage ?

— En plein ça ! De nos jours, se faire tatouer ou se faire percer c'est très *in*… Je veux dire très à la mode, rectifia-t-il.

La réaction de Janine ne se fit pas attendre :

— Percer quoi ? Les oreilles ?

— Les oreilles, le nombril, les sourcils… et même la langue.

— La langue ! Outch ! vous me donnez la chair de poule, grimaça-t-elle. Pour moi, se faire percer les oreilles, c'est déjà trop ! Et le tatouage ? Ça intéresse qui ?

— Mais tout le monde ! affirma Stéphane, en roulant l'une de ses manches jusqu'à l'épaule pour exhiber une magnifique tête de tigre couleur fauve.

La jeune fille effleura le dessin d'un doigt en affichant un air étonné : « C'est vraiment le monde à l'envers... » Dans les années 1950, tatouage et voyou allaient de pair. Et voilà que quarante ans plus tard, les symboles de perversité d'autrefois étaient devenus marques de bon goût !

Ils croisèrent la caserne de pompiers. La porte ouverte du grand garage laissait voir un camion rutilant devant lequel un pompier semblait très absorbé par une grille de mots croisés.

— En 1959, la police et les pompiers étaient au coin de la 3e.

— Oui, je sais où. Maintenant il y a un centre communautaire à cet endroit.

Le magasin de fruits Émile avait été remplacé par une agence de voyages ; Masson Radio Électrique était devenu Masson Électronique ; la petite boutique de vêtements au coin de la 2e, un salon de bronzage ; le Lantern Café, un gros commerce de vélos.

Tout était différent !

« Rien, vraiment rien n'a subsisté ? », songea Janine en balayant la rue commerciale d'un regard désespéré.

Tout à coup, un petit miracle survint.

Une devanture toute simple surmontée de deux énormes enseignes d'un jaune éclatant sur lesquelles était illustré le menu offert à l'intérieur : hot-dog, hamburger, patates frites, lasagne, pizza.

— Merveilleux ! Le Masson Hot-Dog est toujours là !

Subjuguée devant ce témoin de sa propre existence, Janine tira la porte vitrée.

Rien n'avait changé : des murs recouverts d'un revêtement orangé et blanc, alternant en larges bandes verticales ; des tables blanches, des banquettes orangées, un comptoir où s'alignaient quatre ou cinq tabourets pivotants et l'odeur… Ah ! Ce délicieux fumet de friture qui lui chatouillait les narines !

Une indescriptible bouffée de joie la fit tressaillir : elle était enfin chez elle !

Stéphane la suivit à l'intérieur, frappé par cette coïncidence le ramenant exactement au même endroit où, trois mois plus tôt, il avait partagé un repas avec Patrice.

— Vous avez faim ? On s'arrête ici ?

— Oh, oui, s'il vous plaît !

Elle avait répondu sans se retourner, hypnotisée par tout ce qu'elle retrouvait.

Derrière le comptoir, un homme dans la quarantaine, le sourcil broussailleux et la chevelure emprisonnée dans un filet, les accueillit avec un bonjour sonore au fort accent grec.

Janine déambula le long de la rangée centrale et se glissa sur une banquette. Stéphane lui sourit.

— Alors, ma chère Janine, qu'est-ce qu'on vous sert ?

Avait-elle réellement faim ? Qu'importe ! Sa mémoire gustative lui lançait des appels désespérés.

— Deux hot-dogs steamés *all dressed* et une patate avec un Coke, s'il vous plaît.

— Et c'est parti !

Au comptoir, Stéphane passa sa commande au Grec qui plongea un panier rempli de pommes de terre en julienne dans le bac à graisse avec un crépitement aux effluves appétissants.

Janine s'appuya au dossier de son siège avec un soupir de satisfaction. Cette ambiance familière, la cuirette de la banquette sous ses doigts, ces arômes de frites ou de steak haché grillé, et cette promesse de saveurs délectables d'oignons, de chou et de saucisse emprisonnés dans un petit pain à la vapeur : tout cela était si réconfortant ! « Les hot-dogs existent encore, ça ne va pas si mal, après tout. »

À la caisse, le regard de Stéphane s'attarda sur le poste de télévision posé sur un réfrigérateur où l'on présentait un vieux film de Jerry Lewis. Janine avait-elle remarqué la télé couleur ? Non, elle semblait complètement ailleurs : elle avait placé ses deux coudes sur la table et joint ses doigts pour y appuyer son menton. Sa mine radieuse faisait plaisir à voir.

— Je gage que ce n'est pas la première fois que vous vous assoyez à cette table, conclut-il en prenant place en face d'elle.

— C'est notre table, à Pierre et moi. Nous venons toujours ici après nos soirées de danse.

— Et ces soirées de danse, ça ressemble à quoi ?

Elle décroisa les doigts et écarta ses mains l'une de l'autre.

— Ça ressemble à Elvis : on danse le rock and roll.

Janine et Pierre étaient d'excellents danseurs. Combien de fois la foule leur avait-elle fait toute la place juste pour le plaisir du spectacle ?

— Où ça, dans un sous-sol d'église ?

La jeune fille pouffa de rire.

— Pas de saint grand danger ! Danser le rock, c'est presque péché mortel. Ceux qui se tiennent dans les soubassements d'église sont des danseurs de folklore. Ça, c'est catholique !

« Ben oui, où avais-je la tête ? », s'étonna Stéphane, conscient d'avoir oublié quelques leçons d'histoire.

— On va danser dans l'Ouest, en plein territoire protestant. On se tient avec une gang d'Anglais. Ils sont beaucoup moins frileux, ajouta-t-elle avec une pensée ironique pour ce bon vieux père Pigalle.

Un coup d'œil au comptoir indiqua à Stéphane que leur repas était prêt. Il se leva, puis revint avec un plateau fumant.

— Ah, merci, dit la jeune fille en choisissant un hot-dog. Finalement, j'ai plus faim que je ne le croyais.

S'emparant de la bouteille de vinaigre, elle humecta ses frites puis les sala généreusement. Elle mangea avec appétit tout en observant son compagnon déguster une curieuse combinaison de frites et de petits morceaux de fromage noyés dans une sauce couleur caramel.

— Qu'est-ce que c'est? demanda-t-elle en désignant l'assiette de Stéphane.

Il avala une bouchée.

— C'est une poutine. Humm… un vrai délice ! Goûtez-y, dit-il en avançant son assiette vers elle.

Janine piqua une frite dégoulinante et un morceau de fromage qu'elle porta à sa bouche et laissa ses papilles déguster cette nouvelle saveur. Stéphane la considéra avec des yeux rieurs : « Quelle gentille petite frimousse ! »

— Alors, c'est bon ?

La jeune fille afficha une mine dubitative.

— Je ne sais pas si j'aime ça, avoua-t-elle en reprenant une bouchée.

Elle en prit une autre, puis une autre encore, sous le regard amusé de l'homme.

— Hé, ma poutine ! s'exclama-t-il en piquant sa fourchette dans les frites vinaigrées de Janine.

Des éclats de rire fusèrent. Ils continuèrent joyeusement à se voler l'un l'autre des frites comme deux enfants espiègles.

Un bourdonnement se fit entendre, suivi d'une petite sonnerie. Surprise, Janine, qui s'apprêtait à engloutir un gros morceau de fromage, suspendit son geste. Stéphane retira de l'une de ses poches un minuscule appareil argenté aux touches lumineuses.

— Allô ? Salut Jess… Oui, c'est fait : j'ai réservé un vrai mastodonte, on aura juste un voyage à faire.

« Un téléphone ! » Interloquée, Janine revit le même objet dans la main du jeune Noir qui l'avait apostrophée plus tôt.

Stéphane termina son appel en appuyant sur un bouton, puis lui tendit l'appareil avec quelques explications.

Janine écouta, pensive. Cette interruption avait sapé sa bonne humeur: «Qu'est-ce que je fais ici à rigoler comme si de rien n'était?» La situation était loin d'être amusante: la veille à l'hospice, elle se demandait que faire de sa vie et voilà que cette même petite vie avait été parachutée dans un monde qui ne lui ressemblait plus.

Un claquement de doigts devant ses yeux.

— Hé! Où êtes-vous rendue?

Janine secoua la tête pour évacuer ses douloureuses pensées. Elle prit son deuxième hot-dog qu'elle mangea du bout des lèvres. L'instant magique était gâché.

Stéphane s'inclina vers elle, chercha son regard, le trouva:

— Ça va?

— Ça veut dire quoi "Je capote"?

— Pourquoi voulez-vous savoir ça? dit-il en rigolant. Eh bien, capoter veut dire angoisser, s'en faire...

— Alors, je crois bien que moi aussi, je capote, Stéphane.

Il déposa sa fourchette et se passa la main sur la nuque.

— Je comprends, murmura-t-il, mais vous êtes en vie et en bonne santé, c'est le principal. Et surtout, n'oubliez pas que je suis là pour vous. Je ne vous lâcherai pas.

Elle voulut baisser les yeux, mais d'un doigt sous son menton, Stéphane l'en empêcha. Une furieuse envie de prendre soin d'elle l'animait.

— Je suis là, affirma-t-il. Vous avez un vrai saint-bernard devant vous.

— Je suis chanceuse alors, balbutia-t-elle.

— Ça c'est sûr ! Premièrement, dès qu'on sortira d'ici, on ira dévaliser les boutiques de vêtements. Rien de mieux pour vous remonter le moral !

Un sourire effleura les lèvres de Janine :

— Une robe fleurie ? Tout à l'heure, j'ai vu une fille avec une belle robe rose.

— On vous trouvera quelque chose de *cute* et d'autres souliers aussi.

« Il a raison. Vêtue autrement, je me sentirai mieux. » Retrouvant son air taquin, elle saisit sa fourchette et la replongea dans la poutine de Stéphane :

— Décidément, je ne sais vraiment pas si j'aime ça !

À partir de la 3e Avenue, la rue Masson se colorait de ses plus belles devantures. Émerveillée par les transformations, Janine ne tarissait pas d'éloges.

Désormais, l'autobus 47 Masson circulait à la place du tramway numéro 7. Qui aurait pu deviner que des voies ferrées rainuraient autrefois cette chaussée que le soleil de septembre faisait étinceler aujourd'hui ? Qu'avait-on fait de tous ces rails ? Stéphane lui apprit qu'on les avait extirpés du sol pour les vendre à la ferraille, ou tout simplement enfouis sous le bitume.

Les poteaux et fils électriques avaient été remplacés par des lampadaires filiformes qui changeaient la perspective de la rue, lui donnant plus d'envergure. De plus, les petits îlots de verdure et les bancs publics qui jalonnaient les trottoirs créaient une ambiance harmonieuse et conviviale.

Jadis rue commerciale de troisième zone, parsemée de panneaux réclames anglophones, la rue Masson, désormais rebaptisée Promenade Masson, avait maintenant la prestance d'une grande dame dont l'élégance et les enseignes francisées proclamaient bien haut la fin de son époque colonisée.

Certaines enseignes laissaient Janine perplexe : Salon de bronzage, Loterie vidéo, Guichet automatique, Café Internet, Club vidéo… Une question n'attendait pas l'autre et Stéphane prenait plaisir à la renseigner sur une foule de sujets, par exemple qu'il était possible de bronzer sans soleil, parier contre une machine presque à tous les coins de rue, se balader en écoutant de la musique, payer avec une petite carte en plastique ou retirer de l'argent juste en pianotant sur un clavier encastré dans une sorte de robot bancaire. Il lui apprit aussi qu'on pouvait louer les films que l'on voulait, enregistrer toutes les émissions de télé que l'on souhaitait pour les visionner au moment qui nous convenait. Tout semblait si facile en ce début de

XXIe siècle où Internet avait réduit la planète à la taille d'un gros village.

Ils traversèrent la rue. Une boutique de vêtements féminins occupait l'ancien emplacement de la pharmacie Roussin. Stéphane s'approcha de la vitrine où quelques mannequins sans tête exhibaient de jolies robes imprimées.

— Regardez, ils vendent aussi des souliers. On pourrait faire d'une pierre deux coups.

Ils entrèrent. L'endroit, plus long que large, offrait un grand choix de vêtements. À la caisse, Janine aperçut une jeune fille au teint foncé, à la chevelure d'ébène, vêtue d'un pantalon noir brodé de fleurs pailletées et d'une espèce de haut turquoise frôlant l'obscénité. Quel nom donner à ce genre de vêtement moulant, sans manche, au décolleté si profond que ses seins menaçaient d'en jaillir à tout moment ?

La caissière discutait au téléphone avec de grands gestes qui faisaient teinter la dizaine de bracelets encerclant l'un de ses poignets. Elle parlait un dialecte indéchiffrable avec une voix rauque qui butait sur les « H » toutes les trois syllabes.

Janine délaissa la caissière pour lancer un regard circulaire : « Quel beau magasin ! » Enchantée, elle déambula autour des présentoirs en tâtant le tissu d'une blouse, d'une robe puis d'une autre.

Tout à coup, une main sur la bouche, elle étouffa un petit cri en apercevant des mannequins exhibant un étalage stupéfiant de sous-vêtements plus incroyables les uns que les autres : soutiens-gorges affriolants, petites, oh, mais si petites culottes en dentelle, guêpières effrontées aux corsages bordés de marabout, porte-jarretelles incendiaires, sans parler de ce… Éberluée, Janine fixait un entrejambe arborant un minuscule triangle rouge retenu par un curieux assemblage de lacets de même couleur : *G-string, 3 pour 10$*, annonçait une petite affiche.

« Hein ? Il y a vraiment des filles qui acceptent de porter ça ? »

Dans son esprit, les vibrantes affirmations du père Pigalle prirent subitement une tournure prémonitoire : « Il est prouvé que les différentes manières de se vêtir sont ordinairement mises à la mode par ces femmes qui ont perdu toute retenue morale et qu'on appelle filles de joie. »

« Ouf ! Il s'étranglerait bien dans son col romain s'il était ici ! », songea-t-elle, mal à l'aise, n'osant faire volte-face de peur que Stéphane ne soit derrière elle.

— Euh, Janine ?

« Bonté divine, il est là ! » Elle se retourna d'un bloc. Stéphane lui remit les billets qu'il avait prélevés dans son portefeuille. Il n'avait pas remarqué sa gêne.

— Si ça ne vous dérange pas, je vais déplacer l'auto afin que nous ne soyons pas obligés de retourner sur nos pas.

Elle prit l'argent en le remerciant de la tête.

— Allez-y, choisissez tout ce dont vous avez besoin pour les prochains jours.

Paralysée de scrupules, Janine hocha la tête. Avec soulagement, elle le suivit des yeux jusqu'à la sortie puis regarda les billets de banque dans sa main : tous des vingt dollars. Elle frotta le papier entre ses doigts, de ce côté-là, pas trop de surprises, ni la texture des billets ni la forme n'avaient changé. Toutefois, le graphisme n'était plus le même et la pauvre reine Élizabeth avait pris un méchant coup de vieux !

Elle compta l'argent : « Cent dollars ! Grand Dieu ! Il veut que j'achète le magasin au complet ? »

— Je peux vous aider, madame ?

Elle se retourna sur une dame joufflue tout droit sortie d'un tableau de Renoir : la trentaine avancée, plutôt jolie et vêtue d'une jupe à l'ourlet effiloché et d'une blouse imprimée ouverte sur une camisole noire surmontée d'un collier chargé de perles multicolores.

Janine fourra les billets dans la poche de son jean.

— Je cherche une robe, un pantalon… des sous-vêtements, des bas de nylon et aussi… des souliers et un pyjama.

La vendeuse la détailla de la tête aux pieds.

— Nous avons la même taille. J'ai exactement ce qu'il vous faut.

Elle se dirigea vers un étalage et décrocha deux robes, l'une de couleur vert lime à minuscules pois bleu ciel et l'autre, au tissu fleuri, amande et vieux rose. Après avoir consulté les étiquettes, elle remit les cintres à Janine.

— Quatorze ans. Ça devrait vous aller. Allez les essayer, pendant ce temps-là, je trouverai le reste.

La robe rose plut immédiatement à Janine pour son corsage en V et sa jupe à mi-mollet, dont la coupe ample assurait aisance et confort.

En se rendant à la salle d'essayage, la dame s'informa de sa pointure de chaussure, puis s'arrêta pour décrocher un élégant jean noir et suggéra quelques blouses assorties.

Ravie, Janine s'enferma dans un des cubicules. Elle était à peine dévêtue que la vendeuse lui apportait quelques soutiens-gorges garnis de dentelle et un paquet de cellophane contenant des bas de nylon.

— Pour les petites culottes, que préférez-vous ? Des culottes bikinis, brésiliennes ou des *g-string* ?

— Euhhh… Avez-vous quelque chose de moins…

La marchande lui décocha un clin d'œil.

— De bonnes vieilles bobettes ordinaires, c'est ça ?

— Voilà !

En s'assoyant pour enfiler les bas de nylon, Janine réalisa qu'il lui faudrait faire une dépense supplémentaire, mais en les retirant de leur emballage, une surprise l'attendait : « Ça alors ! » Non seulement, elle n'avait plus besoin de porte-jarretelles, mais la culotte amincissante était cent fois plus confortable que son horrible gaine à baleines qu'elle s'astreignait à porter depuis son adolescence.

Cinq minutes plus tard, la dame revint avec le reste des sous-vêtements et une élégante paire de chaussures noires.

— Ah, vous avez fini ? Montrez voir…

La jeune fille sortit de la salle d'essayage.

— Superbe ! Cette robe vous va comme un gant. Venez vous asseoir pour essayer les chaussures.

Janine enfila les souliers et fit quelques pas : ils lui allaient parfaitement.

— J'ai trouvé ceci pour remonter vos cheveux, regardez si ça va bien avec l'ensemble, dit la dame en lui présentant une pince en métal au long bec effilé où étaient incrustées de fausses pierres au reflet opalin rosâtre. Allez, revenez vous asseoir. On va essayer quelque chose, dit-elle en passant derrière le banc.

Les cheveux de Janine furent remontés en un tour de main.

— Maintenant, regardez-vous dans le miroir.

Janine adora ce qu'elle vit : ses cheveux remontés en un chignon lâche lui donnaient une douce allure romantique et la robe l'avantageait autant par sa teinte que par sa coupe, camouflant harmonieusement ses rondeurs indésirables tout en mettant sa poitrine en valeur.

Elle retourna dans la cabine pour reprendre ses vieux vêtements et ceux qu'elle avait choisis : les sous-vêtements, le pantalon noir, un chemisier rouge avec des imprimés de motifs chinois et une veste assortie.

En sortant, elle s'admira encore: «Pouf! Adieu la pauvre fille en jaquette de bonne sœur!»

La robe était un peu courte et son corsage laissait entrevoir la naissance de ses seins, mais tant pis, elle avait envie d'être à son meilleur pour épater Stéphane. Malgré elle, la voix caverneuse du père Pigalle s'immisça de nouveau dans son esprit:

«Certaines jeunes écervelées s'en laissent accroire par la première vendeuse venue qui veut faire marcher son commerce. Leur désir de plaire aux hommes est si profond qu'elles n'hésitent pas à s'afficher dans des vêtements provocants pour attirer leur attention.»

«Ah, ferme-la, vieux corbeau!»

Tout à coup, elle aperçut Stéphane qui la cherchait des yeux à l'avant de la boutique. Rayonnante, elle fit un grand geste de la main pour attirer son attention. Il la vit, s'approcha. Janine exécuta une petite révérence, puis avança vers lui en pivotant pour faire virevolter sa jupe.

— Comment me trouvez-vous?

— Bien… bien, vraiment très bien.

Oui, vraiment, cette robe lui allait à ravir. Stéphane inclina la tête sur le côté:

— C'est joli, vos cheveux, qu'est-ce que vous avez fait?

— La vendeuse me les a remontés. Regardez, dit-elle en se retournant.

— Ça vous va… pas mal bien, répéta-t-il.

Ils rejoignirent la vendeuse à la caisse.

— Il ne vous manque que le pyjama, dit cette dernière en pointant un étalage à l'entrée du magasin. Malheureusement, je n'ai plus rien à votre taille. À moins que…

Elle réfléchit un moment puis leva un doigt en l'air :

— Ah ! Je crois qu'il me reste quelque chose dans le *backstore*, s'exclama-t-elle avant de s'élancer vers l'arrière-boutique.

— Eh bien, je crois que je vous ai laissée entre bonnes mains, constata Stéphane en tendant le bras vers le jean suspendu sur le bras de Janine.

— C'est gentil de me l'avoir prêté ! Ah, oui, c'est vrai…

Janine fouilla dans l'une de ses poches pour sortir l'argent qu'il lui avait laissé. Stéphane empocha les billets, puis se ravisa, les ressortit et en préleva deux sur la liasse.

— Gardez ça, je serai plus tranquille.

Janine le remercia. Après avoir cherché en vain une poche dans sa jupe, elle décida de les ranger dans son nouveau jean.

La commerçante revint avec sa trouvaille : une nuisette et son peignoir dont le tissu fluide de couleur saumon était brodé de petites fleurs blanches. Janine n'avait jamais rien vu d'aussi beau et d'aussi… aguichant.

— Qu'en dites-vous ? demanda la femme.

— Euh… je ne suis pas certaine…

Passer trois nuits seule dans la même maison avec un homme était déjà déplacé ; non, vraiment, cette tenue était beaucoup trop provocante…

— Et vous, qu'en pensez-vous ? demanda la vendeuse en s'adressant à Stéphane.

— Eh bien… Écoutez… Si mademoiselle l'aime, c'est tout ce qui compte.

« Ma foi, elle le prend pour mon cavalier ! », s'amusa Janine en observant Stéphane se dandiner sur un pied puis sur l'autre.

La marchande, inconsciente du malaise qu'elle avait provoqué, revint à Janine :

— Comme toujours, ce que femme veut…

La jeune fille mourait d'envie d'enfiler ce déshabillé, mais les convenances…

— Ça doit coûter cher, prétexta-t-elle, déjà vaincue.

— Je vous le fais à cinquante pour cent. Qu'en pensez-vous ?

— Oui… Mais ça va être cher…

Reprenant vie, Stéphane balaya l'air d'un grand geste de la main :

— On prend tout ! Faites-nous un beau paquet, madame.

— Parfait ! Je vous emballe tout ça.

Enchantée d'avoir conclu une si belle vente, la marchande retourna à l'arrière-boutique avec les vêtements.

— Voyons, Stéphane, ça va vous coûter une fortune, marmonna Janine entre ses dents.

— Avouez que vous vous sentez mieux.

— Ah ça, c'est sûr.

— C'est le principal, le reste, on s'en fout !

La facture s'éleva à 220 $: trois fois le salaire mensuel du père de Janine ! Stéphane sortit son portefeuille sans sourciller et remit une carte plastifiée à la caissière.

— Stéphane, je me sens tellement mal… Comment vais-je faire pour vous rembourser ?

Pour toute réponse, l'homme secoua la tête.

— Stéphane…

De retour dans la rue, il la laissa discuter sans mot dire. Puis, à la vue du banc public devant l'église Saint-Esprit, il lui prit le bras pour l'inciter à s'asseoir.

— Janine, voulez-vous me faire plaisir ?

Elle hocha lentement la tête.

— Ne me parlez plus d'argent.

— Mais… Vous n'étiez pas obligé. Je vous dois déjà tant.

Stéphane soupira.

— D'accord, je vais m'y prendre autrement : madame Bilodeau…

Oh, non ! Cette façon de la catapulter dans l'avenir lui déplaisait souverainement. Janine baissa les yeux.

— Non, non, regardez-moi, là, insista-t-il en s'inclinant vers elle.

Elle obéit à contrecœur. Toute trace d'amusement s'était éclipsée dans les yeux de l'homme.

— Madame Bilodeau, c'est moi qui vous dois tout... Quand j'étais petit, c'était l'enfer chez nous : mon père prenait un coup solide et ma mère passait son temps à me crier après. Je n'avais qu'une idée, me pousser ailleurs. Chez vous, je n'étais jamais de trop : vous me gardiez à souper, à coucher, vous m'emmeniez partout avec Pat. Vous avez même convaincu ma mère de me laisser entrer chez les scouts. Alors, moi je vous le dis... sans vous, j'aurais mal tourné.

Il avait tout déballé d'un seul souffle. Janine resta sans voix : tout cela appartenait à un avenir tellement lointain. Pat... Patrice, son fils, était encore un étranger pour elle, de même que ce jeune Stéphane dont il était question. Aujourd'hui, c'était un homme qui se dressait devant elle, un homme dans la quarantaine qui se prenait pour son ange gardien, un ange d'une sincérité désarmante.

Elle rendit les armes d'un geste de la tête.

— Bon, voilà une bonne chose de faite ! conclut Stéphane d'une voix un peu forte.

Ils se levèrent d'un même mouvement. Janine épousseta sa jupe en considérant l'église, un temple énorme bordé d'un escalier monumental qui régnait en intrus dans la rue commerciale.

— Il ne doit pas y avoir beaucoup de changement là-dedans.

— À l'intérieur peut-être pas, mais dans la liturgie un peu beaucoup, affirma son compagnon en pointant la porte principale.

Il poursuivit sa mise à jour en entretenant Janine de l'évolution enclenchée par le pape Jean XXIII : la liturgie en français, la fin du jeûne de viande le vendredi, l'autel tourné vers la foule, sans oublier l'introduction des messes à gogo à la fin des années 1960.

— Pas de danger que ça arrive avant, une affaire comme ça ! répliqua Janine en s'imaginant son Elvis en train de se déhancher devant une chorale d'enfants de chœur.

Ils continuèrent leur promenade. Dans ses nouveaux vêtements, Janine se sentait légère et plus sûre d'elle. Il est vrai que le coup d'œil admiratif qu'elle avait surpris tout à l'heure dans le regard de Stéphane l'avait flattée plus que de raison…

Chemin faisant, elle observait les passants d'un œil étonné. Des hommes aux cheveux longs attachés en queue de cheval ou encore au crâne entièrement rasé. Des filles aux têtes multicolores coiffées à la diable, deux petits fils blancs sortant de leurs oreilles ou en pleine conversation, la tête inclinée sur un cellulaire, en gesticulant dans le vide. Un monde bigarré, fantasque, irréel, jacassant en chinois, en espagnol ou dans d'autres langues aux consonances inconnues, un véritable tourbillon cacophonique pour des oreilles si peu aguerries. Un monde de contrastes déconcertants : des femmes le ventre à l'air, un anneau dans le nombril, d'autres vêtues jusqu'au cou et même voilées.

Des éclats de rire la firent se retourner sur trois petites adolescentes vêtues de minuscules jupes à carreaux: « Quand même, cette façon de s'habiller! Avec leurs p'tites camisoles, on voit leurs bretelles de brassière… Ça n'a même pas l'air de les déranger, à part de ça! Coudon, qu'est-ce qu'elles font dans la rue à cette heure-ci? »

— Il n'y a pas d'école? Quelle heure est-il donc? s'informa-t-elle.

Stéphane consulta sa montre.

— Trois heures et demie, l'école est finie pour la journée.

— Pensez-vous qu'elles reviennent de là? Il me semble que ça n'a pas d'allure d'aller en classe habillées de même.

Stéphane considéra les jeunes filles avec un léger hochement de tête. Elles avaient l'âge et l'allure des étudiantes qui avaient fréquenté ses cours.

— Elles roulent leur jupe à la taille aussitôt qu'elles passent la porte de l'école. Ça ne date pas d'hier, mes sœurs en faisaient autant.

— Et on les laisse porter ce genre de camisole?

— Non, bien sûr. Les blouses blanches restent dans les casiers.

— En tout cas, je vous dis qu'il est loin le temps des gros bas beiges, des *jumpers* bleu marine et des petits gants de dentelle du dimanche! On dirait qu'il n'y a que les p'tits vieux qui n'ont pas changé, ajouta-t-elle en apercevant un vieillard à casquette appuyé sur sa canne.

Stéphane approuva de la tête. Comment pouvait-elle voir les choses autrement ? Elle avait sauté directement de la Grande Noirceur aux flamboyantes années 2000 en escamotant la Révolution tranquille !

Plus à l'est, entre la 6e et la 7e, Janine poussa une exclamation en reconnaissant l'énorme enseigne orangée d'un commerce :

— Ah ! Eugène Bélanger est encore là !

Une bouffée d'allégresse la traversa comme si elle venait de retrouver un vieil ami. Non seulement la quincaillerie Eugène Bélanger avait franchi le cap des années, mais ses propriétaires avaient agrandi la devanture en supplantant quelques commerces voisins.

À la vue du magasin de la Société des alcools, situé dans l'ancienne boutique de vêtements Sally Shop, Stéphane eut une idée.

— Pour souper, je vais vous préparer ma spécialité : brochettes au porc et poivrons. Vous verrez, c'est délicieux.

— Vous cuisinez ? s'étonna-t-elle.

— Vous croyez que je suis une espèce rare ? ricana Stéphane. Sachez, ma chère, que les hommes ont évolué depuis les 40 dernières années. Vous aimez le vin ?

Janine afficha une mimique rebutée : ses papilles gustatives avaient gardé un souvenir acerbe de ce liquide jaunâtre.

— Bof ! J'ai déjà bu du Québérac.

Stéphane grimaça :

— Quoi ? Cette piquette ! On n'appelle pas ça du vin ! Eh bien, ce soir vous en goûterez du bon. Venez ! dit-il en entrant à la SAQ.

Janine écarquilla les yeux en apercevant la multitude de bouteilles et les étalages attrayants. « Ça alors ! Au diable les Lacordaires ![1] »

Cet établissement n'avait strictement rien à voir avec la Commission des liqueurs des années 1950, dont les points de vente ressemblaient à d'austères comptoirs bancaires où les bouteilles étaient soustraites au regard des acheteurs comme s'il s'agissait de remèdes pour soigner une maladie honteuse.

Ils déambulèrent dans une allée bordée de tablettes de spiritueux et de liqueurs aromatisées.

— Je n'en reviens pas de voir tous ces étalages ! À mon époque, prendre de la boisson est presque péché, surtout pour les femmes. Alors, on ne fait pas tout un flafla pour en vendre.

Stéphane s'attarda dans une section et choisit un Côtes-du-Rhône.

— Voilà, il ne nous reste plus qu'à passer à l'épicerie pour acheter les légumes et la viande.

De retour sur le trottoir, Janine chercha des yeux la biscuiterie Oscar, ce magasin de petites douceurs

1. Il s'agit d'une association catholique, fondée en 1911, au Massachusetts dont l'objectif était de « combattre par tous les moyens légitimes le fléau de l'alcoolisme ». Dans cette optique, cette association cherchait à grouper « tous les catholiques du Canada qui s'engagent à lutter contre l'alcoolisme en pratiquant l'abstinence totale des boissons enivrantes ».

à se mettre sous le palais, des biscuits, certes, mais surtout des friandises : boules noires, lunes de miel, réglisses et ces minuscules sachets cirés de chips à une cenne. Elle pointa l'emplacement d'une autre quincaillerie.

— Oscar est disparu, se désola-t-elle. C'est un magasin de fer maintenant.

« Un "magasin de fer", de nos jours, il n'y a que les personnes âgées qui emploient cette expression, songea Stéphane. Je n'arrive pas à réaliser que je me promène avec une femme qui devrait avoir plus de soixante ans aujourd'hui… »

Il s'arrêta tout d'un coup, frappé par une évidence stupéfiante : en ce moment même, deux Janine existaient à la même époque. L'autre, celle de l'an 2000, vivait très loin d'ici. Que penserait-elle de tout cela si elle savait ?

« Si elle savait… Mais où ai-je la tête ! Non seulement elle sait, mais elle doit connaître la suite… Comment elle a fait pour retourner à son époque, par exemple… »

À l'approche de la 9e Avenue, un relent de nostalgie le gagna. Il toucha l'épaule de sa compagne pour attirer son attention vers le balcon du troisième étage où la roue avant d'une bicyclette accrochée au garde-fou surplombait le vide.

— Vous voyez la bicyclette, là-haut ? Eh bien, avant, c'était chez moi.

Janine perçut un déraillement dans sa voix.

— Vous restiez en haut de chez Spiro ?

Oui, en haut du restaurant où travaillait sa mère. Oui, juste en face de la taverne où, cent fois, il avait été chercher son père lorsque sa mère le réclamait à hauts cris.

Le regard rivé au balcon, Stéphane semblait happé par son passé. « Ç'a dû être difficile pour lui, songea la jeune fille en l'observant. C'est vrai qu'on ne choisit pas sa famille. »

— Allons, venez, dit-elle en glissant son bras sous le sien pour l'entraîner.

Ils traversèrent la rue Masson côté nord et marchèrent, chacun perdu dans ses réflexions.

Résolu à descendre dans le puits, Stéphane se demandait s'il trouverait une façon de l'éclairer : « J'espère que Patrice est équipé, sinon je vais être obligé de ressortir après le souper… »

« Pierre va me quitter et partir à San Francisco… » Pour Janine, son futur mariage était une véritable aberration, un piège qui allait l'enchaîner à cette vie qu'elle voulait fuir à tout prix. « Je me fiche de ce qu'il va penser, je vais lui rendre sa bague dès mon retour ! »

Soudain, une évidence s'imposa : pas de mariage, pas d'enfant ! « Mon Dieu, Patrice ! » Stoppant sa marche, elle porta une main à son front.

— Voyons, que se passe-t-il ? Vous êtes toute pâle, s'inquiéta Stéphane.

— Ça va, ça va, ne vous en faites pas pour moi, fit-elle en grimaçant un sourire.

Insister ne donnerait rien de bon; mieux valait trouver un sujet pour alléger l'atmosphère. Justement, ils étaient sur le point de croiser le boulevard Saint-Michel.

— Regardez de l'autre côté de la rue, dit-il en désignant une large bâtisse.

Refoulant son désarroi, la jeune fille leva les yeux: un gros magasin à une piastre avait remplacé l'unique cinéma du quartier.

— Oh! Depuis quand le théâtre Rosemont est-il fermé?

— Une bonne vingtaine d'années, certain. Quand j'étais jeune, c'était aussi un cinéma, mais il ne portait pas le même nom… Attendez un peu que je me souvienne… Montcalm! C'est ça! Le cinéma Montcalm.

Derrière eux s'élevaient une pharmacie et un magasin d'alimentation. Janine avait-elle remarqué la disparition du Steinberg?

«Le Steinberg… juillet 1971! C'est exactement ici que je l'avais retrouvée.» Une nouvelle fois, les souvenirs de Stéphane le projetèrent à des années en arrière jusqu'à ce terrible après-midi de canicule où le vieil Ernest avait chuté dans l'escalier de la cave. Il se revit, p'tit gars mort de peur, galopant comme un fou dans la chaleur étouffante à la recherche de secours auprès de la mère de Pat.

« Dans l'auto, je braillais comme un bébé : j'avais tellement peur qu'elle en parle à ma mère, ou pire, qu'elle ne veuille plus jamais que je retourne chez elle. Misère, s'il avait fallu… »

Rien de tout cela n'était arrivé, même le grand-père ne lui avait rien reproché. En fin de compte, il s'en était tiré avec une bonne frousse.

Stéphane avait garé sa voiture en bordure du salon funéraire Guilbault, qui avait perdu son cachet familial d'antan : la grande maison cossue, au large perron ombragé de quelques érables, avait été remplacée par un vaste bâtiment de pierre et les arbres avaient été coupés.

— C'est ici que ma mère a été exposée, dit Janine en s'assoyant dans l'auto. On a eu beaucoup de monde, elle était très aimée dans le quartier.

— Elle ne devait pas être très âgée, supposa Stéphane en s'installant au volant. De quoi est-elle morte ?

Janine l'entretint brièvement de la maladie de Juliette et de ses derniers moments. Ne voulant pas replonger dans sa peine, elle parlait rapidement en essayant, en vain, de boucler sa ceinture qui lui échappa pour retourner se loger dans son réceptacle avec un bruit métallique.

— Attendez, je vais vous aider, s'esclaffa Stéphane.

Il se pencha vers elle en tendant la main vers la boucle de métal. Si la rapidité du geste surprit Janine, le rapprochement physique la troubla encore plus. Elle détourna les yeux vers l'extérieur.

L'auto descendit le boulevard Saint-Michel.

— Je vous emmène chez Loblaws, vous verrez, ça vaut le détour. Les épiceries de l'an 2000 sont loin d'être des bineries !

Il appuya sur le bouton du lecteur de CD et Elvis Presley entonna *Hound Dog*. Sa passagère lui fit un sourire reconnaissant avant de revenir à la fenêtre.

Stéphane la croyait apaisée alors que lui continuait à se tourmenter au sujet de la cave : « Je ne peux pas croire que je vais être obligé de descendre dans ce trou. Et dire que je m'étais juré de ne plus jamais remettre les pieds dans cette damnée cave ! »

— Hé ! Je ne me reconnais plus. On est rendus où, là ?

L'auto avait dépassé le boulevard Saint-Joseph et circulait maintenant au cœur d'un nouveau développement.

— Nous sommes sur l'ancien territoire des usines Angus.

La jeune fille se tourna vivement vers lui.

— Quoi ? Les *shops* ont disparu ?

En un éclair, Stéphane perçut l'énormité de sa maladresse : « Merde ! Comme si elle n'en avait pas eu assez ! » Il ne pouvait pas rebrousser chemin sans provoquer une avalanche de questions. Stoppant au feu rouge, il réfléchit à toute vitesse au moyen de s'en sortir.

Janine l'observait regarder droit devant lui, les lèvres serrées.

— Bon, bon, Stéphane, je le vois bien, que tout a changé. Vous ne pouviez pas deviner…

— Je n'avais pas besoin de deviner, juste me rappeler, maudit ! Je le savais pourtant que vous aviez travaillé là, vous comme votre père.

Il soupira, rageur. L'auto reprit la route. Janine posa une main sur son épaule. Son regard était bienveillant, sa voix douce :

— Arrêtez donc de vous en faire pour moi et emmenez-moi voir votre fameuse épicerie.

Il grimaça un sourire.

La voiture roulait sur le boulevard bordé de condominiums. Janine n'avait d'yeux que pour le paysage urbain où se succédaient des habitations d'une conformité désarmante.

« C'est trop parfait, ça manque d'âme… Jamais je ne pourrais rester dans ce quartier. » Elle préférait, et de loin, le vieux Rosemont, ses maisons disparates, ses trottoirs craquelés et ses arbres matures.

Qui aurait pu deviner qu'ici même, au cœur de cet immense quadrilatère[2], s'étendait jadis un territoire de 10 millions de pieds carrés fermé à toute circulation automobile ? Que restait-il de la soixantaine de bâtiments reliés par tout un réseau de rails ? Qu'étaient devenus les milliers de travailleurs du Canadien Pacifique ?

2. Bordé au nord par le boulevard Saint-Joseph, au sud par la rue Rachel, à l'ouest et à l'est par les rues Frontenac et Bourbonnière.

Janine eut une pensée pour son père : « Sa vie, c'est les *shops*, ça lui ferait tellement de peine de voir ça. »

— Ça fait combien de temps qu'il y a des maisons ici ?

Stéphane lui apprit que le démantèlement des installations avait commencé 15 ans avant la fermeture définitive de l'usine, en 1992.

— Mais c'était tellement gros ici ! Jamais je n'aurais cru que le Canadien Pacifique aurait pu se passer de ses usines[3].

En tournant rue Rachel, l'appréhension de Stéphane monta d'un cran : plus que quelques secondes avant d'apercevoir l'ancienne caserne de pompiers et les vieux murs du *locoshop*, véritable incarnation du gigantisme des usines Angus. Des centaines de locomotives avaient été produites dans cette immense bâtisse de 406 mètres de long, caractérisée par son pont roulant intérieur et ses murs de brique où la fenestration occupait une importante superficie.

Comment Janine réagirait-elle lorsqu'elle découvrirait le sort réservé au bâtiment qu'on avait charcuté, éventré ?

---

3. Les usines Angus étaient le plus vaste complexe d'ateliers produisant le matériel ferroviaire du Canadien Pacifique. Fonctionnant en véritable autarcie, grâce à son ingénieux système d'infrastructures, Angus possédait son propre réseau d'aqueducs, ses égouts, son système de drainage, sa centrale thermique (produisant la vapeur pour chauffer les bâtiments), sans oublier les services de deux casernes de pompiers, son poste de police, un hôpital, deux grandes salles à manger pouvant accueillir 350 personnes à la fois, une banque et même une bibliothèque pour les employés.

« Il faut que je trouve le moyen d'arrêter avant l'entrée, je dois la préparer… » Il actionna son clignotant, mais il dut se raviser : il avait oublié la piste cyclable longeant le trottoir. Il fallait pourtant qu'il dise quelque chose…

— Janine, euh… Bientôt vous allez peut-être reconnaître…

Trop tard !

— Oh, regardez ! On dirait… Le poste de pompiers !

En effet, la maisonnette surmontée de sa petite tour carrée était toujours là. Au sommet, on pouvait encore lire le mot ANGUS dont chaque lettre avait été repeinte en blanc sur la brique. Par contre le mot SHOPS était à peine visible, car, au lieu de repeindre les lettres couleur brique, on avait laissé l'ancienne peinture s'effriter.

À l'angle de l'avenue du Midway, les yeux de Janine s'agrandirent de stupéfaction : le Loblaws, l'épicerie dont Stéphane lui avait vanté la démesure, occupait la partie avant du *locoshop* !

— Ah ! ben… c'est… c'est…

Extraordinaire ? Invraisemblable ? Épouvantable ?

Sa main chercha celle de son compagnon, la trouva ouverte, prête à l'accueillir. Elle s'y blottit.

Piteux, Stéphane referma sa grande main sur celle de Janine.

— Dire que je viens ici toutes les semaines faire mon épicerie sans jamais prendre conscience d'où je suis réellement… Maudit que j'me sens *cheap* !

Janine ne disait rien, mais son air contrit exprimait sa consternation.

Le feu passa au vert, mais l'auto resta immobile. Devait-il continuer rue Rachel ou prendre à droite et poursuivre l'exploration du site ? À Janine de décider. Derrière eux, un concert de klaxons l'incitait à appuyer sur l'accélérateur.

— Allez-y, entrez. Je veux voir, souffla-t-elle.

La voiture tourna dans l'avenue du Midway, précisément à l'endroit où le grillage ceinturant le territoire s'ouvrait sur le portail sud des usines. Stéphane emprunta l'entrée du supermarché à gauche et longea l'immense bâtiment, exactement là où passait un rail de chemin de fer, quarante ans auparavant.

— Mais… mais… qu'est-ce qu'on a fait là ?

Hallucinant !

Le toit de la partie centrale avait disparu. On avait épargné les vieux murs, où les vestiges de la généreuse fenestration subsistaient toujours. D'imposantes structures métalliques et des poutres d'acier soutenaient la charpente de ce glorieux squelette aux immenses orbites défoncées qui accueillait désormais dans le creux de son ventre des centaines de voitures : le centre de l'ancien *locoshop* était devenu un stationnement !

L'auto s'y engagea et se gara. Janine ouvrit la portière et amorça un geste pour se lever, mais sa ceinture la retint sur son siège. Rageuse, elle tripota impatiemment le loquet pour se libérer.

Elle sortit de l'auto, les yeux tournés vers le bleu du ciel. Stéphane vint à ses côtés et lui désigna la portion arrière du bâtiment qui avait conservé sa toiture :

— Là-bas, on a rénové. Plusieurs petites entreprises y ont loué des espaces.

Un bruit de ferraille la fit sursauter : une femme poussant un panier d'épicerie passa devant eux. Janine la regarda, hébétée, en secouant la tête : « Ça s'peut pas, je vais me réveiller de ce cauchemar ! »

— Si vous préférez m'attendre dans l'auto…

— Tant qu'à être ici…

À l'intérieur du supermarché, Janine retrouva la trace des murs d'autrefois et reconnut le pont roulant surplombant une vingtaine d'allées de victuailles.

Ils firent le tour des lieux. Les étalages débordaient de produits allant des fruits et légumes jusqu'aux petits appareils électriques en passant par une enfilade de réfrigérateurs remplis à craquer de nourriture surgelée.

C'était tellement surréaliste pour Janine de songer que d'énormes locomotives avaient été usinées dans un vacarme assourdissant en cet endroit où, aujourd'hui, une petite musique en sourdine planait doucement au-dessus de cette fabuleuse corne d'abondance !

Elle accompagna Stéphane au comptoir du boucher, qu'il semblait bien connaître à sa manière de le saluer. Puis ils se promenèrent au milieu des gigantesques étalages de fruits et légumes où Stéphane choisit de la laitue, qu'il appelait romaine, et quelques légumes dont… cette plante potagère ressemblant à une espèce de petit arbre au tronc vert portant le joli nom de brocoli.

Après être passés à la caisse, qui bipait au gré des aliments qu'on lui présentait, ils empruntèrent le chemin de la sortie jalonné de minuscules boutiques : nettoyeur, cordonnier, serrurier, fleuriste, aiguiseur de couteaux.

« Décidément, cette épicerie équivaut à un petit village à elle seule ! »

Lorsque l'auto quitta le stationnement, Janine aperçut l'enseigne de la Société des alcools à l'entrée de la caserne de pompiers.

— Le poste de pompiers est devenu une Commission des liqueurs ? Il y en a partout, on dirait…

— Ah, ça, oui ! On peut même acheter du vin à l'épicerie et dans les dépanneurs.

« Et on en vend même le dimanche… », évita-t-il d'ajouter au risque de la choquer davantage.

En retournant avenue du Midway, Janine pointa un édifice en brique rouge, en face du supermarché.

— C'est là que je… travaillais.

— Voulez-vous qu'on aille voir ça de plus près ?

— Non, merci. Je préfère rentrer à la maison.

« À la maison, songea Stéphane. La maison de qui ? »

Chapitre 10

À son retour dans la chambre de Patrice, la mosaïque de photographies, au-dessus de la tête de lit, sauta aux yeux de Janine. Cette fresque illustrant la vie de son fils lui confirmait la suite inéluctable de sa propre existence.

Sans plus attendre, elle se déchaussa et monta sur le lit à la recherche d'une trace de son mariage parmi le montage de photographies en noir et blanc, au centre de la murale.

La photo était bel et bien là : elle se vit, tout sourire, vêtue de la robe de mariée de sa mère au bras d'un Pierre resplendissant de bonheur. Dans le petit groupe entourant le nouveau couple sur le parvis de l'église, Janine retrouva avec soulagement sœur Marie-des-Saint-Anges, sa tante Thérèse que l'incendie de l'hospice avait épargnée. Les deux familles immédiates, les amis, un ou deux voisins, tout le monde était là… sauf Laurent.

D'autres photos anciennes la ramenèrent en pays de connaissance : celles du mariage de ses parents et de ceux de Pierre ; plus bas, Pierre et elle, enfants (une scène d'hiver qu'elle avait oubliée), posant fièrement aux côtés d'un énorme bonhomme de neige. Puis d'autres photos d'elle : bébé naissant dans les bras de sa mère ; quelques années plus tard, assise dans un carré de sable, puis en première communiante sur la pelouse de l'hospice, auprès de sa tante. Janine laissa échapper un ricanement en remarquant ses petites mains gantées jointes religieusement et ce faux air de béatitude qu'elle avait pris à ce moment-là pour donner meilleur effet.

Plus haut, une coupure de journal jaunie illustrait un événement pourtant si récent…

— Stéphane, venez voir !

En entendant la voix de la jeune fille, Stéphane referma la porte du frigo en maugréant : non seulement il avait oublié d'acheter de l'ail, mais il allait manquer de beurre.

Il entra dans la chambre, surpris de la retrouver debout sur le lit, le doigt collé sur une coupure de journal.

— Montez, ça va vous intéresser.

Il fit sauter ses espadrilles et la rejoignit.

— Regardez, je suis à côté du maire Sarto Fournier.

Stéphane s'approcha.

— Fantastique !

Janine était assise à bord du *Golden Chariot*, le jour du défilé marquant la fin des tramways. Vêtue d'une robe bleue à manches bouffantes, sa main gantée retenait sur sa tête un minuscule chapeau à voilette.

— C'était quelques minutes avant l'orage. Pierre est juste là, ajouta-t-elle en pointant son voisin.

Stéphane aperçut un grand maigre habillé en croque-mort et coiffé d'un chapeau haut-de-forme. Immédiatement, il jugea que ses lunettes à la sévère monture noire et son collier de barbe lui donnaient un air d'intellectuel un peu bêbête : « Ça, un felquiste ? Bof ! » C'était juste une impression – et il le reconnaissait volontiers –, une impression ultra-subjective, mais il n'éprouvait que du mépris pour ce type qui avait lâchement pris la poudre d'escampette en laissant Patrice et sa mère dans l'embarras. « Maudit, si seulement, je pouvais la prévenir… »

— Pierre et moi dans le journal ! Sa mère en a acheté une demi-douzaine de copies, elle était si fière, gloussa Janine.

Stéphane retrouva son sourire : « Sacré Patrice ! Quelle belle façon de perpétuer le souvenir des siens. »

Lorsqu'il avait emménagé, Stéphane avait aussi été captivé par cette imposante murale qui lui avait fait revivre de bons moments cristallisés autour d'une promesse scoute, d'une fête d'enfants, d'un party d'adolescents.

À l'affût de ces photos, son regard quitta le centre de la fresque : il lui tardait de présenter à Janine le petit garçon qui se plaisait tant chez elle.

Poursuivant son exploration, Janine aperçut une photo de Gaston au bras de Sandy, l'Américaine pour qui il avait quitté la maison en 1957. Son jeune frère avec une quinzaine d'années de plus, père de deux fillettes placées en avant-plan. Derrière, une Cadillac décapotable était garée dans l'entrée d'une maison cossue. Famille et gros train de vie : le rêve de Gaston s'était réalisé. Pourtant, Janine n'arrivait pas à se réjouir pour lui : « Je venais de lâcher ma job pour prendre soin de maman, et lui, au lieu de m'aider, il a sacré le camp comme un égoïste. »

Et Laurent ? Depuis le temps, avait-il réapparu ? Fébrilement, l'index de Janine parcourut la mosaïque sans trouver la moindre trace de son aîné.

— Regardez, Janine. Je suis là !

Stéphane pointait un gamin d'une douzaine d'années, aux yeux pétillants, revêtu de l'uniforme scout et arborant le salut de circonstance. À ses côtés, un autre garçon légèrement plus grand et un peu maigrichon, vêtu de la même tenue, saluait également.

— Et lui, c'est…

— Oui, c'est Patrice.

Janine inspira profondément : « Mon garçon… » Elle s'approcha.

— Attendez, il y a plein d'autres photos de lui beaucoup plus claires.

Le doigt se promenant sur la murale, Stéphane lui fit découvrir Patrice à divers moments de sa vie : le charmant bébé rose, le crâne garni d'un petit duvet blond ; le bambin assis entre les jambes de son père ; l'écolier à lunettes, posant fièrement dans son blazer décoré de la médaille d'honneur.

— Et le voici aujourd'hui, annonça-t-il en désignant une image glacée découpée dans un magazine où un très bel homme dans la quarantaine serrait la main d'un autre beaucoup plus âgé.

— L'homme aux cheveux gris, c'est le ministre de la Santé.

Janine sentit son cœur fondre. Qu'il était beau, son fils ! En le voyant enfant, elle avait décelé une ressemblance avec Pierre, mais sur cette photo, il avait la prestance de Laurent et le regard azur d'Ernest : un vrai Provencher !

Était-il marié ? Serait-elle grand-mère ? (Cette pensée la fit grimacer.) Elle chercha une réponse, mais la mosaïque ne lui révéla rien de nouveau, à part cette photo plus bas où posait devant la tour Eiffel un couple dans la soixantaine. Elle se pencha pour mieux distinguer leurs visages, cligna des yeux incrédules : Cette femme avec ses yeux, son nez, son sourire… « Mon Dieu, ça ne peut pas être moi ! Pas cette grosse brune ! »

Elle se redressa brusquement, sa main sur sa poitrine essayant de contenir les battements de son cœur : « Jamais je ne deviendrai comme ça. Jamais ! »

Dans l'espoir de chasser cette image, elle se concentra sur la photo d'un groupe de jeunes diplômés et reconnut Patrice au dernier rang : aussi grand que Pierre, mais l'air plus assuré qu'il ne l'avait à son âge. Son fils deviendrait un bel homme instruit, respecté, entouré d'amis : « C'est toujours ça de pris ! »

— Vous avez retrouvé de vieilles connaissances ? demande-t-elle à Stéphane en glissant un regard vers lui.

— Oh, juste quelques copains du secondaire… Vous voulez changer de côté ?

Il lui tendit une main qu'elle saisit. À gauche, elle retrouverait peut-être une photo de Laurent… Elle reprit ses recherches. Tout à coup, deux sexagénaires amoureusement enlacés attirèrent son attention : « Deux hommes ? Voyons donc ! Ça n'a pas de bon sens… » Janine scruta la photographie en fronçant les sourcils : le visage de l'un des deux lui semblait étrangement familier.

— Non, c'est pas vrai ! lança-t-elle en reculant vivement.

— Qu'est-ce qu'il y a ? On dirait que vous avez vu le diable ! s'inquiéta Stéphane, à l'autre extrémité de la mosaïque.

— Oh, rien. J'ai juste cru reconnaître quelqu'un.

— Ah, bon.

En proie à la plus grande confusion, Janine retrouva la photographie : « Ça n'a pas d'allure, ce type ne peut tout de même pas être… »

Pourtant, ce nez trop long, ces lèvres minces et, surtout, le vert exceptionnel de ces yeux… C'était Pierre Bilodeau, son Pierre !

Janine revit le petit garçon maniéré dont tout le quartier se moquait : « Oh, mon Dieu ! C'était donc vrai ! »

Tout le monde avait vu, tout le monde savait, même sa mère ! Mais Janine n'avait rien voulu entendre. Toutes griffes dehors, elle s'insurgeait contre tous ceux qui osaient dénigrer son ami d'enfance.

Pierre, un homme aux hommes ? Un fifi ? Une tapette ? Elle secoua la tête : « Non, non, ça s'peut pas, nous avons couché ensemble ! »

Mais… à bien y penser, c'était elle qui, gagnée par le doute, avait initié la première relation, cette première fois si décevante où il ne l'avait touchée que du bout des doigts.

Les semaines suivantes, elle l'avait senti plus empressé, mais à chaque fois, elle avait l'impression d'être dans les bras d'un homme appliquant une leçon apprise dans un livre à l'Index. « Et moi qui croyais qu'il était juste plus scrupuleux que moi. La belle niaiseuse ! »

Brusquement, la coïncidence entre le changement d'attitude de Pierre à son égard et la première rencontre avec ses amis du Quartier latin la frappa : si Susan, André et Denis l'avaient accueillie chaleureusement, Hervé, le sculpteur efféminé, l'avait considérée froidement. La semaine suivante, il avait changé de table : éconduit, avait-il tenté sa chance ailleurs ?

Tout devenait affreusement limpide : l'ami de toujours se transforme en amoureux et insiste pour lui présenter ses amis. Si on avait déjà douté des préférences de Pierre, la présence d'une femme à ses côtés éclipsait tout doute !

Janine se raidit, une sourde colère traça un chemin de feu en elle. « Il ne m'a jamais aimée ! Il s'est seulement servi de moi. Ô Seigneur, je ne peux pas le croire… »

Elle retourna à la photo. Tout bronzé, le vieux Pierre ne portait plus de lunettes et son collier de barbe avait disparu. Vêtu d'une chemise hawaïenne et coiffé d'un panama sous lequel abondait une longue chevelure grisonnante, son radieux sourire en disait long sur son état d'esprit. C'était quelqu'un d'autre, un homme au regard étincelant, débarrassé de l'air contraint qu'il affichait la plupart du temps.

Elle jeta un coup d'œil sur l'individu de droite, un très bel homme d'allure athlétique. « Est-ce pour lui qu'il m'a quittée ? »

Un grand éclat de rire la fit sursauter.

— Ah ! Maudit qu'on a eu du *fun* cette fois-là ! lança Stéphane.

Délaissant la photographie du troublant couple, Janine se ressaisit.

— Quoi donc ?

Sur la photo où il avait posé le doigt, on voyait le jeune Patrice s'apprêtant à trancher un morceau d'un gros gâteau au chocolat garni d'une douzaine de chandelles.

— Qu'est-ce qu'il y a de si drôle ?

— Eh bien, ce fameux gâteau… il était vide. C'est parce que… Bon, autant vous le dire tout de suite : Patrice est né en avril, le jour de Pâques. À chaque anniversaire, il y avait du chocolat au menu et cette année-là, sa mère… enfin… vous aviez commandé cette espèce de gâteau entièrement fait de chocolat au lait…

— Attendez, vous dites que Patrice est né en avril… de quelle année ?

— 1960. Patrice a un mois de plus que moi.

Un violent étourdissement fit vaciller Janine. Stéphane fit un geste vers elle.

— Oups ! Ça ne va pas ?

— Non, non… euh, oui… bredouilla-t-elle.

— Assoyez-vous.

Janine s'exécuta. Stéphane descendit du lit et rechaussa ses espadrilles.

— Pourquoi ne feriez-vous pas un petit somme en attendant le souper ? De toute façon, la viande doit mariner un peu et je dois sortir une minute pour acheter une chose ou deux.

— Bonne idée, approuva Janine, épuisée par tant d'émotions.

Stéphane ferma la porte derrière lui. Janine, assise en tailleur, resta immobile, les yeux rivés sur le tableau que Pierre avait peint d'elle quelques mois avant son accouchement.

Le retard de ses règles, les nausées des derniers jours et cette fatigue inhabituelle, c'était donc cela ! Elle ferma les yeux et compta les mois qui la séparaient du prochain mois d'avril : sept. Le calcul ne laissait plus de doute : Patrice était déjà là !

Luttant de toutes ses forces contre le désespoir qui s'intensifiait en elle, Janine posa la main sur son ventre : « Ô Seigneur, donnez-moi le courage… »

Les dés étaient jetés, elle devait se résigner à son destin et s'efforcer de trouver un peu de compassion pour son fiancé. Mais comment faire abstraction de sa trahison et de tout ce qu'elle savait déjà ?

Une porte claqua, Stéphane venait de quitter la maison. Juste de penser à lui, un sentiment exquis, déconcertant s'infiltra en elle. « Je suis là pour vous… » Elle sentait encore son bras autour de ses épaules, sa force, sa chaleur…

Le calme revint en elle et la fatigue prit le dessus. Elle tira les couvertures, s'allongea et ferma les paupières en songeant qu'à son réveil, Stéphane serait encore là pour elle. Qu'importaient son mariage et son avenir piégé, tout cela arriverait bien assez vite. Abandonnant toute réserve, Janine se laissa candidement dériver au fil d'un courant irrésistible, implacable.

Stéphane revint une demi-heure plus tard et se mit à l'œuvre. Débarrassant la table de ses papiers, il rangea son portable à côté de son imprimante en sifflotant *Blue Suede Shoes*. Après avoir plongé ses cubes de porc dans la marinade, il coupa le brocoli et les poivrons pour ses brochettes, puis prépara une salade César. Ensuite, il prit une boîte de riz dans la dépense et mesura deux portions, qu'il mit de côté.

Il trouva une jolie nappe fleurie dans l'un des tiroirs du comptoir, puis, au moment de l'étendre sur la table, une idée lui vint. Il alluma son portable et fit démarrer son lecteur de musique. Ces dernières années, il avait dressé une impressionnante liste des succès d'Elvis : la complicité du King rendrait ce souper mémorable.

Sur le point de frapper à la porte de Janine, il aperçut l'amas de tuiles tordues négligemment poussé contre la porte arrière. « Ouais, il serait temps de ramasser mon dégât… » Après avoir rempli un sac à ordures, il jeta les yeux sur la trappe, en se disant qu'il lui faudrait bien descendre à un moment donné. Il consulta sa montre : 18 h 45. Pourquoi pas maintenant ?

« Juste un p'tit tour pour se faire une idée… Allons, Stef, arrête de faire le pissou, t'as plus 11 ans, merde ! »

En soupirant, il alla chercher une puissante torche électrique dans le hangar. Puis il souleva la porte de la cave à l'aide d'un pied-de-biche, alluma sa lampe et descendit l'escalier.

En bas, il tira sur la chaînette de l'ampoule vissée au plafond : « Merde ! » Elle était grillée. Qu'importe, la lampe de poche suffirait.

Il avança en courbant le dos avec un petit rire : le petit garçon avait beaucoup grandi depuis le temps. Après quelques pas, il s'accroupit et illumina les lieux d'un faisceau circulaire : la cave lui semblait nettement moins vaste qu'autrefois. Il se redressa et avança lentement vers l'arrière de la maison en balayant le sol de sa torche. Son pied buta sur quelque chose : un madrier. Il y dirigea sa lampe. Son sang se glaça d'effroi : le trou était là, béant, effroyable, encore imprégné des horribles hurlements de Patrice : « Stéphaaannne ! Il fait noir ! Éclaire-moi ! Stéphane ! Qu'est-ce que tu fais ? »

La large planche avait été poussée sur le côté : un pas de plus et il plongeait ! Le souffle court, Stéphane détourna sa torche en s'efforçant de repousser sa terreur enfantine. Expirant bruyamment, il dirigea sa lampe vers une malle bleu royal, puis sur la large bâche grise recouvrant les meubles du grand-père. Tout à coup, une forme rectangulaire plutôt massive, également recouverte d'une bâche, attira son attention. Il fronça les sourcils : « C'est quoi, ça ? Ce n'était pas là, dans le temps… »

Il contourna prudemment le trou et fit quelques pas quand, de nouveau, le bout de son soulier heurta un objet qui rebondit sur place. Il se pencha : « Ah, ben, maudit ! » Sa gourde ! Sa bonne vieille gourde de scout qu'il avait emportée avec lui en 1971, lors de son escapade avec Pat. Lorsqu'il était revenu rue d'Orléans, quelques jours après la chute du grand-père, Janine lui avait rendu son sac à dos et sa torche électrique, mais Stéphane n'avait jamais revu sa gourde. La retrouver aujourd'hui cadrait très bien avec la singulière aventure qu'il vivait…

Il retourna à l'escalier et déposa sa gourde sur la première marche, puis revint sur ses pas. Pour satisfaire sa curiosité, il souleva la grosse toile et aperçut deux énormes caisses en bois. Un symbole peint en orangé figurait sur chacune d'entre elles : une colombe volant à tire-d'aile devant un grand crucifix.

Ce dessin lui rappelait quelque chose, mais quoi ? Peut-être qu'en ouvrant une caisse… Il retira la bâche et découvrit un autre symbole dessus. Il y braqua sa lampe et se redressa vivement. Sa tête heurta une poutre : « Tabarnak ! »

En se massant le crâne, Stéphane récupéra sa torche, tombée par terre et, le cœur battant, éclaira les deux couvercles où étaient peintes d'horribles têtes de mort ensanglantées affublées d'un masque contre la grippe.

Qu'est-ce que cela pouvait bien signifier ? Impossible d'en savoir plus sans s'attaquer à la bonne douzaine de clous rouillés qui scellaient les couvercles.

En grimaçant, il tourna les talons et alla s'asseoir à côté du puits afin d'apprivoiser l'idée d'y descendre bientôt. En s'inclinant légèrement, il remarqua un câble attaché au premier échelon. Il éclaira les autres barreaux et aperçut un autre câble – ou plutôt une espèce de cordon gros comme le petit doigt –, noué discrètement à l'une des extrémités du deuxième barreau. « Ah, oui, Patrice disait que c'était un vieux fil électrique appartenant à son grand-père, mais… il me semble qu'il n'était pas attaché si haut dans le puits. »

En effet, son ami lui avait fait part de cette étrange découverte *après* avoir descendu cinq ou six barreaux.

« Bah ! Ça fait longtemps. Je dois me tromper. »

Tout de même curieux, il s'allongea à plat ventre, tendit la main et attrapa le câble. C'était un fil électrique de fabrication très ancienne, du temps où l'on enroulait les fils métalliques dans une gaine de coton. Sans le détacher, Stéphane tira afin d'en ramener l'autre extrémité. Il tira, tira. Un lointain bruit de ferraille se fit entendre. Il arrêta son geste. Le bruit cessa.

Il se redressa et examina le fil. Jusque-là, il en avait ramené plus de 15 mètres, composés d'un bric-à-brac de vieilles rallonges branchées les unes aux autres. Il reprit son manège. Le bruit de ferraille se rapprochait. Quelle sorte de prise pouvait bien se retrouver au bout de cette étrange ligne à pêche ? Finalement, une espèce de cocon métallique muni d'un interrupteur jaillit de l'ombre : une lampe baladeuse !

— *Oh yeah !* s'écria-t-il.

Il détacha le fil, se doutant bien de qui l'avait laissé là : Laurent, le frère de Janine, l'explorateur du passage.

« Pas de fil électrique sans prise de courant », déduit-il. La baladeuse en main, Stéphane revint vers l'escalier et jeta les yeux sur l'ampoule du plafond : « Ouais, si j'y voyais plus clair, ça ne ferait pas de tort. »

Il remonta dans la cuisine et revint avec une ampoule neuve, remplaça l'ancienne et tira sur la chaînette. Une lumière aveuglante jaillit.

Il reprit aussitôt ses recherches et dénicha la fameuse prise en bas de l'escalier. Euphorique, Stéphane y brancha le fil de la baladeuse et poussa l'interrupteur : une forte lumière embrasa l'espace.

— Oui, monsieur ! Fantômes, gare à vous !

Maintenant plus rassuré, Stéphane décida de retourner à son souper. Il rabattit doucement la trappe et sortit allumer le barbecue.

Peu après, douché et changé, il mit le riz sur le feu, cliqua sur le premier morceau de sa liste de lecture et haussa le son de son ordinateur : Elvis entra en scène avec *Love me*. Tout était prêt !

Il entrouvrit la porte de la chambre. Janine, recroquevillée en fœtus, dormait encore. Sans bruit, il s'approcha du lit et put enfin la contempler à son goût. Ses traits détendus, son corps si agréablement potelé, tellement vulnérable dans son sommeil, Janine Provencher était vraiment jolie. À la fois ingénue et fougueuse, elle saurait puiser en elle une force dont elle possédait déjà l'essence aujourd'hui.

Stéphane n'aimait pas tellement les maigrichonnes, même s'il s'était laissé tenter par Nathalie. Oui, la si séduisante Nathalie qui s'était évertuée à l'entortiller autour de son petit doigt pendant plus de 11 ans. « Maudit épais ! » Il s'en voulait encore d'avoir pris tant de temps à la quitter.

Dans la cuisine, les premières notes de *Heartbreak Hotel* se firent entendre et Janine bougea dans son sommeil. Stéphane s'assit sur le lit. Malgré lui, ses doigts glissèrent dans ses cheveux soyeux, s'y attardèrent… Elle ouvrit les yeux, un sourire se dessina sur ses lèvres.

— Alors, la Belle au bois dormant a-t-elle faim ?

— Quelle heure est-il ? demanda-t-elle en s'étirant.

— Environ 7 h 30. Mes brochettes ont assez mariné.

Elle rabattit les couvertures et se chaussa.

La table était dressée. Stéphane déboucha la bouteille de vin et remplit deux coupes en cristal.

— J'espère que vous l'aimerez, c'est l'un de mes préférés.

Janine goûta, ses papilles apprécièrent.

— Alors ?

— Très bon. Maintenant, je sais qu'il existe autre chose que le Québérac et c'est tant mieux.

Satisfait, Stéphane prit ses brochettes dans le réfrigérateur et se dirigea vers la porte arrière.

— Venez, apportez votre coupe.

Au centre de la cour, un grand pommier alourdi de fruits mûrs s'élevait, majestueux.

— Ah, ça, c'est… extraordinaire ! s'exclama Janine en s'approchant.

Stéphane, occupé à aligner ses brochettes sur la grille du barbecue suspendit son geste :

— Quoi donc ?

— Ce pommier, c'est mon frère qui l'a planté pour ma mère en 1957.

Stéphane déposa le reste de ses brochettes sur le feu et rejoignit la jeune fille au pied de l'arbre.

— Quel frère ? Celui des États ?

Janine secoua la tête.

— Laurent, souffla-t-elle après un moment.

Elle tendit une main pour attraper une pomme, mais Stéphane la devança et lui remit un beau fruit rouge.

— Laurent a 11 ans de plus que moi. Lorsqu'il vivait à la maison, mon père et lui passaient leur temps à se disputer. Ça faisait tellement de peine à maman… Puis un jour, Laurent est parti. On n'a jamais su où… Quelques mois plus tard, on a retrouvé ce pommier dans la cour. Laurent avait promis à maman d'en planter un, l'automne d'avant. Il était passé en pleine nuit et, depuis, aucune nouvelle de lui…

Un long silence flotta dans l'air. Songeur, Stéphane retourna à ses brochettes. « Laurent, le fameux oncle d'Afrique ! Patrice capotait tellement sur lui… »

— Patrice ne vous a jamais parlé de Laurent ?

— Oui, oui, mais il ne l'avait jamais vu, répondit sincèrement Stéphane, subitement tiré de ses pensées.

Janine soupira. Elle aurait tant souhaité une autre réponse.

Un son de carillon se fit entendre. Stéphane fronça les sourcils : il n'attendait personne.

— Je reviens, dit-il à la jeune fille en lui confiant sa spatule.

Sur le pas de la porte se dressait un homme grand, bien bâti, vêtu d'un costume beige. Son abondante chevelure, poivre et sel, retenue en queue de cheval, découvrait ses oreilles dont l'une était percée d'un anneau.

— Bonjour, qu'est-ce que je…

L'inconnu tendit une main amicale.

— Excusez-moi de me présenter ainsi à l'improviste. Vous êtes Stéphane Gadbois ?

Stéphane hocha la tête.

— Enchanté ! Je suis Pierre Bilodeau, le père de Patrice.

Chapitre 11

De passage à Montréal, Pierre Bilodeau venait chercher les papiers que son fils lui avait laissés avant son départ au Vietnam.

— Ah, oui… Patrice m'en a parlé. La chemise est dans son bureau. Je vous l'apporte.

Sur ces mots, Stéphane lui tourna rapidement le dos et entra dans la pièce, à gauche du couloir. Cette diversion providentielle l'aiderait-il à reprendre contenance ?

Bien sûr, la simple politesse aurait été de l'inviter à entrer, mais il n'y avait pas de risque à courir : Pierre Bilodeau et la jeune Janine ne devaient surtout pas se rencontrer !

Stéphane ouvrit un tiroir et prit un dossier marqué d'un logo bancaire en songeant à l'homme qu'il avait laissé sur le perron : « C'est fou ce qu'il a changé depuis que je l'ai vu au salon funéraire, jamais je ne l'aurais reconnu. »

Mais d'où lui venait cette impression de l'avoir revu quelque part ?

De retour dans le vestibule, il lui remit la chemise. Pierre le remercia chaleureusement, puis sortit une enveloppe blanche de son veston.

— Patrice voulait une photo récente de son oncle Laurent pour sa murale. La voici.

— Merci pour lui. Je lui remettrai à son retour, articula Stéphane d'une voix monocorde.

Il souhaitait voir le père de Patrice partir rapidement, mais l'autre ne bougeait pas, comme s'il attendait une invitation. Ne sachant comment réagir, Stéphane sentait la chaleur lui monter aux joues. On n'entendait plus que la voix d'Elvis.

— Ah ? Vous êtes un amateur d'Elvis Presley ?

— Euh… Oui…

— Ça me fait tout drôle de me retrouver ici et de l'entendre chanter. Vous saviez que Janine est une vraie fan ?

Stéphane tenta de se ressaisir, s'inventa un sourire et dit :

— C'est même elle qui me l'a fait aimer. J'ai passé une partie de mon enfance ici…

— C'est vrai, j'avais oublié ! Vous devez donc avoir une place de choix dans la murale de Patrice. J'aimerais bien…

Pierre Bilodeau suspendit sa phrase en serrant les lèvres, puis poursuivit, visiblement mal à l'aise :

— Pardonnez mon sans-gêne… Cette murale, Patrice m'en a tellement parlé… J'aimerais bien la voir.

Le cœur de Stéphane s'emballa: «Merde! Merde!»

— Oh, bien sûr! Entrez, vous êtes le bienvenu, répondit-il en s'efforçant de mettre une dose de jovialité dans sa voix.

Stéphane dégagea l'entrée pour faire passer l'homme devant lui. Le changement radical de son aspect physique et quelque chose dans sa démarche – un léger mouvement de hanches – fit monter d'un cran l'appréhension de Stéphane: «Misère... S'il fallait que Janine le voie...»

Mais ce qu'il craignait le plus était en train de se produire: Janine venait d'entrer dans la cuisine, spatule à la main. Elle dévisagea Pierre qui se figea, interdit. Stéphane sentit ses jambes ramollir.

Un ange passa, puis Janine se ressaisit:

— Les brochettes sont assez cuites et... je ne sais pas comment éteindre le barbecue.

Reprenant vie, Stéphane invita Pierre à entrer dans la chambre de Patrice avant de précéder Janine dans la cour.

— C'est Pierre Bilodeau... Vous l'avez reconnu? demanda-t-il, étonné du sang-froid de la jeune fille.

— Oui, tout à l'heure, j'ai vu sa photo sur le mur.

Et Stéphane comprit alors d'où lui venait son impression de déjà-vu: «Le couple gay de la murale! Misère, quel choc elle a dû avoir...»

Postée devant le barbecue, Janine souleva le large couvercle.

— Mmm... Ça sent pas mal bon!

Dans la chambre, Pierre poussa discrètement le rideau de la fenêtre : « *My God!* qu'elle lui ressemble... Qui est-ce ? La blonde de Stéphane ? » Il mourait d'envie de sortir lui demander son nom, mais il refusait de s'imposer. Et puis, qu'est-ce qu'il faisait devant cette fenêtre à les épier ?

Il retourna admirer la mosaïque de son fils. Stéphane revint.

— Alors, qu'en pensez-vous ?

— C'est vraiment réussi. Je vous remercie de m'avoir donné l'occasion de voir ça et... je suis désolé de vous avoir dérangé.

Les deux hommes retournèrent dans la cuisine.

— *My God!* Qu'est-il arrivé au plancher ? demanda Pierre, en apercevant la trappe.

— Oh ! Il y a eu un problème de tuyauterie dans la cave, mentit Stéphane avec un aplomb qui le surprit.

— *Anyway*, cette trappe n'aurait jamais dû être condamnée. Mon beau-père en faisait toute une histoire...

À la porte, avant de s'en aller, Pierre lui tendit la carte de son hôtel :

— Demain, je vais chercher la mère de Patrice à l'aéroport. Nous séjournerons une semaine à Montréal. Venez prendre un verre, ça lui ferait tellement plaisir de vous revoir.

Au moment où la porte d'entrée se refermait sur Pierre Bilodeau, Janine revint dans la cuisine avec l'assiette de brochettes qu'elle déposa sur le comptoir.

La coupe de vin qu'elle avait vidée d'un trait commençait à lui tourner la tête. Elle se félicitait d'avoir gardé son calme : « Mon Dieu, s'il avait fallu que je lui crie par la tête ce que je pensais de lui… »

Faire bonne figure devant Stéphane n'était qu'une façade pour masquer son désarroi : elle avait tellement honte. Honte de sa naïveté, honte de s'être donnée sans avoir éprouvé véritablement de l'amour, honte de porter un enfant illégitime. Elle n'avait qu'une envie : s'évaporer, disparaître…

Une sonnerie se déclencha :

— C'est mon riz ! lança Stéphane en entrant dans la cuisine. Allons, à table !

Il garnit les assiettes, puis, au moment de s'asseoir, il aperçut l'enveloppe que Pierre avait laissée sur la table.

— Pas trop secouée ?

Janine eut un haussement d'épaules désabusé :

— Il n'y a que ses yeux qui n'ont pas changé, souffla-t-elle avant d'ajouter : changeons de sujet, voulez-vous ? J'ai eu une grosse journée et je me faisais une fête de ce souper.

Stéphane remplit les deux coupes et lui en tendit une :

— Je vous comprends. Allez, trinquons à… voyons…

— À vos talents culinaires ?

Ils choquèrent leurs verres, puis s'assirent. Aussitôt, elle piqua un morceau de viande pour y goûter.

— Mmmm, délicieux ! Quel est votre secret ?

— La marinade, bien sûr !

Il lui décrivit sa recette qu'il se targuait d'avoir concoctée lui-même.

— Vous m'épatez ! Mon père et mes frères n'ont jamais levé le petit doigt dans la cuisine. Juste à m'imaginer papa le nez dans un chaudron…

— Ah ! Ah ! Moi je l'ai vu ! coupa Stéphane.

— Sans farce !

— Croyez-le ou non, votre père faisait un excellent macaroni au fromage et ses *grilled cheese* étaient imbattables.

— Voyons donc ! Vous n'allez tout de même pas me dire qu'en plus, il lavait la vaisselle !

— Bien sûr !

Elle ouvrit la bouche d'étonnement, puis éclata d'un fou rire irrépressible qui lui tira les larmes des yeux.

Quel bonheur de la voir enfin détendue ! Enchanté de la tournure des événements, Stéphane, la main posée sur l'enveloppe de Pierre, se réjouissait de la bonne nouvelle qu'il s'apprêtait à annoncer.

— Ah, mon Dieu, que ça fait du bien de rire de même ! dit-elle en essuyant ses larmes du revers de la main.

Elle goûta à la salade, complimenta de nouveau son hôte puis remarqua l'enveloppe blanche sous sa main. Le moment était venu, Stéphane déposa sa fourchette.

— Tout à l'heure, quand il a été question de votre frère Laurent, je n'ai pas eu le temps de vous dire ce qu'il était devenu.

— Vous le savez ! Où est-il ?

— Très loin d'ici, en Afrique.

Janine écarquilla les yeux :

— En Afrique ! Pour l'amour du ciel, depuis combien de temps ?

— Tout ce que je sais, c'est qu'il y était déjà dans les années 1970. Patrice m'avait dit qu'il était posté au Cameroun pour un organisme d'aide humanitaire.

— Ah, ça, c'est tout à fait son genre, murmura-t-elle, songeuse.

— Pierre a laissé cette photo pour la murale de Patrice, enchaîna Stéphane en poussant l'enveloppe vers elle.

D'une main fébrile, Janine ouvrit l'enveloppe et en retira une photo glacée.

— Mon Dieu ! Il est vraiment si vieux ?

Pourtant, le grand vieillard de 73 ans, dont la chevelure argentée encadrait un visage parcheminé au teint cuivré, n'avait rien perdu de son charisme. Il se tenait debout, immense, au milieu d'un groupe d'enfants camerounais, sa chemise indigo s'ouvrant sur un torse bronzé et puissant.

Des larmes perlèrent dans les yeux de Janine. Elle embrassa la photo avant de la presser sur son cœur : Laurent avait réussi à refaire sa vie en dépit des accusations portées contre lui, c'était tout ce qui comptait.

« C'est le bon moment pour en savoir un peu plus », se dit Stéphane.

— Allez Janine, dites-m'en plus sur lui. Racontez-moi comment il vous a fait découvrir le souterrain...

Janine déposa sa fourchette et s'adossa à sa chaise.

— Laurent était un vrai casse-cou, commença-t-elle. Il passait son temps à descendre dans le puits en cachette du père.

Un éclair de satisfaction détendit les traits de Stéphane : il avait vu juste au sujet du fil électrique.

Janine fronça les sourcils :

— Quoi ? Qu'est-ce qu'il y a ?

— Tout à l'heure, je suis descendu à la cave. Je voulais constater par moi-même : le trou, ouais... pas tellement invitant. Dire que vous venez de là, et dans le noir en plus... Vous avez été vraiment courageuse.

— Je n'avais pas le choix...

— Il va falloir redescendre pour trouver le bon passage. Heureusement, ça ne se fera pas dans le noir : j'ai trouvé un fil électrique attaché à l'un des barreaux avec une baladeuse au bout.

— Cré Laurent ! s'exclama Janine. Aussi débrouillard que tête de cochon. Quand il avait une idée en tête, il n'en démordait pas. Prenez cette histoire de passages souterrains : il a passé des mois à chercher. C'est ben simple, il connaissait les tunnels comme le fond de sa poche.

Les yeux de Stéphane s'agrandirent de stupéfaction :

— Comment ça, *les* tunnels ? Il en existe combien ?

Janine se contenta de hausser les épaules.

— Votre frère ne vous a pas donné d'autres détails ?

— Il m'a seulement dit qu'il y en avait d'autres.

Stéphane prit une gorgée de vin qu'il savoura en silence. Puis après une profonde inspiration, il reprit :

— Demain matin, nous irons explorer la cave.

La jeune fille sourit et hocha la tête. Ce « nous » lui faisait chaud au cœur. Avec Stéphane, elle n'avait rien à craindre.

Ce dernier n'ajouta rien d'autre, même s'il brûlait de lui raconter son expédition à la cave avec Patrice : « Non, elle en sait déjà assez. »

— Maintenant, avant de nous aventurer, racontez-moi de nouveau votre visite du passage avec Laurent.

Janine s'exécuta.

— Laurent avait la clé du cadenas ? s'étonna Stéphane.

— La trappe n'était pas barrée dans ce temps-là : c'était bien avant que papa le surprenne dans le puits. Ah, si vous l'aviez vu ! Jamais je n'avais vu mon père en maudit comme ça. Même ma mère n'arrivait pas à le calmer…

« Oui, j'imagine… », songea Stéphane avant de reprendre son interrogatoire :

— Lors de ses explorations, votre frère aurait-il découvert… visité d'autres époques ?

— Euh, non. Enfin, il ne m'en a jamais parlé.

— Vous rappelez-vous ce qu'il y avait dans la cave à ce moment-là ?

— Juste de vieilles affaires inutiles.

— Lorsque je suis descendu, tout à l'heure, j'ai vu deux caisses en bois avec des symboles assez bizarres.

— Vous parlez des caisses de légumes ?

— Non, je ne crois pas.

— Elles sont où ? S'il s'agit de celles près de l'escalier…

— Non, il n'y a rien au pied de l'escalier. Les caisses que j'ai vues sont au fond de la cave, cachées sous une grosse toile.

— Ah ? Qu'est-ce qu'il y a dedans ?

— Pas la moindre idée, elles sont clouées de tous les côtés.

— Hé ! On pourrait en ouvrir une ! lança-t-elle, excitée.

Stéphane se gratta la tête.

— Bof, euh… Honnêtement, l'inscription que j'ai vue dessus ne m'en donne pas vraiment envie.

Il décrivit les deux symboles.

— Ça ne vous dit rien ?

« Question idiote, songea-t-il aussitôt. Ces boîtes ont été placées là après son époque. À moins que… »

— Laurent ne vous en a jamais parlé ?

— Un grand oiseau sur un crucifix ? Un oiseau, les ailes ouvertes ?… Mon Dieu, oui !

Elle ferma les yeux pour se concentrer, puis les ouvrit d'un seul coup.

— Vite, Stéphane, donnez-moi du papier et un crayon !

Il alla dans sa chambre et revint avec ce qu'elle lui avait demandé.

Janine traça un cercle sur le papier qu'elle relia à deux traits obliques.

— Une nuit, quelques semaines après que mon père avait barré la trappe, Laurent est venu dans ma chambre pour me montrer quelque chose.

Dans le cercle, elle dessina un crucifix en arrière-plan, puis un oiseau en plein vol.

Stéphane sentit son sang électriser ses veines :

— Le médaillon !

— Laurent l'avait ramassé dans l'un des passages et il m'avait fait promettre "juré, craché" de ne jamais en parler à personne… Voilà, je n'ai pas tenu parole ! Je vais sans doute brûler en enfer pour ça !

Elle s'empara de sa coupe et trinqua dans le vide en s'esclaffant :

— C'est pas tout, ajouta-t-elle gaiement. Ce médaillon, je sais exactement où il est… En 1959, naturellement !

Stéphane se leva, un sourire radieux sur les lèvres :

— Eh bien moi, je sais où il est maintenant !

Sur ces mots, il entra dans la chambre de Patrice et revint avec l'écrin de velours bleu royal qu'il ouvrit et plaça devant la jeune fille.

— Mon Dieu ! souffla-t-elle, une main sur son cou.

À première vue, on aurait dit un médaillon astrologique un peu kitsch des années 1980. Stéphane reprit la boîte, sortit délicatement le précieux bijou pour le déposer dans la main de Janine.

— La première fois que je l'ai vu, dit-il, c'est Patrice qui me l'avait montré. Il disait que c'était un souvenir d'un de ses oncles.

Janine examina le médaillon dont le symbole sacré était finement ciselé. Elle le retourna et lut l'inscription :

— *Compagnons du Saint-Esprit*... Je me suis toujours demandé ce que ça voulait dire.

— Votre frère ne vous en a jamais parlé ?

— Non, mais quelques jours après avoir découvert le pommier dans la cour, j'ai reçu une lettre de Laurent : il me disait qu'il s'était trouvé un bon travail et qu'il était heureux. On aurait dit un message d'adieu : il me laissait ses livres, quelques souvenirs et... cette petite boîte en velours.

— Eh bien, j'ai comme l'impression qu'on n'est pas rendus au bout de nos surprises. J'ai presque hâte à demain, conclut Stéphane en s'efforçant de masquer son manque d'enthousiasme.

Avec un sourire en coin, Janine pointa un doigt vers lui :

— Je me trompe, ou ça ne vous tente pas beaucoup de descendre dans le puits ?

Stéphane afficha un sourire piteux :

— Non, pas ben ben, confessa-t-il en prenant une petite voix de fausset. J'aurais tant voulu que vous me preniez pour un chevalier sans peur et sans reproche.

Elle rit de bon cœur.

— Hé, j'arrive des années 1950, pas du Moyen Âge !

— Ouf ! s'il avait fallu ! ricana-t-il en s'éventant avec la feuille de papier.

Il saisit la bouteille de vin pour resservir Janine, mais elle refusa d'un geste de la main.

— C'est vous le patron, répondit Stéphane en remplissant sa propre coupe. Vous avez encore faim ?

La jeune fille piqua son dernier morceau de porc.

— Non, mais c'était vraiment excellent.

— Parlez-moi encore de Laurent. Vous dites qu'il était plus âgé que vous. Qu'est-ce qu'il faisait dans la vie ?

— Il était électricien. Mon père l'a fait entrer chez Angus à 16 ans. Il y est resté huit ans. Ensuite, il a été embauché au parc Belmont. L'hiver, il travaillait chez de riches particuliers et donnait aussi du temps aux religieuses de l'hospice. Il était très en demande.

— Pourquoi a-t-il quitté Angus ? Je croyais qu'on y donnait de bons salaires…

Janine saisit sa fourchette et picora dans son reste de riz. Fallait-il vraiment tout dire ? « De toute façon, 40 ans ont passé, qu'est-ce que ça peut bien faire, maintenant ? »

— Laurent s'est fait mettre dehors… Il a été pris à voler. Le pire, c'est qu'il ne prenait pas grand-chose, juste du filage électrique.

Stéphane fronça les sourcils :

— Ah, bon ? Pourquoi faire ?

— Pour rendre service : Laurent avait l'âme d'un bon Samaritain…

Janine raconta à Stéphane l'équipée rocambolesque de son frère aîné, qui avait débuté bien innocemment en décembre 1950, le jour où Laurent avait rebranché en douce le courant chez une famille du quartier privée de chauffage à cause de ses mauvaises créances. L'affaire s'était ébruitée aux alentours et, en un tour de main, Laurent avait fait bénéficier d'autres démunis de ses talents. De bouche à oreille, sa notoriété grandit et le téléphone sonnait de plus en plus souvent chez les Provencher.

— On a même parlé de lui dans les journaux : on l'avait baptisé Robin des Bois parce qu'il prenait aux riches…

— … pour donner aux pauvres, compléta Stéphane.

« Patrice ne m'a jamais parlé de ça. Ouais, il ne l'a sans doute jamais su », conclut-il intérieurement.

— Vous le saviez ? demanda Stéphane.

Janine esquissa un bref sourire.

— Je vous l'ai dit, nous étions comme les deux doigts de la main, Laurent et moi.

Elle prit le médaillon au creux de sa main et poursuivit son récit.

À partir de son congédiement, Laurent avait obtenu ici et là de petits boulots tout en travaillant l'été au parc Belmont, où il avait appris la mécanique et l'entretien des manèges. Très apprécié pour ses talents d'électricien, il avait décroché, grâce à son patron, une foule de petits contrats dans des maisons cossues de Westmount.

— Il continuait à rebrancher le courant chez les pauvres. À cause des journaux, sa réputation s'était étendue à toute la ville de Montréal, mais sa "mission" avait pris une nouvelle tournure...

Laurent vivait de plus en plus mal son incessante confrontation entre la misère des uns et l'opulence des autres. Tout en continuant à dépanner les infortunés, il avait commencé à perpétrer de petits vols chez les mieux nantis, distribuant le fruit de ses larcins aux pauvres. Prudent, il attendait quelques semaines avant de retourner chez ses riches clients pour les délester d'un peu argent et de quelques bijoux. Astucieux et habile, il ne laissait aucune trace d'effraction derrière lui. Au début, il était si peu gourmand que ses victimes ne remarquaient rien, mais peu à peu, il était devenu plus ambitieux.

Janine caressait le médaillon, son contact lui donnait le courage de continuer.

— Laurent a été pris la main dans le sac chez un certain Daveluy, un homme d'affaires connu. Il a réussi à s'échapper, mais il a été blessé : le type l'avait frappé avec un *bat* de baseball. La police s'est présentée chez nous peu après, mais mon frère n'était pas là. Ils sont revenus deux jours plus tard : le fameux monsieur Daveluy avait été assassiné et sa maison mise sens dessus dessous. Naturellement, Laurent était le coupable tout désigné...

La jeune fille se tut. L'émotion lui étreignait la gorge.

« Voilà donc pourquoi l'oncle de Patrice s'est exilé en Afrique ! », déduisit Stéphane.

Voyant Janine faire un geste vers la bouteille de vin, il s'en empara et remplit sa coupe. Après y avoir trempé les lèvres, elle conclut son éprouvant récit :

— Le vrai coupable n'a jamais été retrouvé et Laurent est demeuré le principal suspect… Il a bien fait de partir au loin… même s'il m'a beaucoup manqué. En tout cas, c'est pas en Afrique qu'on ira le chercher !

Elle termina sa salade, perdue dans ses pensées : « Moi aussi, je suis loin de chez nous… Qu'est-ce qui va m'arriver ? »

— Là-bas, en 1959, tout le monde doit croire que je suis morte…

« Ça, c'est sûr », pensa Stéphane, n'osant l'affirmer tout haut.

Le cœur de Janine se serrait en songeant au drame qui se jouait à l'autre bout du souterrain : sa tante devait être désespérée. Quant à son père… En dépit du ressentiment qu'elle nourrissait à son égard, elle se rendait compte que penser à lui la réconfortait.

— Mon père doit remuer ciel et terre pour me retrouver. Ça doit revoler là-bas !

— Et Pierre ?

— Oui, Pierre… bien sûr… bredouilla-t-elle avant de prendre sa dernière gorgée de vin.

Les yeux dans son assiette, Stéphane pestait contre sa maladresse : Janine lui avait pourtant dit qu'elle ne voulait pas parler de Pierre.

— Et vous ?

Stéphane leva les yeux. Janine le dévisageait ; elle n'avait plus du tout l'air abattu.

— Moi ? Quoi, moi ?

— Ben oui, vous, là, rétorqua-t-elle en appuyant l'index sur sa poitrine. Vous n'avez toujours pas répondu à ma question de cette nuit…

« Quelle question ? », songea-t-il, pris au dépourvu.

Janine avait planté son regard dans le sien, s'efforçant de garder son sérieux.

— Qui êtes-vous ?

Les yeux de Stéphane s'agrandirent, mais aussitôt qu'il perçut les efforts de Janine pour retenir son fou rire, il se leva pour la saluer d'un geste cérémonieux, reprenant son petit baratin du matin.

— Je m'appelle Stéphane, Stéphane Gadbois. Je suis un ami de Patrice Bilodeau, le propriétaire de cette maison. Il est parti en voyage et m'a permis d'habiter chez lui.

— Vous n'avez donc pas de vrai chez-vous ?

Le visage de l'homme s'allongea.

— On peut dire ça, oui.

Le ton avait subitement changé et, au lieu de se rasseoir, Stéphane se dirigea vers le comptoir.

— Vous reste-t-il de la place pour le dessert ? J'ai un gâteau au fromage dont vous me donnerez des nouvelles. Et du café ? Vous voulez un bon café ?

Il poussa le bouton de la machine à café, puis ouvrit la porte du frigo en jacassant comme une pie. N'obtenant aucune réponse, il se retourna : Janine le considérait gravement.

— Allons, ne vous en faites pas pour moi.

Il sortit une cloche en verre du réfrigérateur et s'installa sur le comptoir pour trancher deux parts de gâteau.

Silencieuse, Janine sentit une douce bouffée de tendresse monter en elle : elle était si peu habituée aux épanchements de l'âme masculine que la confusion de Stéphane lui conférait un charme attendrissant.

Il revint à table avec deux généreuses portions de gâteau.

— Avez-vous déjà goûté à ce petit festin des dieux, Janine ? demanda-t-il en reprenant sa place. Ça existait dans votre temps ?

— Jamais vu ça. Pas chez nous, en tout cas. C'est vous qui l'avez fait ?

— Eh non ! Je ne peux pas avoir tous les talents !

Ils goûtèrent. Janine apprécia : c'était délicieux.

— Et maintenant… dit-elle en pointant Stéphane de sa fourchette.

Il poussa un long soupir : « C'est vrai qu'elle ne sait pas grand-chose de moi, même si elle m'accorde toute sa confiance… »

— OK, je vous dévoile tout sur moi, lança-t-il. Qu'est-ce que vous voulez savoir ?

« Qui est Nathalie ? L'aimez-vous toujours ? Avez-vous des enfants ? » Tant d'interrogations se bousculaient dans la tête de la jeune fille.

— Qu'est-ce que vous faites, à part travailler à votre mémoire ?

— Bah, je vous l'ai dit, pas grand-chose... Ces dernières années, j'ai habité Québec où j'enseignais l'histoire. Après mon déménagement à Montréal, j'ai mis l'enseignement de côté pour compléter mes études de maîtrise que j'avais commencées il y a quelques années. Je ne sais plus si je vais redevenir prof, j'en ai assez de discipliner une bande d'adolescents qui se foutent d'apprendre quoi que ce soit.

Ne sachant comment réagir à ce brusque déversement d'amertume, Janine dit la première chose qui lui passa par la tête :

— Pierre est à sa dernière année d'École normale.

— Eh bien, je suis certain qu'il va être cent fois meilleur que moi : je l'ai pus pantoute. Il veut enseigner quoi, votre Pierre ?

« Votre Pierre... » Janine réprima une grimace.

— Le dessin.

— Ah, oui, j'aurais dû y penser, dit-il en se rappelant le portrait sur le mur de la chambre de Patrice. Pensez-vous qu'il est assez patient ?

« Oh, non, il ne va pas m'entraîner sur ce chemin-là... » D'un geste de la main, Janine lui signifia qu'il n'était pas question de dévier du sujet.

— Si vous ne voulez plus enseigner, qu'allez-vous faire ?

Stéphane esquissa un pauvre sourire et ses épaules se soulevèrent :

— Je flotte dans une sorte de vide depuis pas mal longtemps, Janine.

Sa voix s'était enrouée, n'était plus qu'un murmure.

Comment rester insensible à une détresse aussi palpable ? Et, surtout, comment retenir cette question ?

— C'est à cause d'elle, n'est-ce pas ? C'est à cause de cette Nathalie ?

L'homme détourna brusquement la tête vers le comptoir.

— Ça y est ! Le café est prêt !

Il amorça un geste pour se lever, mais, posant une main sur la sienne, Janine le freina dans son élan.

— Parlez-moi d'elle, Stéphane.

Son regard s'assombrit.

— Pourquoi ? C'est une vieille histoire, une histoire sans importance…

— Vraiment ?

Les doigts de Janine caressaient la main de Stéphane. Leurs regards se croisèrent. Janine ne reculerait pas. L'ambiance intime et les vapeurs enivrantes de l'alcool l'avaient délivrée de toute retenue. Elle se pencha vers lui.

— Pourquoi ne me laisses-tu pas devenir ton amie, Stéphane ?

Ce tutoiement soudain, la chaleur de sa voix… Tout doucement, la grande main de Stéphane se retourna pour emprisonner celle de sa compagne. Leurs regards restèrent longuement accrochés.

— D'accord, si tu veux Janine, je vais… Je veux bien en parler, mais avant, laisse-moi servir le café.

Il lâcha sa main, se leva et revint avec le café et une bouteille brune.

— Tia Maria, dit-il en s'assoyant.

Il servit le café et déboucha la bouteille.

— Vous… tu en veux une goutte ? C'est délicieux avec le café…

Janine refusa gentiment.

— Non ? Moi, c'est oui. Un gros oui, à part de ça ! annonça-t-il en se servant généreusement.

Il ajouta du sucre et tourna bruyamment la cuillère dans sa tasse.

— Bon, bon, OK, j'y vais, lança-t-il devant le regard insistant de Janine.

Son ton avait monté légèrement, il s'en rendit compte, marqua un temps d'arrêt pour reprendre contenance, puis reprit d'une voix rauque :

— Nathalie, c'était ma femme. Je l'ai rencontrée à 28 ans, elle en avait 26. C'était une drôle de fille qui semblait avoir besoin de personne, mais en fait, c'était tout le contraire. C'était un vrai bébé gâté… et moi je lui ai servi de carpette pendant des années. Elle était si belle, c'est ce qui m'a piégé au début, mais après, quand je l'ai connue davantage, c'est plus pour sa famille que je suis resté. Pas pire, hein ?

Il but une longue gorgée de café, le regard perdu dans ses souvenirs.

— Je rêvais d'une famille normale, le genre traditionnel avec un père présent, une mère aimante, des frères et des sœurs qui s'entendent bien. Une famille soudée à la vie à la mort comme celle de Nathalie. Ça me faisait tellement de bien d'être considéré comme l'un des leurs. Les parents de Nathalie, je l'ai su plus tard, m'appréciaient surtout pour la stabilité que j'apportais à leur fille, elle qui avait un mal fou à se fixer plus de trois mois avec quelqu'un, elle et ses idées de grandeur et son damné besoin de changement. Ah, ça !

La main de Stéphane était crispée en un poing rageur.

— Nathalie changeait d'emploi à la moindre contrariété. Heureusement, elle n'a jamais eu de mal à se replacer. J'comprends donc ! Elle avait tout pour elle : la beauté, l'entregent, la facilité avec les langues et, surtout, un père bien placé au gouvernement… Toute sa famille la surprotégeait depuis qu'elle était toute petite, camouflant ses frasques, réparant ses bêtises et… Eh bien, on s'attendait à ce que je prenne le relais désormais.

Il leva une main comme à l'école.

— Et j'ai dit "présent". Présent pour l'encourager à chaque fois qu'elle entreprenait une formation menant à un nouvel emploi qu'elle allait garder une semaine, un mois ? Présent pour la soutenir lorsqu'elle a acheté sa boutique de petits animaux : emménager, tout repeindre et la remplacer au pied levé les soirs et les fins de semaine, parce que ça ne la tentait plus et que ses mauvaises affaires l'empêchaient d'engager un employé. Présent pour tout liquider du jour au lendemain et la suivre à Québec où son père lui avait trouvé une place de relationniste dans l'entreprise d'un de ses amis. Présent pour la ramasser dans les bars où les 5 à 7 s'allongeaient indéfiniment. Et c'est pas tout ! Elle m'a "dumpé" une fois, deux fois, pour d'autres plus intéressants que moi, à ce qu'elle disait... Et moi, le p'tit chien-chien, j'étais encore et toujours présent lorsqu'elle se tannait d'eux et me sifflait de nouveau...

Il s'arrêta brusquement en lâchant un soupir rageur.

Janine s'en voulait de l'avoir forcé à parler : elle ne s'attendait pas à des confidences aussi dramatiques. Elle chercha son regard, elle y vit l'enfer.

— Écoute, Stéphane, si tu préfères...

Il afficha un air désabusé.

— Non, non, laisse-moi aller jusqu'au bout. Le meilleur est à venir !

Il avala une gorgée de café et poursuivit son récit :

— Nathalie est tombée enceinte... d'un autre. Elle a bien essayé de me faire croire le contraire...

Son poing frappa brusquement la table.

— Je suis peut-être un épais, mais je sais compter, hostie ! Des enfants, j'en ai toujours voulu, pas elle ! Maintenant elle voulait celui-là. Wô ! Y a toujours ben des limites à se faire niaiser ! Ça fait que j'ai pris mes cliques et mes claques et je suis rentré à Montréal.

Il s'arrêta, à bout de souffle et il essaya de se calmer en buvant une autre gorgée de café.

— Pas longtemps après, ses parents sont descendus de Québec pour m'apprendre que madame s'était fait avorter et qu'elle ne se remettait pas du chagrin qu'elle m'avait fait. Ils s'attendaient à ce que j'efface tout et que je reprenne ma place auprès d'elle. Non, mais, ça s'peut-tu ? Ils ne voyaient donc pas que leur fille était en train de me manger tout rond ? Je leur ai répondu que je gardais le peu d'énergie qu'il me restait pour sauver ma peau… et ça, ils ne me l'ont jamais pardonné… Alors, je me suis retrouvé seul pour de bon.

Il se tut, préférant passer sous silence la gonorrhée qu'il avait dû soigner les semaines suivantes. Heureusement, le test de dépistage du VIH qu'il avait passé s'était avéré négatif.

— Encore un peu de café ?

Il demanda cela comme s'il venait tout simplement de terminer une banale anecdote. Janine craignait qu'il se referme.

— Tu l'as revue ?

— Non ! Mais elle n'a pas cessé de me téléphoner jour et nuit chez l'ami qui m'hébergeait. Au début, elle prétendait vouloir séparer équitablement nos affaires, mais ça sentait le piège à plein nez. J'ai préféré tout lui laisser. Ça ne l'a pas empêchée de me talonner jusqu'à ce que je déménage ici.

« Pauvre Stéphane, il mérite tellement mieux que ça. »

— Et Mario, son frère, le docteur Lamarche, il ne t'a pas laissé tomber, lui…

C'était plus une affirmation qu'une question.

— Mario… C'est l'être le plus sain de cette famille-là, murmura-t-il.

Il plongea son regard dans celui de Janine.

— Tu sais, venir habiter ici quelque temps est la meilleure chose qui pouvait m'arriver.

Il glissa sa main sur la joue de la jeune fille en une douce caresse.

— J'ai connu tellement de bons moments ici et c'est à toi que je le dois…

Janine baissa les yeux, intimidée. Aussi mal à l'aise, Stéphane détourna la conversation :

— Ce matin, tu parlais d'un retour aux études… Dans quoi ?

La bulle d'allégresse de Janine éclata.

— Je voulais entrer à l'École des beaux-arts, mais je dois me faire une raison et oublier ça.

— Pourquoi, voyons ?

— Parce que je vais épouser Pierre et avoir un enfant. Je dois m'y préparer !

Des larmes humectèrent ses yeux.

— Dans un mois, je vais me marier avec un homme aux hommes qui va finir par me quitter. J'élèverai mon fils toute seule et je devrai endurer mon père jusqu'à sa mort. Tu parles d'un destin !

Stéphane reprit la main de Janine et tenta de la réconforter :

— Je ne sais pas si ça peut t'aider, mais quand je t'ai connue en 1971, tu étais une femme heureuse et tu t'entendais à merveille avec ton père.

— Ah, oui ? répliqua-t-elle en s'épongeant les yeux avec sa serviette. J'ai ben de la misère à te croire : mon père est un air bête et un sans-cœur. Il n'est pas vivable.

Encore une fois, Stéphane s'étonna du portrait peu élogieux que Janine faisait de son père : « Je ne comprends pas, pépère Ernest était peut-être bougonneux à ses heures, mais c'était un bon vivant très attentionné… »

— Aie confiance, il va changer et peut-être plus vite que tu penses : ta disparition dans l'incendie a dû le secouer profondément. Quant à Pierre…

— Quoi, Pierre ? coupa Janine. Ce matin, tu m'as dit que tu ne l'avais jamais connu !

— Non, mais Patrice m'a dit que…

— …que nous nous entendions à merveille, nous aussi ? Coudon, qu'est-ce que j'ai à m'en faire ? À t'entendre, ma vie va être un vrai conte de fées !

Elle se leva d'un bond en lançant sa serviette. Stéphane la rejoignit devant la porte arrière. En l'entendant sangloter, il se fit violence pour ne pas glisser ses bras autour de sa taille et lui jurer que tout allait bien aller.

— Janine…

Il l'incita à se retourner et la prit contre lui, ne sachant que dire pour la faire sourire. Comme par magie, Elvis Presley entra en scène avec *Loving You*, une ballade langoureuse. Stéphane resserra son étreinte et berça doucement Janine au son de la musique de son idole. « Arrête, mon vieux, tu vas trop loin ! », l'avertissait une petite voix dans sa tête. Il la chassa très vite, ferma les yeux et se laissa envoûter par le charme de l'instant.

Trop tôt, la mélodie s'enfuit et les premières notes de *That's All Right* mirent fin à la brûlante étreinte. Ils retournèrent s'asseoir, tous deux ivres d'alcool et de tendresse, ne sachant où poser les yeux. Le rock and roll agressait le silence : le King n'avait plus sa place dans la cuisine. Stéphane le fit taire d'un clic de souris.

— Le silence ne te dérange pas trop ? demanda-t-il.

Elle secoua la tête, le regard ailleurs. Embarrassé, Stéphane desservit la table. Le silence lui pesait, ravivait des souvenirs pénibles. « Trouve quelque chose à dire », s'ordonna-t-il. Mais les mots se bousculaient dans son esprit sans qu'il puisse les rassembler.

— Stéphane ?

— Hmm ? dit-il, le nez dans l'évier, les doigts crispés sur une assiette.

— Tout à l'heure, Pierre… qu'est-ce qu'il venait faire ici ? Je le croyais à San Francisco.

Les épaules de Stéphane se relâchèrent. Il se retourna lentement vers son interlocutrice :

— Il m'a dit qu'il séjournait à Montréal pour quelques jours. Il en a profité pour ramasser des papiers bancaires, comme Patrice lui avait demandé.

— Il s'est figé quand il m'a vue. Il ne t'a pas posé de questions ?

— Il ne m'a fait aucune remarque, répondit Stéphane en revenant s'asseoir, mais il a quand même parlé de toi. Ben, de l'autre toi, ajouta-t-il en voyant Janine sourciller. Elle arrive demain : Pierre ira la chercher à l'aéroport.

— À l'aéroport ? Elle… je n'habite plus Montréal ?

— C'est ce que je voulais te dire tout à l'heure : l'autre Janine passe la majeure partie de son temps à San Francisco.

— Hein ? Mais c'est une vraie histoire de fous ! Comment ça ?

— Tu lui as sans doute pardonné, comme tu pardonneras à ton père…

Janine poussa un long soupir de dépit. Le temps arrangeait les choses, paraît-il, mais elle avait beaucoup de mal à y croire.

— Pierre et ton père s'entendent bien ?

— Comme larrons en foire !

— Il ne se doute de rien ? Euh… Je parle de ton père, par rapport à l'orientation sexuelle de Pierre ?

« C'est vrai, ça ! songea tout à coup Janine. Papa est bien le seul qui ne m'ait jamais fait de remarque. »

— S'il s'était douté de quoi que ce soit, Pierre aurait pris la porte à grands coups de pied au derrière.

Mon père a beaucoup d'estime pour lui, c'est pour ainsi dire son seul ami. Ils peuvent passer des soirées à jouer aux dames ou à parler politique : tous les deux ont une profonde aversion contre tout ce qui leur rappelle l'Église catholique. Ils peuvent en discuter pendant des heures. De plus, ils ont tous les deux des tendances... communistes.

— Ah ! des méchants communissssss !

— C'est ça, répondit-elle en saisissant l'allusion au langage coloré du premier ministre Duplessis, la tête de Turc préférée de Pierre.

Maurice Duplessis ! Il vient tout juste de mourir. Janine l'avait oublié.

— Duplessis est mort quelques jours après ma mère. Je me demande qui va prendre sa place.

Le visage de Stéphane s'illumina : enfin, il tenait un sujet propre à ramener la conversation sur un sentier moins périlleux :

— Chanceuse !

Janine le dévisagea, perplexe.

— Oui, chanceuse. Janine, tu t'apprêtes à vivre les plus belles années du Québec : la Révolution tranquille. Tu vas voir, tout va changer. Mais attends, j'ai une chanson qui résume l'atmosphère de ces années-là.

Il tendit la main vers son portable et, en deux temps trois mouvements, une entraînante introduction musicale surgit du portable.

— Écoute bien ça, tonna-t-il en haussant le son.

Janine tressaillit en entendant la voix puissante de Jacques Michel :

Viens, un nouveau jour va se lever
Et son soleil
Brillera pour la majorité qui s'éveille…

— Ouf ! Quelle chanson ! s'exclama-t-elle à la fin du dernier couplet. Que j'aimerais la rapporter avec moi !

Ravi de l'effet produit, Stéphane lui fit une proposition :

— Tiens ! Si tu veux, je veux bien devenir ton professeur.

— Un cours d'histoire, juste pour moi ? Vas-y, j'ai hâte de t'entendre.

Et Stéphane se lança dans le compte rendu des transformations qui allaient rafraîchir la société québécoise à partir des années 1960. Il débuta par la perte de contrôle de l'Église catholique sur les mœurs et les affaires publiques, la désertion des églises et l'extinction des vocations religieuses. Il lui parla ensuite de la poussée fulgurante du nationalisme québécois dans les années 1970. Étonnée, Janine apprit l'arrivée au pouvoir de René Lévesque, le fameux « Ti-Poil » de son père. Mais ce fut le récit de la montée du féminisme qui la captiva le plus : la multiplication des groupes de pression ; la loi 16, votée en 1964, reconnaissant la pleine capacité des femmes quant à leurs droits civils ;

l'introduction du divorce cinq ans plus tard; l'avènement de la pilule contraceptive, sans oublier la légalisation de l'avortement en 1988.

« Dire qu'en avalant simplement une petite pilule, j'aurais pu éviter ce mariage », soupira-t-elle.

Stéphane retourna à son portable :

— Robert Charlebois. *Lindberg*. Écoute ça !

Une musique bizarre, aérienne, et les grattements d'une guitare se firent entendre.

Des hélices astro-jet, whisper jet, clipper jet, jet turbos.
À propos, chu pas rendu chez Sophie…

Un sourire railleur aux lèvres, Stéphane observait l'air hébété de la jeune fille, anticipant le meilleur :

Puis j'ai fait une chute, une crisse de chute en parachute…

En *background*, on entendait Louise Forestier scander des « crisse » à tue-tête.

— Ben voyons donc !

— Je le savais que tu allais apprécier ! s'esclaffa Stéphane. C'est dire à quel point la censure a pris le bord.

Le professeur prolongea sa leçon d'histoire au monde culturel et à ses multiples bouleversements, puis lui fit part des grandes réalisations de Jean Drapeau. Janine écouta d'abord attentivement le fantastique récit puis, au beau milieu d'Expo 67, elle sentit ses paupières s'alourdir.

— Janine ? Tu dors ?

Elle se frotta les yeux :

— Excuse-moi, c'est vraiment intéressant, dit-elle entre deux bâillements, mais c'est plus fort que moi…

Elle étouffa un nouveau bâillement dans sa main.

— Bof ! J'étais parti pour la gloire. C'est toujours comme ça quand je parle du passé.

— Tu le vois bien que tu es encore un bon prof !

— Ben oui, je vois ça : t'as failli t'endormir, plaisanta-t-il.

— Tu ne devrais pas être aussi dur envers toi, lui conseilla Janine en se levant.

— Ouais, je sais, admit-il. Je suis un champion toutes catégories là-dedans.

— Bon, il vaut mieux que j'aille faire ma toilette et me coucher. J'aurais bien aimé me brosser les dents…

— Pas de problème, je t'ai trouvé une brosse à dents au dépanneur. Elle est dans la salle de bain.

— Tu as pensé à ça ? Merci. C'est bien vrai que les dépanneurs sont pratiques !

Chapitre 12

— Vraiment joli, complimenta Stéphane, en voyant Janine sortir de la chambre de Patrice vêtue de son nouveau peignoir.

Il la suivit du regard lorsqu'elle lui tourna le dos pour se diriger vers la salle de bain avant de retourner à sa lecture des archives du journal *La Presse.*

Le matin, il avait lu l'article du 15 septembre 1959 traitant de l'incendie de la Résidence Saint-François-Solano. Ensuite, il avait poussé ses recherches jusqu'au 18, où un gros titre l'avait informé que Janine avait été retrouvée dans la nuit du 17, mais il n'avait pas eu le temps de parcourir l'article.

Quelques clics de souris le ramenèrent 41 ans en arrière.

UNE MYSTÉRIEUSE
DISPARITION EXPLIQUÉE

Après de vaines recherches dans les décombres de la Résidence Saint-François-Solano, dont une grande partie a été incendiée dans la nuit du 13 au 14 septembre,

Janine Provencher, la jeune fille de 21 ans qui manquait à l'appel, a été retrouvée saine et sauve trois jours plus tard, dans la cave de sa propre demeure située à quelques pâtés de maisons de l'hospice pour vieillards.

Gaston Provencher, son frère, nous a fait part de cette heureuse nouvelle dont l'explication demeure pour le moins étonnante : Janine Provencher aurait échappé au brasier en empruntant un passage souterrain reliant l'hospice à sa maison !

Stéphane s'arrêta de lire. Tout concordait avec le récit abracadabrant que lui avait fait Patrice en 1971.

De plus, ce passage sous la rue d'Orléans ne serait pas le seul du genre dans le quartier Rosemont. C'est du moins ce que nous a affirmé monsieur Provencher, en ajoutant que le sous-sol de ce secteur était sillonné d'un vaste réseau de couloirs dont l'origine reste mystérieuse.

Fortement intrigués par cette déclaration, nous n'avons malheureusement pas pu confirmer ces dires avec la supérieure de la Résidence, et encore moins auprès d'Ernest Provencher, le père de la jeune fille et propriétaire de la fameuse maison depuis une cinquantaine d'années.

C'était toutefois sans compter sur Jules Carpentier, notre précieux archiviste, qui, aussitôt informé de cette curieuse nouvelle, a retracé pour nous un article paru dans La Presse *du 20 octobre 1909.*

Titré « Des voûtes mystérieuses », cet article racontait la découverte d'une série de voûtes souterraines par un résidant de Rosemont, alors qu'il travaillait à creuser une fosse septique dans la cave de sa maison située angle Masson et 2e Avenue. La nouvelle, qui avait beaucoup fait parler à l'époque, était tombée dans l'oubli, faute de collaboration du résidant concerné.

Quoi qu'il en soit, Mlle Provencher demeure la meilleure personne apte à fournir une explication logique à tout cela. Malheureusement, nous ne pouvons la joindre pour le moment puisqu'elle souffre, à juste raison, d'un violent choc nerveux. C'est du moins ce que nous a affirmé son frère Gaston.

L'oncle avait été beaucoup trop bavard. Comment un journaliste digne de ce nom aurait pu résister à un tel scoop ?

Stéphane n'osait imaginer la commotion dans le quartier si on avait pris Gaston Provencher trop au sérieux… Il revint à son écran, passa en revue les gros titres de la journée suivante et trouva sa réponse dans un entrefilet en page 4 – la nouvelle se révélant beaucoup moins spectaculaire.

CE N'ÉTAIT QU'UNE FUGUE !

Janine Provencher, la jeune fille mystérieusement disparue lors de l'incendie de la Résidence Saint-François-Solano, n'était pas sur les lieux au moment de la conflagration qui a dévasté une partie de l'imposante bâtisse. En effet, nous avons appris qu'au même moment la jeune fille se trouvait à bord d'un autobus en direction de Joliette. Une dispute familiale serait à l'origine de cette fugue.

Informée du sinistre quelques jours plus tard, Mlle Provencher a aussitôt donné signe de vie. C'est du moins l'explication que nous a fournie son père, Ernest Provencher, ce matin, lorsqu'il est passé à nos bureaux.

Pour l'heure, nous ne pouvons expliquer la raison pour laquelle Gaston Provencher, le fils cadet, nous a fait l'invraisemblable récit d'une fuite à travers un passage souterrain. De son côté, Ernest Provencher n'a voulu faire aucun commentaire à ce sujet.

« Bien joué ! », songea Stéphane.

Le contenu de l'article concordait parfaitement avec ce que Janine avait raconté au jeune Patrice en 1971.

Cette explication beaucoup plus réaliste avait dû détourner l'attention du journaliste. « À moins que… on ne sait jamais, il y en a de plus curieux que d'autres… »

Stéphane fit défiler rapidement les titres des journées suivantes sans rien trouver. Soulagé, il retourna à la une du 17 septembre et nota la date de la parution de l'article sur la découverte de mystérieuses voûtes, rue Masson. Ces voûtes faisaient-elles partie du réseau souterrain dont parlait Gaston Provencher ? Il se promit d'y revenir plus tard.

Janine sortit de la salle de bain et Stéphane l'invita à s'asseoir près de lui.

— Tu as appris du nouveau ?

— Au départ, des choses plutôt embarrassantes : ton frère Gaston a raconté toute une histoire.

— Gaston ? Comment ça ? Il habite aux États. Qu'est-ce qu'il faisait là ?

— Ben, tu es disparue dans un incendie. On a été sans nouvelle de toi pendant plus de trois jours. Alors, je suppose qu'il est venu pour… tes funérailles.

La jeune fille leva les yeux au ciel en soupirant. Le résumé que lui fit Stéphane de l'étonnant témoignage de Gaston ne la surprit pas outre mesure.

— Là, je reconnais bien mon bon vieux GP.

Comme Stéphane la considérait d'un air interrogateur, elle précisa :

— Tout le monde l'appelle comme ça. Mais attention, pas "GP" pour Gaston Provencher, mais pour Grand Parleur : Gaston ferait n'importe quoi pour se rendre intéressant.

— Ouais, mais ce n'était pas n'importe quoi, justement.

— Tu as raison, fit Janine songeuse. D'ailleurs, je me demande bien comment il a appris tout ça…

Elle s'interrogea un moment, les yeux dans le vague, puis son regard s'éclaira :

— Ah, oui, je crois que je le sais ! Bien avant de commencer ses explorations, Laurent m'avait emmenée dans la cave pour me montrer le puits, sans savoir que Gaston nous avait suivis. Nous étions pas mal fâchés quand on l'a aperçu. Laurent a quand même accepté de répondre à ses questions après lui avoir fait promettre le secret. Mais… il n'a jamais été question de souterrain à ce moment-là. Ça, j'en suis sûre.

— Eh bien, il semble qu'il ait pêché son information ailleurs.

— C'est vrai qu'il y a toujours eu des rumeurs dans le quartier au sujet d'un réseau souterrain…

« Peut-être que ces rumeurs remontaient à la découverte des voûtes enfouies sous la rue Masson ? », se dit Stéphane avant d'entretenir sa compagne de l'article retracé par l'archiviste de *La Presse*.

— … c'est sans doute devenu une sorte de légende urbaine : une histoire embellie et amplifiée au gré du temps.

— Tu l'as lu, cet article ?

— Non, mais avec la date de parution, je vais pouvoir le retrouver.

Janine se leva en étouffant un bâillement :

— Il faut vraiment que j'aille dormir et toi aussi. On a une grosse journée demain, ajouta-t-elle en effleurant sa joue d'un baiser.

— Oui, dans quelques minutes, lui répondit-il distraitement, les yeux sur son écran.

Janine entra dans sa chambre et referma la porte au moment où Stéphane afficha la page de son moteur de recherche et tapa « Compagnons du Saint-Esprit » sur son clavier. Après quelques secondes, il fut dirigé vers un site dressant la liste des sectes et des confréries religieuses du Québec depuis la fin du XIXe siècle.

Une heure plus tard, il commença à cligner des yeux : la luminosité de l'écran, combinée à la fatigue, lui troublait la vue. Il était temps d'aller au lit.

Il ignorait de quoi serait fait le lendemain, mais chose certaine, il fallait absolument que Janine reprenne le chemin du passé dans la nuit du 17 septembre afin que les événements puissent reprendre leur cours. À cette pensée, excitation, angoisse et tristesse se bousculaient dans sa tête.

Tout à coup, une clochette tinta et une petite enveloppe jaune apparut dans le coin inférieur droit de son écran. Stéphane bascula vers sa boîte de réception et poussa un long soupir d'exaspération : un nouveau message de Nathalie… *J'ai reçu du courrier pour toi, mais je ne sais pas à quelle adresse te l'envoyer. J'attends tes nouvelles coordonnées.* Stéphane tapa rageusement sa réponse : *Envoie-le chez Jess. Tu connais l'adresse.*

« Elle peut toujours courir ! », grommela-t-il en cliquant sur l'icône « Envoyer ».

Il était plus de minuit, il fallait aller dormir, mais le courriel de Nathalie l'avait chauffé à blanc : « Ça y est, j'en ai pour des heures à tourner dans mon lit ! »

Il connaissait juste une façon de s'apaiser : écrire. Il ouvrit un fichier.

Même à des kilomètres, Nathalie continue de gâcher mes nuits. Il faut pourtant que je dorme. Après la journée que j'ai passée, j'ai l'impression d'avoir couru trois fois l'aller-retour Montréal-Québec!

Dire qu'hier, j'étais au comble de la déprime: je trouvais que ma vie n'avait plus de sens, je me demandais pourquoi j'avais entrepris cette maudite maîtrise. Ça me tuait! J'avais tellement envie de tout envoyer en l'air en quelques clics de souris suicidaires. Je l'aurais fait, juste pour voir si je ressentais encore quelque chose… Après… ben, j'aurais sans doute tout récupéré comme si de rien n'était.

Ai-je bien écrit «sans doute»?

Pauvre con, va.

Dans le fond, je réalisais que depuis mon départ de Québec, je n'avais rien fait d'autre que de la grosse marde. Bullshit! *Ce retour aux études.* Bullshit! *Le crisse de mémoire! Tout ça n'était rien d'autre qu'une fuite en avant. J'avais tant besoin de m'étourdir pour oublier Nathalie et ses parents.*

Oui, hier, en allant au lit, je me sentais seul devant la peur de moi, la peur de tout foutre en l'air avant de refermer mon portable, d'embarquer dans mon char et de rouler comme un fou jusqu'à Québec pour laisser Nathalie finir le travail de démolition.

Non, mais, j'étais en train de devenir fou, ma parole!

À moins que… les coups dans le plancher, l'apparition de Janine… Je suis peut-être au beau milieu d'une espèce de délire hallucinatoire…

Bon, bon, je viens de me relire pour me rendre compte que j'ai encore écrit un gros paquet de conneries…

Pis non, je ne les effacerai pas, je suis assez vieux pour assumer ma folie !

C'est quand même vrai que j'ai besoin d'écrire pour me remettre les idées en place. Le problème, c'est que je suis encore pas mal beurré. Je ne pensais pas que le Tia Maria fesserait à ce point.

Tu n'as plus 20 ans, mon pauvre Stef!

Janine a dû tomber comme une roche, elle qui n'est pas habituée à boire. J'espère qu'elle ne sera pas malade, parce que je m'en voudrais sérieusement. En tout cas, elle a eu le tour de me faire cracher le morceau, la p'tite mosus ! Ça faisait longtemps que je ne m'étais pas défoulé comme ça et ce n'était pas juste à cause du vin.

C'est elle.

Elle, comme avant, quand j'étais jeune. Un peu comme la fois où je suis arrivé ici avec mon sac dos, mes patins à roulettes et ma pile de 33 tours. Je devais avoir 14 ou 15 ans et j'avais décidé de sacrer mon camp de la maison parce que je n'en pouvais plus d'entendre mes parents s'engueuler.

Patrice était absent quand j'ai débarqué. Au premier coup d'œil, Janine a su que quelque chose n'allait pas.

— Qu'est-ce qu'il y a, mon Stéphane ?

— Je venais voir Pat.

Elle m'a regardé longuement avant de m'entraîner dans la maison.

— Viens, donne-moi ton sac à dos, on va le mettre dans la chambre de Patrice.

Comme je ne disais rien, elle m'a pris le sac des mains pour le déposer sur le lit de son fils. Ensuite, elle m'a conduit dans le salon et m'a invité à m'asseoir près d'elle.

— Allez, raconte-moi ce qui ne va pas.

J'étais coincé, les mots ne sortaient pas. Alors, pour me mettre en confiance, elle a passé un bras autour de mes épaules :

— Depuis quand que t'es gêné comme ça avec moi ? Tu sais bien que tu peux tout me dire, voyons.

J'ai éclaté en sanglots. J'ai tellement braillé, c'est comme si on avait défoncé un barrage. J'aurais pu avoir honte, mais non, avec Janine, je savais que je pouvais. Elle m'a écouté me vider le cœur sans m'interrompre. Ensuite, elle m'a parlé si doucement que j'ai eu l'impression qu'elle me berçait.

Tout a fini par s'arranger. Le lendemain, quand ma mère est venue me chercher, Janine et elle ont longuement parlé. Puis je suis retourné à la maison. Mon père était parti. Bon débarras !

À partir de cet événement, j'ai commencé à voir Janine Bilodeau sous un jour nouveau : elle n'était plus seulement la mère de Pat… Un lien de confiance s'était tissé entre nous.

Madame Bilodeau… Janine…

En songeant à la jeune fille qui dormait dans la pièce voisine, Stéphane sentit ses doigts se crisper au-dessus du clavier : inutile de le nier, il n'arrivait pas à la dissocier de la femme qui l'avait fait craquer à 17 ans.

Je n'ai jamais cessé de l'aimer…

Affolé, il supprima sa dernière phrase. Il avait trop souffert, il ne voulait plus y penser. Il inspira profondément pour reprendre ses esprits. Après avoir effacé le reste du fichier, il décida de taper le résumé de ses lectures sur le Net :

Les Compagnons du Saint-Esprit : confrérie secrète s'inspirant de la Société Notre-Dame (elle-même formée de mystiques français fortunés dont l'objectif était de financer l'établissement de Ville-Marie, une ville religieuse où Français et Amérindiens pourraient vivre en harmonie dans la foi chrétienne)…

Bref, ce n'est pas d'aujourd'hui qu'on rêve en couleur !

Ce projet n'aura duré que vingt ans. Vaincus par nos durs hivers et, surtout, par les multiples attaques iroquoises, les apôtres de la Société Notre-Dame n'auront eu d'autre choix que de céder le territoire aux sulpiciens.

Par ailleurs, les Compagnons du Saint-Esprit, actifs au début du XXe siècle, regroupaient de riches notables francophones et quelques descendants de la noblesse française qui souhaitaient préserver la qualité de la foi catholique à Montréal à l'époque de l'exode des campagnes environnantes.

Stéphane arrêta de taper et songea : « C'est quand même logique de retrouver une telle organisation à l'époque où les curés prétendaient haut et fort que les villes étaient des lieux de perdition. »

Les Compagnons du Saint-Esprit ont réellement favorisé le développement de certaines paroisses montréalaises en finançant la construction d'églises et de couvents, tout en veillant à ce que de fervents chrétiens occupent des postes clés au sein de l'administration montréalaise.

Il se redressa quelques secondes pour s'étirer : « Bon, c'est tout ce que j'ai trouvé à ce sujet, à part ce détail non négligeable… »

Il tapa une nouvelle phrase :

En 1918, les membres les plus influents de cette société secrète ont tous été décimés par la grippe espagnole.

« Le mouvement religieux serait disparu sans laisser de trace, paraît-il… Vraiment ? Et les caisses, alors ? Hé ! Il y a peut-être un trésor dans la cave de Patrice ! Ouais… Par contre, ça pourrait être autre chose de moins réjouissant : une paire de squelettes, par exemple. Brrr ! »

Pour en savoir plus au sujet de l'épidémie, il retourna à son moteur de recherches, tapa « grippe espagnole » et navigua d'un site à l'autre pour se rafraîchir la mémoire avant de reprendre son résumé :

La grippe espagnole avait été rapportée au Canada par les soldats de retour du front de la Première Guerre mondiale : 3 500 personnes en sont mortes à Montréal et plus de 30 millions de personnes à travers le monde !

Poursuivant ses recherches sur le Net, Stéphane trouva un article présentant la société de recherche sur la grippe aviaire dont faisait partie Patrice, puis cliqua sur le lien vers le site où une surprise de taille l'attendait. Excité, il recommença à écrire :

Patrice ne m'avait pas dit que son groupe de recherche avait un site. En le visitant, j'ai failli tomber en bas de ma chaise : le logo de sa société, c'est le symbole du médaillon de Laurent ! Enfin, presque : l'oiseau est tout à fait identique, mais le crucifix a été remplacé par une mappemonde.

Ça, c'est fort !

Un sourire malicieux apparut sur ses lèvres : « Comme ça, mon Patrice, tu n'as jamais cessé de triper sur le médaillon de ton oncle… »

Le site est vraiment intéressant ! J'ai appris que la société a un lien direct avec le Pentagone. Un article raconte qu'en 1998, Patrice a fait partie d'une équipe de 15 scientifiques qui s'est rendue à l'extrême nord de la Norvège exhumer six cadavres enterrés dans le pergélisol afin de retrouver la trace du virus de la grippe espagnole. C'est captivant! Je vais avoir une question ou deux à poser à mon vieux chum à son retour. D'ailleurs, s'il était ici, je suis certain que...

Une porte grinça: c'était Janine. Ses cheveux flottaient sur ses épaules couvertes de son peignoir. Elle n'avait plus du tout l'air endormi.

Les yeux ouverts dans le noir, Janine avait longuement pensé à son fils à naître. Incapable de fermer l'œil, elle avait rallumé sa lampe de chevet et, debout dans son lit, elle avait refait le tour de la mosaïque en tentant d'analyser ses sentiments contradictoires: «Ton mariage ou ta carrière? Patrice ou toi?»

Ce bond dans le futur lui offrait une incroyable opportunité: une simple visite dans une clinique d'avortement pourrait changer le cours de sa vie, mais, aussitôt énoncée, cette perspective lui avait fait horreur.

Lorsqu'elle était descendue du lit, sa décision était prise, maintenant il fallait l'assumer. La maison était silencieuse, mais le trait de lumière sous sa porte lui avait indiqué la présence de Stéphane dans la cuisine. «Il faut qu'il sache...»

Stéphane se leva à demi de sa chaise:

— Qu'est-ce qui se passe?

L'aveu au bord des lèvres, Janine sentit la honte l'envahir: «Ah, Seigneur! Il va me prendre pour une Marie-couche-toi-là.» Mais la furtive lueur de tendresse qu'elle perçut dans le regard de l'homme lui donna le courage d'aller de l'avant.

— Stéphane… Il faut que je te dise…

Elle s'approcha de lui, refusa la chaise qu'il lui désignait.

— Pour Patrice… Eh bien, tout devrait se passer tel que prévu.

— Ah, bon.

Son visage resta impassible : il n'avait pas saisi l'allusion. Janine glissa une main sur son ventre.

— C'est que… Il est déjà avec nous.

Stéphane haussa un sourcil interrogateur.

— Voyons, tu m'as bien dit que Patrice était né en avril 1960, n'est-ce pas ? reprit Janine.

Il hocha la tête.

— Alors, rien de plus facile, dit-elle en ouvrant une main pour compter sur ses doigts : avril, mars, février, janvier, décem…

— Mon Dieu !

Ses yeux s'agrandirent de stupeur en songeant à l'incendie et aux risques qu'elle avait courus.

— Et dire que tu as fait tout ce chemin pour venir ici !

Janine esquissa un faible sourire :

— En tout cas, Patrice a fait ses preuves : il est bien accroché.

Simulant un bâillement, elle prit rapidement congé. Dans sa chambre, elle tenta de maîtriser ses tremblements : la honte avait repris le pas sur son attitude désinvolte.

Stéphane éteignit son portable en soupirant bruyamment. Au lieu de le réjouir, la nouvelle l'avait contrarié. C'était plus fort que lui, imaginer Janine dans les bras de Pierre le mettait en furie : « Envoye, mon Stéphane ! Fends-toi la face pour l'aider à retourner là-bas marier son hostie de marxiste-léniniste ! »

Rageur, il entra dans la salle de bain pour prendre une douche dans l'espoir de se calmer. Plus tard, vaincu par la fatigue et les vapeurs de l'alcool, il éteignit sa lampe de chevet en envoyant au diable ses ruminations : tout cela était trop gros, trop compliqué pour le peu d'énergie qui lui restait. Par contre, il ne trouva pas la force de réprimer la douce sensation de n'être plus seul au monde…

Chapitre 13

Vendredi 15 septembre 2000

Janine ouvrit les yeux. Des cris d'enfants l'avaient réveillée. Il faisait jour. Le soleil se réfléchissait dans le miroir de la vieille commode de sa mère. Elle se leva pour aller jeter un coup d'œil à la fenêtre de la chambre. Un sourire fugace apparut sur ses lèvres lorsqu'elle aperçut quatre gamins jouer au hockey dans la ruelle: «Il y a des choses qui ne changeront jamais, heureusement...»

Des petits coups frappés à sa porte la tirèrent de sa rêverie.

— Entre!

Stéphane ouvrit la porte, embaumant la pièce d'une bonne odeur de café frais.

— En forme, ce matin?

— Oui, j'ai bien dormi. Il sent bon, ton café. Quelle heure est-il?

— Un peu plus de huit heures et demie. Excuse-moi d'avoir frappé si tôt, mais on a une longue journée devant nous.

Janine le suivit dans la cuisine. La table était mise pour le déjeuner et l'ordinateur de Stéphane était ouvert à côté de son assiette.

— Tu te souviens de l'article sur la découverte de voûtes mystérieuses dont je t'ai parlé hier ? demanda-t-il en versant le café.

Il déposa la carafe sur la table, approcha sa chaise tout près de celle de Janine, s'assit en tournant le portable vers elle : une page de *La Presse*, datant du 20 octobre 1909, remplissait l'écran.

— Le journaliste avait donné la date de parution de l'article, je n'ai eu aucun mal à le retrouver. Tu vas voir, c'est vraiment intéressant.

Janine s'avança vers l'écran en levant un sourcil étonné : cette machine était une véritable encyclopédie ; malheureusement, les caractères de l'article sur trois colonnes étaient si petits !

— Si tu es capable de lire ça, tu as de bons yeux.

Stéphane lui fit un clin d'œil en manipulant sa souris. Il aimait tellement l'épater.

— Je surligne et je grossis la police… Euh, je veux dire les caractères. Voilà ! Maintenant, écoute bien :

> “Dans Rosemont, à l'emplacement d'une antique forêt de chênes, on a découvert des souterrains divisés en chambres hautes et vastes où l'eau jaillit en abondance. Oubliettes cachées ou ruines d'anciens châteaux ? Problème intéressant pour les historiens.

“Dans Rosemont, à l’angle de la 2e Avenue et Masson, on a trouvé, sous une maison, des voûtes souterraines à peu près semblables à celles du château Ramsay.

“Aidé de quelques voisins, monsieur Émilien Rathier travaillait à creuser un canal destiné aux eaux ménagères lorsque, parvenu à quelques pieds de profondeur, il frappa une énorme pierre. Après avoir beaucoup peiné à la dégager, il eut la surprise de la voir tomber avec fracas dans un immense trou noir.

“Intrigué, monsieur Rathier essaya de sonder ce trou avec une planche de douze pieds sans parvenir à toucher le fond. À l’aide d’un câble, un voisin descendit et toucha terre après une descente de seize pieds. Il se trouvait dans une sorte de puits aux parois rocailleuses dont la fameuse pierre était la clé de voûte.

“Le voisin fut suivi par monsieur Rathier qui, fanal en main, découvrit une porte donnant sur une chambre de huit pieds sur cinq pieds de superficie. Les murs et la voûte étaient en pierre taillée de six pouces de façade. Il y avait environ quatre pieds d’eau.

“Un radeau de quelques planches fut construit pour explorer le fond de cette caverne ; on trouva une nouvelle porte, donnant sur une autre chambre. La clenche de la porte en fer forgé indiquait bien que sa provenance datait des premiers temps de la colonie française.

"Les plus anciens citoyens de Rosemont se perdent en conjectures sur l'existence de ces vestiges. Sont-ce les voûtes de sûreté d'une des anciennes maisons fortifiées contre les incursions des Iroquois ? On aurait pu le croire, de prime abord, seulement on n'a trouvé aucune fondation de maison. De toute façon, il semble impossible qu'un seigneur ou un colon de cette époque ait été s'établir à une distance aussi éloignée du centre de Ville-Marie et ce, en pleine forêt.

"Une partie de ces voûtes se trouve sur le lot de monsieur Rathier et l'autre sur celui de monsieur Saint-Antoine, son voisin. Tous deux ont acheté ces lots à monsieur Ucal-Henri Dandurand.

"Quelques semaines plus tôt, les deux voisins avaient essayé à plusieurs reprises de creuser un puits près de chez eux, sans réussir à trouver d'eau. Comment se fait-il maintenant que l'eau abonde dans ces voûtes ?

"Quel est l'historien qui trouvera une explication à cette étrange construction ?[1]"

— Y a-t-il une suite ?

— Je n'ai pas eu le temps de pousser mes recherches, répondit Stéphane, mais je suis certain que cette

1. Inspiré d'un article publié dans *La Presse* en 1909.

découverte a quelque chose à voir avec les rumeurs dont tu me parlais. Ça ne prend pas grand-chose pour créer l'événement : un peu de mystère, un p'tit Jos connaissant, deux ou trois placoteux, du temps à perdre et voilà, c'est parti !

— Des rumeurs, oui, sûrement, mais toi et moi sommes bien placés pour savoir qu'elles sont vraies.

Apercevant le médaillon de Laurent sur la table, Janine le prit et se le passa autour du cou dans l'espoir qu'il lui porte chance.

— Ah, c'est vrai ! s'exclama Stéphane en désignant le bijou, j'en ai appris un peu plus à ce sujet.

Pendant le déjeuner, il lui fit part de ce qu'il avait trouvé : le symbole du médaillon, les Compagnons du Saint-Esprit, leurs vagues liens avec la Société Notre-Dame, leur mission et leur extinction. Il lui parla de tout, sauf des détails concernant Patrice et sa société de recherche.

Janine mangea sans que la nausée vienne lui gâcher l'appétit : « Dire qu'à l'hospice, les religieuses se sont inquiétées de mon état de santé. Si seulement elles se doutaient… Ma tante, surtout ! Qu'est-ce qu'elle va dire quand elle va apprendre que je suis en famille ? Et mon père ? Ouf, on verra ça plus tard… Je me demande ce que Stéphane pense de moi… Je sais bien qu'aujourd'hui, tout est permis, mais quand même… »

Janine avait beaucoup de mal à s'adapter à cette nouvelle réalité où la notion de péché était rendue caduque. Non, Stéphane ne la jugeait probablement pas. Pourtant, réaliser qu'elle devait cette impunité à l'effondrement d'un système de valeurs sur lequel reposaient les générations précédentes lui donnait des frissons dans le dos.

Après avoir jeté un coup d'œil à sa montre, Stéphane se leva et rangea sa chaise.

— Il faut y aller ! Avant d'explorer le puits, nous allons ouvrir les fameuses caisses en bois. On ne sait jamais, peut-être y découvrirons-nous quelque chose d'intéressant. Mais d'abord, je vais changer ton pansement. Hier, Mario a dit de l'enlever complètement, mais je crois qu'il serait plus prudent d'attendre.

Le pansement fut refait rapidement. Ensuite, ils allèrent s'habiller. Janine enfila son nouveau jean, sa blouse chinoise et sa veste achetés la veille. Dans sa chambre, Stéphane fourragea dans ses tiroirs et choisit un coton ouaté qu'il jugea de circonstance : « Ah, si seulement l'habit faisait le moine ! »

De retour dans la cuisine, il saisit le pied-de-biche et prit une petite torche électrique qu'il glissa dans la poche arrière de son pantalon.

Un petit rire espiègle le fit tressaillir :

— Ça alors ! Superman !

Stéphane baissa les yeux sur son coton ouaté en se grattant la nuque d'un air penaud.

— Ouais, le Superman des pauvres… Faudra s'en contenter.

Il brandit le pied-de-biche.

— Avec ça, on pourra ouvrir n'importe quoi. Pour la lumière, le fil de la baladeuse est assez long…

À l'aide du pied-de-biche, Stéphane ouvrit la trappe et descendit, suivi de Janine. En bas des marches, il tira sur la chaînette et la lumière jaillit de l'ampoule nue.

Le cœur serré, Janine nota immédiatement le vide laissé sur les tablettes de l'étagère par la disparition de ses conserves : la confiture de fraises des champs, la marmelade, la gelée de pommes et les petits cornichons salés. Que d'heures passées à tout préparer sous l'œil attristé de sa mère, dont les doigts gourds la privaient désormais du plaisir de partager cette tradition avec elle !

Les grandes caisses où jadis on conservait les légumes s'étaient également volatilisées, de même qu'une bonne partie des boîtes en carton qui occupaient la partie gauche de la cave.

— Mon Dieu, quand est-ce qu'on a tout enlevé ?

« Sans doute le jour où le grand-père a décidé de condamner la cave », songea Stéphane. Un autre détail qu'il préféra garder pour lui.

Sur le sol, il retrouva le fil électrique et actionna l'interrupteur de la baladeuse.

— Viens, dit-il en se retournant vers Janine, il faut marcher vers l'avant de la maison.

Le dos courbé, ils firent quelques pas, puis s'immobilisèrent près de la bâche grise recouvrant l'amas de vieux meubles. Stéphane leva sa lampe bien haut et Janine s'approcha pour soulever un pan de la toile, fascinée par les vestiges de la première vie de son père. Si la qualité de finition des meubles témoignait de l'amour d'Ernest pour les siens, leurs débris exprimaient toute sa douleur de les avoir perdus à jamais. Élise, Édouard, Agnès, c'était du passé. Oser aborder le sujet devant Ernest relevait du sacrilège. Il ne voulait les partager avec personne, comme s'il les séquestrait en son cœur dans une cellule si grande qu'elle y prenait toute la place.

Janine sentit la main de Stéphane glisser sur son épaule.

— Allons, viens.

La lumière se déplaça au centre de la cave. Après quelques pas, ils contournèrent le puits et s'arrêtèrent devant la malle bleue et les deux caisses en bois.

— C'est drôle, ça, dit Janine, c'est dans ce genre de boîtes qu'on entreposait nos légumes. Je me demande même si ce ne sont pas les mêmes…

Stéphane éclaira l'une des caisses, puis dirigea sa lampe vers le médaillon que Janine portait au cou.

— C'est bien le même symbole, dit-il en échangeant sa baladeuse contre le pied-de-biche que tenait Janine. Bon, maintenant, voyons ce qu'elles contiennent.

Non sans mal, il introduisit l'outil entre deux clous, s'en servit comme levier et réussit à élargir l'ouverture. Il reprit son manège un peu plus loin. Finalement, après quelques minutes de dur labeur, le couvercle céda. Une forte odeur de boules à mites lui sauta au nez. Janine approcha la baladeuse : une étoffe de velours noir recouvrait le dessus de la caisse. Stéphane saisit un coin et tira. C'était une cape noire doublée de satin bleu royal surmontée d'un large capuchon. Il la tendit au bout de ses bras pendant que Janine y dirigeait la lampe révélant un symbole cousu sur le côté noir : une colombe blanche, les ailes déployées devant une croix brodée de fil d'or.

Stéphane sortit d'autres vêtements enroulés : des habits sacerdotaux. Un écrin de velours pourpre tomba sur le sol.

Stéphane le ramassa. Il contenait un médaillon semblable à celui de Janine, mais beaucoup plus somptueux : de petits rubis incrustaient la croix et l'oiseau était plaqué d'une fine couche nacrée. À elle seule, sa lourde chaîne aux maillons d'or devait valoir une petite fortune. Il tendit l'écrin à Janine, puis déroula deux autres chasubles richement brodées ; chacune abritait un trésor : un calice et un ciboire en or incrustés de pierres précieuses.

Janine s'assit sur la malle de son père.

— C'est à qui, tout ça ? Comment c'est arrivé ici ?

— Soit par en haut, soit par en bas, répondit Stéphane en désignant le puits.

— D'en haut ? Qui aurait pu apporter ça ici ? Voyons donc ! Ça ne date sûrement pas de mon époque… pas avec Laurent dans les parages. Il aurait fait le rapport avec le médaillon… Il m'en aurait parlé.

Stéphane avait repris son pied-de-biche pour ouvrir la seconde caisse.

— Et pourquoi t'en aurait-il parlé ? demanda-t-il en tentant de soulever le second couvercle dont les clous, plus rapprochés, lui donnaient du fil à retordre.

— Parce qu'il me disait tout.

— Ah, oui ? souffla-t-il entre deux efforts. Alors, explique-moi pourquoi tu ne sais pas où il est ?

Janine haussa les épaules en soupirant. Au même moment, le couvercle céda. Comme la première caisse, la seconde contenait des ornements sacerdotaux. En dessous, Stéphane ouvrit un large coffre en bois renfermant une bonne douzaine de médaillons en argent terni et une grosse Bible enroulée dans une magnifique aube en satin bordée de dentelle jaunie. Le symbole du médaillon était peint sur la couverture du livre saint.

Stéphane le remit à Janine. À la première page, elle découvrit une feuille de papier couverte d'une calligraphie brouillonne. Elle approcha sa lampe.

Privé de lumière, Stéphane leva les yeux, intrigué. Janine semblait frappée de stupeur. Il s'assit à côté d'elle.

— Qu'est-ce que c'est ? Une carte au trésor ?

— Stéphane, je ne peux pas le croire… C'est l'écriture de Laurent !

— Tu en es certaine ?

— Absolument !

Elle lui tendit la baladeuse et, d'un doigt, elle désigna quelques mots sur la feuille.

— Tu vois cette façon de tracer les “L” et les majuscules en général ? Il n’y a que lui pour faire des boucles semblables ! Je connais bien son écriture, c’est lui qui m’a appris mes premières lettres.

Ils se dévisagèrent en silence comme s’ils cherchaient dans le regard de l’autre une explication à cette étonnante découverte.

— Et qu’est-ce que ça dit ? demanda Stéphane après un moment.

— Je ne sais pas trop, ce n’est qu’une série d’adresses dans le quartier.

Stéphane eut une idée. Il reprit la feuille et descendit son index jusqu’à un numéro de porte :

— Ah ! 5467, d’Orléans : ton adresse. Regarde, il a inscrit des noms au crayon de plomb : Ernest Provencher et Élise Létourneau.

Janine tressaillit :

— Montre-moi !

Stéphane lui indiqua l’endroit. Elle se pencha pour y voir de plus près.

— Élise Létourneau, c’était la première femme de mon père, elle est morte en 1918…

— … de la grippe espagnole, compléta Stéphane.

Janine se tourna vivement vers lui.

— Oui, reprit Stéphane, je le sais : Patrice m’a raconté.

À droite de chacune des adresses figurait un autre nombre entre parenthèses. Stéphane en comprit tout de suite la signification. Au début du XXe siècle, la ville de Montréal avait annexé des douzaines de petites municipalités : Côte-des-Neiges, Rosemont, Villeray, Hochelaga-Maisonneuve. Ces dernières possédaient leurs propres noms de rue et structures d'adresses. Avec le temps, la ville avait tout normalisé. « J'imagine à peine l'immense fouillis administratif de ces années-là », songea-t-il.

Stéphane poursuivit la lecture de la liste avec une idée bien précise : s'il trouvait les noms et adresses qu'il avait en tête, aucun doute ne subsisterait par rapport au lien entre les Compagnons du Saint-Esprit et les couloirs souterrains.

— 3958, Dandurand. Ce n'est pas l'adresse de l'hospice, ça ?

Janine hocha la tête sans trop comprendre.

Stéphane passa rapidement les autres adresses des rues Jeanne-d'Arc et Charlemagne, pour s'arrêter sur les noms de résidants de la rue Masson.

— Ça y est, je l'ai ! Regarde, Janine : 2671, Masson, la maison d'Émilien Rathier !

— Émilien Rat… Le type de l'article des voûtes mystérieuses ?

— En plein ça !

D'un geste théâtral, Stéphane brandit le feuillet :

— Janine, je suis certain que nous détenons la liste complète des puits du quartier !

La jeune fille haussa les épaules : elle ne comprenait pas l'excitation de Stéphane.

— Oui, c'est vraiment très intéressant et ça confirme la rumeur. Mais après ? C'est toujours pas cette liste qui va nous aider à trouver le bon couloir.

Les épaules de Stéphane s'affaissèrent.

— Ouais, tu as raison…

Il ravala sobrement son enthousiasme juvénile. On n'était plus en 1971… dommage ! Que de millage ils auraient fait, Patrice et lui, s'ils avaient mis la main sur cette fameuse liste !

— Bon, assez perdu de temps. Il est temps d'agir !

Oubliant la hauteur du plafond, Stéphane se remit debout et se refrappa la tête. Aussitôt, il leva les yeux au ciel :

— OK, calvaire, je l'sais que j'ai pus 11 ans !

À bout de nerfs, son emportement fut suivi d'un tel fou rire qu'il dut se rasseoir, sous le regard interloqué de sa compagne.

— Hein ? De quoi tu parles ? Il y a quelque chose que je n'ai pas compris ? demanda Janine.

Cette question fit redoubler les rires de Stéphane, plié en deux.

Après un moment, il réussit à se calmer et la douleur s'imposa. Il se frotta la tête en grimaçant et retrouva la prune qui avait poussé la veille. Une autre suivrait bientôt. Bof ! Ce n'était pas si grave.

— Excuse le gros mot… Et pour répondre à ta question, ne t'en fais pas, tu n'as encore absolument rien raté… pas encore…

Il ponctua sa phrase d'un petit rire joyeux avant de se lever prudemment.

— Bon, avant de descendre, j'aimerais bien savoir dans quoi je me lance.

Pendant qu'il faisait descendre la lampe au fond du puits, Janine, couchée par terre, la suivait des yeux. On ne distinguait pas grand-chose à part les barreaux qui semblaient se succéder à l'infini. La baladeuse interrompit sa descente alors qu'il ne restait plus qu'un mètre de fil.

— C'est bien ce que je pensais, il doit y avoir l'équivalent d'un édifice de six ou sept étages avant d'atteindre le fond, dit Stéphane en remontant la lampe.

Janine se releva.

— Tant que ça ? Laurent et moi n'avons pas descendu beaucoup de barreaux avant d'arriver à la crevasse : on n'aura pas à aller si creux.

Stéphane secoua la tête :

— Non, Janine, pas "on". *Je* vais descendre. Il n'est pas question que tu prennes le moindre risque. De toute façon, j'ai besoin de toi pour m'éclairer.

La jeune fille retint un soupir, c'était sans doute mieux ainsi... pour le moment.

— L'autre nuit, dans le puits de l'hospice, tu ne devais pas voir grand-chose... Comment as-tu trouvé la crevasse ?

— Grâce au repère de Laurent : tu sais, la guenille. Je l'ai sentie sous mon pied.

— Et lorsque tu es arrivée ici, tu en as repéré une ?

— Non, j'avais trouvé la sortie, c'est tout ce qui comptait.

Stéphane avait les mains moites. Il se pencha pour les frotter par terre, puis les essuya sur son jean.

— J'y vais. Essaie de t'arranger pour que la lumière soit toujours un pied au-dessus de moi, d'accord ?

Avant de descendre dans le puits, il s'approcha de la jeune fille et glissa un index sous son menton :

— Souhaite-moi bonne chance, petite madame Bilodeau.

L'infinie tendresse de sa voix se prolongea dans un doux baiser. Geste qui le surprit lui-même et laissa Janine sans voix.

— Pour donner du courage à Superman ! lança-t-il au bout d'un petit rire embarrassé.

Il s'agenouilla et, à reculons, posa son pied droit sur le troisième barreau. Il amorça sa descente lentement, se reprochant ce baiser volé.

Le trou avait le périmètre d'un puits, sans toutefois en posséder la parfaite forme cylindrique. Après avoir descendu une dizaine de barreaux, Stéphane aperçut une brèche.

— Hé ! Je crois que j'ai trouvé par où tu es passée.

— Pas plus bas que ça ? répondit Janine en s'assoyant au bord du gouffre. Il y a une guenille ?

L'homme palpa la paroi, une pierre se détacha pour tomber dans le vide.

— Non, rien du tout. On dirait que l'entrée a été bouchée.

— C'est vrai, j'ai oublié de te dire que j'ai dû pas mal piocher avant de trouver la sortie.

Stéphane poursuivit sa descente. Après trente échelons sans trouver le moindre repère, il passa une main sur la paroi rocailleuse : ses doigts effleurèrent les vestiges raboteux de nombreux coups de pic. Cinquante barreaux plus bas, il se dit qu'il était probablement passé tout droit. Au bout d'une soixantaine, il se fit une raison : les traces du passage de Laurent avaient disparu. Il se dit qu'il devrait prendre le temps de scruter la paroi plus attentivement en remontant.

La voix de Janine lui fit lever la tête :

— Quoi, qu'est-ce que tu dis ?

— Tu es descendu trop bas, le passage que j'ai pris avec Laurent était bien avant !

— Je n'en doute pas. Le problème, c'est que je n'ai trouvé ni guenille ni crevasse. Mais tant qu'à y être, aussi bien aller jusqu'en bas. Continue à descendre la lampe !

Il reprit sa descente, cherchant en vain des lambeaux de tissu sur les barreaux. « Ces maudites guenilles ont-elles vraiment existé ? Si oui, qui les a enlevées ? Laurent ? »

Au sommet du puits, Janine sentait l'anxiété la gagner : malgré ce qu'il lui en coûtait, il lui fallait réintégrer sa véritable place, et ses chances de retour s'amenuisaient de plus en plus.

Soudain, elle entendit :

— Janine ! Ça y est, j'ai trouvé quelque chose !

Au fond du puits, une brèche fendait la paroi de haut en bas. Située au ras du sol, la crevasse offrait assez d'espace pour s'y introduire. Stéphane extirpa la lampe de poche de sa poche arrière avant de crier :

— Je vais aller voir ça de plus près !

Janine lui répondit quelque chose qu'il ne saisit pas.

— Quoi ? Je ne t'entends pas. Toi, m'entends-tu ?

Janine n'ouvrit plus la bouche. Dès que Stéphane lui avait fait part de sa découverte, elle avait quitté son poste d'observation pour le suivre dans le puits. Elle était enceinte ? Qu'importe ! Elle avait vécu pire et le petit avait tenu bon. Le rôle de spectatrice ne lui convenait plus.

En se glissant dans la brèche, Stéphane se rendit compte qu'elle avait été élargie pour faciliter le passage. Rendu de l'autre côté, il s'appuya contre le mur pour reprendre son souffle. Son cœur palpitait jusque dans sa gorge : l'excitation avait remplacé sa peur enfantine.

Il faisait drôlement froid maintenant, un long frisson le traversa. En balayant l'endroit avec sa lampe de poche, il aperçut l'entrée d'un couloir voûté maçonné en pavés grisâtres. Après quelques pas, il heurta quelque chose de léger : un grand panier en osier dont l'anse était reliée à une corde à linge : « Ah ! Ah ! Voilà donc comment le butin a été hissé là-haut ! » Déterminé à suivre le couloir jusqu'au bout, il revint sur ses pas afin de prévenir Janine.

La jeune fille avait amorcé sa descente en priant silencieusement. La faible lueur ne lui permettait pas de distinguer grand-chose, mais elle y voyait quand même mieux que la dernière fois. Elle commençait à s'inquiéter au sujet de Stéphane lorsqu'elle l'entendit l'appeler.

— J'arrive ! répondit-elle.

— Comment ça, "j'arrive" ? grogna-t-il. Je t'avais pourtant dit que je descendrais seul !

Elle leva les yeux au ciel : « Heille ! Il commence à m'énerver, lui ! »

Parvenue au sol, voyant son air furieux, elle le considéra d'un air maussade :

— Écoute, j'ai assez d'un père ! Arrête de t'en faire pour moi. Je vais bien et lui aussi, ajouta-t-elle en plaçant une main sur son ventre.

En apercevant la brèche, elle changea de ton :

— Mon Dieu ! On ne peut pas la manquer !

La mauvaise humeur de Stéphane s'estompa. Du faisceau de sa torche, il lui indiqua un lambeau de tissu sur le dernier barreau et Janine poussa un soupir de soulagement devant cette trace évidente du passage de Laurent.

— De l'autre côté, il y a un couloir.

— Alors, qu'est-ce qu'*on* attend pour y aller ? lança-t-elle en plaçant les mains sur ses hanches.

— Tête dure, marmonna l'homme avant de s'engouffrer dans la crevasse.

Dès qu'ils s'engagèrent dans le couloir, Stéphane saisit la main de sa compagne. Après quelques pas prudents sur un sol de terre battue, ils constatèrent que le passage déviait légèrement vers la droite, mais de façon continue. Il faisait très noir et leur éclairage de fortune ne leur permettait pas de voir grand-chose. Stéphane regrettait la grosse lampe laissée dans la cave.

La main de Janine se crispa dans la sienne.

— T'as peur ?

Dans la pénombre, il la vit secouer la tête : « Menteuse, va ! songea-t-il. Puis toi, mon Stef, avoue que tu n'en mènes pas large non plus ! »

Son propre sort lui importait peu, mais il frémissait à l'idée qu'il puisse arriver malheur à elle ou au petit.

« Le petit… » Cette pensée le fit sourire. « Eh bien, Patrice, moi qui ai tant souhaité que tu sois là, finalement, mon vœu a été exaucé… d'une bizarre de façon peut-être, mais quand même… » Il eut un petit ricanement au moment où Janine lui désignait quelque chose du doigt :

— Regarde là-bas !

Il orienta sa torche sur un ornement en fer forgé couvert de poussière et de toiles d'araignée.

Janine se rappelait :

— J'ai vu ça dans l'autre couloir. Laurent disait que c'était une sorte de porte-flambeau.

— Ça m'en a tout l'air. Tu trouves que cet endroit ressemble à l'autre couloir ?

— Oui, à part le plafond: ici, il est beaucoup plus haut.

Ils poursuivirent leur marche en silence. Puis quelque chose changea. Ils ne s'en étaient pas rendu compte de prime abord, mais maintenant c'était de plus en plus perceptible: ils se trouvaient sur une pente ascendante.

— Ça aussi, c'est différent, dit Janine. Dans l'autre couloir, le sol était bien plat.

— Je me demande bien où on va aboutir…

— Pas à l'hospice, en tout cas. Nous ne sommes plus du tout dans le même angle.

Plus ils avançaient, plus la pente devenait abrupte.

— Ouf! souffla Janine en s'appuyant sur la paroi. Attends, je dois m'arrêter un peu. Je suis… juste essoufflée, ne t'en fais pas.

Stéphane s'appuya à côté d'elle.

— Qu'en penses-tu? Ce passage est-il plus long que les deux autres?

Elle fit un signe de tête affirmatif.

— J'en suis certaine, même si la dernière fois, j'avais un peu perdu la notion du temps.

Ils reprirent la route. L'inclinaison s'adoucit peu à peu jusqu'à disparaître complètement. Par la suite, le chemin les mena au pied d'un étroit escalier de pierres effritées.

— On va s'arrêter un peu, suggéra Stéphane.

Janine gravit quelques marches avant de prendre place sur la cinquième. Avant de l'imiter, Stéphane dirigea sa lampe vers le sommet de l'escalier qui semblait se perdre dans le néant. Exaspéré, il s'assit sur la troisième marche.

— Maudit épais ! Partir avec une petite lampe de poche, sans outil, ni rien !

Janine pinça les lèvres.

— C'est de ma faute. J'aurais dû attendre que tu reviennes avant de te suivre.

D'une main impatiente, l'homme balaya l'air.

— Ben non. Je n'avais pas l'intention de remonter, j'étais trop pressé de savoir.

— Alors ? Qu'est-ce qu'on fait ? On n'est tout de même pas pour retourner sur nos pas sans savoir ce qu'il y a là-haut.

Stéphane lâcha un soupir. Il était d'accord, bien sûr, mais des marches, combien y en avait-il à monter ? L'effort ne serait-il pas trop ardu pour elle ?

Avant même qu'il puisse le lui demander, Janine s'était remise debout pour commencer l'ascension :

— Moi, j'y vais !

— Laisse-moi aller au-devant avec ma lampe de poche.

La jeune fille se poussa contre la paroi pour le laisser passer. Lorsqu'ils furent sur la même marche, l'espace était si restreint que leurs corps se frôlèrent. Stéphane s'aperçut que Janine grelottait.

— Attends un peu, je vais te réchauffer, moi, murmura-t-il en posant sa torche sur la marche supérieure.

Il redescendit une marche pour être à sa hauteur. Dans la pénombre, Janine sentit les bras puissants de Stéphane lui entourer les épaules pour la ramener doucement vers son corps. Sans attendre, les grandes mains entreprirent de lui frictionner vigoureusement le dos.

— Alors, ça fait du bien ?

Pour toute réponse, Janine se blottit contre lui, le nez dans son cou. Elle était si bien dans ses bras. Déconcerté, l'homme suspendit son massage, mais ne put s'empêcher de la presser davantage contre lui.

Un bruit sourd les fit tressaillir. Stéphane relâcha son étreinte :

— Qu'est-ce que c'est ?

— Ça venait d'en haut, répondit Janine. On aurait dit… une porte qui claquait.

L'homme ramassa sa lampe :

— Il faut que j'aille voir ça de plus près.

— Je te suis !

Elle l'entendit soupirer.

— D'accord, mais à la condition que tu m'avertisses dès que tu te sentiras fatiguée. On s'arrêtera pour souffler un peu.

Ils commencèrent à monter les marches, tous deux aussi troublés par cette étreinte partagée que par la crainte de ce qui les attendait au sommet de l'escalier.

Après une ascension équivalente à deux étages, ils atteignirent un palier exigu au bout duquel un petit escalier en tire-bouchon montait à pic pour s'enfoncer dans l'obscurité.

— Alors, ça va toujours ? demanda Stéphane.

— Oui. On ne doit pas être loin maintenant, supposa Janine en passant devant lui. Avec la côte et les marches, il doit rester environ trois ou quatre étages avant d'arriver au même niveau que notre cave.

Pourtant, si près du but, Stéphane regrettait sa témérité : « On ne sait même pas où on va échouer... J'aurais dû remonter et prendre le temps de trouver la bonne crevasse. »

— Viens, il faut y aller, enchaîna-t-il à haute voix.

Sans attendre, il dépassa Janine et prit l'escalier d'assaut comme s'il se précipitait au combat. La jeune fille tenta de le suivre, mais il filait trop rapidement pour elle.

— Pas si vite ! Pas si vite !

Il stoppa, le souffle court.

— Prends ton temps, je t'attendrai en haut.

Il reprit sa course. Il voulait aller au-devant, savoir de quoi il en retournait. Il fallait qu'il s'essouffle pour calmer l'angoisse qui lui brûlait les tripes.

Il dut gravir une soixantaine de marches avant d'arriver à un nouveau palier qui se prolongeait, cette fois, en un étroit corridor dont les murs étaient maçonnés comme ceux du couloir plus bas. Lorsqu'il s'y engouffra, il aperçut une porte en bois sans poignée. S'en approchant, il constata qu'elle était munie d'une serrure. Retenant son souffle, il la poussa : elle s'ouvrit ! Il étouffa un cri dans sa main.

Que faire ? Entrer ou attendre Janine ? Au fait, où était-elle rendue ? Il serra les dents : « Maudit pas d'allure ! Tu l'as laissée toute seule dans le noir. Elle doit être morte de peur, à présent… »

Vite, il retourna sur ses pas. De crainte d'alerter quelqu'un en appelant, il orienta sa lampe vers le bas de l'escalier et tendit l'oreille : il perçut une respiration haletante et des bruits de pas… Ne voyant rien, il décida d'aller à sa rencontre. Un étage plus bas, il l'appela doucement.

— Oui, oui, j'arrive, fit la voix de Janine.

Rassuré, il s'assit sur une marche et l'attendit. Elle arriva deux minutes plus tard, complètement exténuée. Il lui tendit la main :

— Pardonne-moi, Janine, chuchota-t-il, je ne sais pas ce qui m'a pris, de partir comme ça.

— Pourquoi tu parles tout bas ? demanda-t-elle sur le même ton.

— Il y a une sortie. Nous sommes tout proches. Repose-toi un peu.

— Non, ça va. Montons, j'ai hâte de voir.

Stéphane reprit sa montée, étonné du courage de sa compagne. « Ouais, mais si elle est comme moi, c'est peut-être juste un air qu'elle se donne. »

Devant la porte, il se retourna vers elle en plaçant son index sur sa bouche. Elle acquiesça de la tête et fit un signe de croix. Il l'imita : « Autant mettre toutes les chances de notre côté. » Il entrouvrit la porte : une épaisse tenture de velours masquait l'entrée. Il l'écarta doucement et vit une planche. C'était le dos d'une armoire. Le meuble était légèrement écarté de la porte et tiré sur le côté. Stéphane entra. Sa torche éclaira deux barils, couchés sur le ventre tout contre un mur, puis des tablettes où s'alignaient des bouteilles, des dizaines de bouteilles…

« Une cave à vin ! »

Il fit signe à Janine, qui entra à son tour. Le cœur palpitant, ils inspectèrent les lieux en prenant garde où ils posaient les pieds. La pièce était spacieuse. Au centre, sur une longue table, reposaient un grand chandelier à trois branches et une lampe à huile. Stéphane projeta son faisceau lumineux sur le plafond aux poutres apparentes, puis sur les murs de pierre, à la recherche d'un interrupteur, mais ne vit qu'un porte-allumettes en métal accroché à l'entrée d'un petit couloir. Décidé à poursuivre son exploration, Stéphane tendit la main à sa compagne avant de pénétrer dans l'étroit passage.

Une porte grinça. Janine se raidit et Stéphane éteignit vivement sa lampe. Soudain, une cascade de rires jaillit et une voix d'adolescent claironna :

— Un, deux, trois pour moi ! Je t'ai trouvé !

Les ricanements d'un autre garçon, des pas de course dans un escalier, le fracas d'une porte claquée et, enfin, le silence.

Les deux intrus poussèrent un soupir de soulagement. Après un moment, Stéphane ralluma sa torche électrique.

— Ça va ?

Janine tremblait de tous ses membres. Stéphane lui entoura les épaules.

— Viens, retournons dans l'autre partie.

Ils firent demi-tour puis stoppèrent d'un coup sec : il y avait de la lumière dans la cave à vin ! Ils étaient piégés ! La peur les cloua sur place.

La source lumineuse se rapprocha de l'entrée du couloir, puis une frêle jeune fille de petite taille parut, tenant fermement la poignée de la lampe à huile. Elle était vêtue d'une robe à manches bouffantes qui lui couvrait les chevilles. La finesse de sa silhouette se retrouvait dans ses traits. Elle aurait pu être jolie sans cette grande tache de vin recouvrant une partie de sa joue gauche jusqu'à la naissance de son cou.

Sans un mot, elle s'approcha d'eux, retenant sur sa poitrine le châle posé sur ses épaules. Elle semblait plus surprise qu'effrayée et ses yeux étincelants étaient braqués sur Janine, sur le médaillon de Janine.

À l'autre extrémité du couloir, le couinement d'une porte se fit de nouveau entendre et une voix stridente fusa :

— Inutile de te cacher plus longtemps, on sait que tu es là !

Ils sursautèrent tous les trois, puis la jeune fille posa un index sur sa bouche, avec un regard rassurant.

— Marie-Claire, ma p'tite bougresse, attends pas qu'on vienne te chercher ! chantonna la voix.

D'un hochement de tête, la jeune fille invita le couple à la suivre. Dans la cave à vin, elle donna la lampe à huile à Stéphane en chuchotant : « Ne partez pas ! Je reviens. »

Relevant ses jupes, elle se précipita dans le couloir :

— Ça va, ça va, tu m'as eue, j'arrive ! annonça-t-elle d'une voix flûtée teintée d'un léger accent français.

La tension était retombée. Stéphane posa la lampe sur la grande table bordée d'un long banc et, à chaque bout, d'un fauteuil de style victorien. Janine s'installa dans l'un d'eux.

— Eh bien, souffla Stéphane en prenant place sur l'un des bancs, il semble que nous ayons une alliée dans la place. Tu as vu comment elle fixait ton médaillon ?

Janine caressa son pendentif d'un air songeur.

— C'est quand même bizarre, ajouta-t-il, elle n'était pas du tout effrayée de nous voir là. T'as pas eu cette impression, toi aussi ?

Perdue dans ses pensées, Janine semblait à cent lieues de l'endroit.

— Stéphane… Je sais où on est : la courbe, la distance, tout concorde.

Elle posa sur lui un regard ardent.

— Nous sommes dans la cave du château.

— Quel château ? Voyons, nous sommes en plein cœur de Rosemont, il n'y a pas de…

Un éclair de lucidité refoula le reste de sa phrase :

— Le château, en face de l'hospice !

Oui, bien sûr ! C'était le surnom que les gens du quartier avaient donné à la grosse maison à tourelle de la rue Dandurand.

— La fille, c'est Marie-Claire Duminisle, la grande amie de Laurent.

— *Yes !* jubila Stéphane en levant les bras au ciel.

Cette Marie-Claire pourrait sans doute leur venir en aide. Chose certaine, elle savait d'où ils venaient, sinon elle aurait réagi autrement.

— Mais… Stéphane, quelque chose ne va pas…

La gravité du ton de Janine lui coupa le souffle.

— Je sais qui elle est à cause de sa tache de naissance. Mais… il se trouve que la Marie-Claire Duminisle que je connais est plus âgée… beaucoup plus âgée, tu comprends ?

Ahuri, Stéphane fit un geste pour se lever, mais ses jambes s'y refusèrent.

— Bon Dieu, Janine, qu'est-ce que t'es en train de me dire là ?

L'intensité du regard de la jeune fille dénotait un même désarroi.

— En 1959, Marie-Claire Duminisle a une soixantaine d'années. Elle est très populaire dans le quartier : c'est notre riche héritière, “la vieille fille au grand cœur”.

Un silence oppressant suivit cette révélation. Simultanément, chacun se livra au même calcul : la jeune fille qu'ils avaient croisée ne devait pas avoir plus de 20 ans...

— Plus de 80 ans ! souffla Stéphane, atterré. Nous sommes remontés plus de 80 ans dans le passé !

— C'est comme pour moi, mais dans l'autre sens, conclut Janine d'un air songeur.

— On dirait que le puits est une sorte de brèche temporelle : une descente ou une montée dans le temps selon le niveau où l'on se situe.

La portée de cette découverte les laissa sans voix. Leurs regards s'accrochèrent et leurs mains se joignirent : perdus dans cette incroyable aventure, ils se voulaient plus proches que jamais...

Fin du tome premier

Remerciements

J'aimerais rendre hommage à mes premiers lecteurs, Anne-Marie Bouthillier, Marjorie Dupey, France Dodier, Denise Du Paul, Marie-Ève Saucier, Ornella Caprioli, Marcel Laguë et Jean-Philippe Laguë pour leurs suggestions constructives qui m'ont guidée à travers ce long voyage.

J'exprime également toute ma reconnaissance à :

Ma fille Mylène Bouthillier, ainsi qu'à mes amis et collègues de l'Université de Montréal qui ont cheminé pas à pas avec moi à travers toutes les étapes menant à la publication de ce roman.

Mon conjoint Philippe Cherrier, qui a pris soin de moi durant les derniers mois. Merci, Phil, pour ton enthousiasme, ton soutien inconditionnel et tes bons petits plats.

Madame Dominique Girard de l'Agence littéraire Trait d'union. Merci, Dominique, pour ton expertise et tes petits mots d'encouragement au moment où j'en avais le plus besoin.

Madame Bernadette Renaud, écrivaine, pour ses conseils techniques et sa collaboration dans le réaménagement du premier chapitre.

Monsieur Maurice Guay, de la Société d'histoire de Rosemont-Petite-Patrie. Surnommé à juste titre « la mémoire de Rosemont », monsieur Guay m'a fait redécouvrir le quartier de mon enfance à travers une foule d'anecdotes.

Monsieur Stéphane Lafontaine, pour le temps consacré à la lecture de la première épreuve.

J'aimerais également souligner l'apport de quatre auteurs qui ont nourri ma recherche historique : Roger Sabourin (*Rosemont, mon quartier*), Gaétan Nadeau (*Angus, du grand capital à l'économie sociale*), Jean-Claude Germain (*Le Cœur rouge de la bohème*) et Yves Gauthier (*Monsieur Livre : Henri Tranquille*).

En publiant *Voyageurs de passages* aux Éditions Hurtubise, je réalise l'un de mes vœux les plus chers. Je tiens à remercier tout particulièrement mon éditeur, monsieur André Gagnon. Vous avez raison, André, il y a un petit quelque chose de magique entourant l'aventure de ce livre. Merci pour votre confiance et votre ouverture d'esprit. Vous avez changé ma vie…

Suivez-nous

Achevé d'imprimer en mai 2013
sur les presses de Marquis-Gagné
Louiseville, Québec